AF367018

NACIDO EN LA GRIETA I

LA LEYENDA DE LA ESPADA AZULADA

D.MV.DAMIAN

AGRADECIMIENTOS

Para empezar, gracias a todos los que me han ayudado a sacar adelante este libro.

A Edith Winter y Majo López por ser mis lectoras cero y hacer que este libro se pueda leer. Gracias por aguantar todos mis verbos acabados en mente y por no perder la paciencia. Gracias a vosotras he aprendido mucho.

A mis padres por ayudarme en todo lo possible.

También gracias a Ariza por hacerme el maquetado del libro, y si, lo siento, no aparecen hafflins en este libro.

Y por supuesto, gracias a Boro, por ayudarme en todo lo posible.

También gracias a Carla por hacer la portada, me has hecho un gran favor, si no fuera por ti aún estaría esperando a que la hiciera Draick (te quiero Draick).

Gracias a todos mis amigos, los que han estado, los que están y los que estarán. Gracias a todos, vosotros sabéis quienes sois.

No nos olvidemos de que las causas de las acciones humanas suelen ser inconmensurablemente más complejas y variadas que nuestras explicaciones posteriores sobre ellas.

Fyodor Dostoyevsky

INDICE

NACIDO EN LA GRIETA I

NACIDO EN LA GRIETA I

PRÓLOGO

Agarré mi espada envainada y me puse la chaqueta de chándal que me regaló Slayer hace dos años.

Me giré hacia Elena, ella estaba mirando al infinito mientras se apoyaba en su bastón, como era costumbre.

—¿Qué me espera en ese mundo, Elena? —pregunté esperando su típica respuesta enigmática.

—Si te soy honesta, no lo sé, lo más seguro es que haya cambiado mucho desde que estuve —dijo con un suspiro, algo sorprendente, era la primera vez que no tenía respuesta para algo—. No sé ni siquiera si encontraras las respuestas que esperas, es muy poco probable, de hecho, solo espero haberte preparado bien para los peligros de ese mundo.

—Eso espero... —Cada vez tenía más ganas de echarme atrás y no marcharme, pero no podía hacerlo, por el bien de todos y por el mío propio—. Bueno, hora de marchar —inspiré hondo y me puse justo enfrente de la estructura del portal.

—Suerte, Axel, aunque espero que no te haga falta.

Después de darme sus extraños ánimos, ella activó el portal y di un paso hacia delante. Al poner el pie dentro, me tapé los ojos debido a la gran luz azul cegadora que emanaba del portal. Sentí una sensación extraña, no sé el qué con exactitud, pero definitivamente ya no estaba en mi mundo.

NACIDO EN LA GRIETA I

NACIDO EN LA GRIETA I

CAPÍTULO 1
SIN VUELTA ATRÁS

Ahí estaban, mirándome sorprendidos en la oscuridad de la cueva, me quedé parado un tiempo, en parte alucinando de que realmente hubiera ocurrido. Eran dos jóvenes próximos a mi edad. Comenzaron a hablar en un idioma extraño que parecía una mezcla de múltiples lenguas, entre las que reconocí el inglés, español y francés.

—No sé qué estáis diciendo, no, no os entiendo... —dije mientras hacía gestos con las manos.

Hablaron entre ellos y después se dirigieron hacia mí.

—¿Tú hablas idioma antiguo? —preguntó uno de ellos de manera pausada, como si le costara hablar, me sorprendí al escucharlos decir que mi lengua era antigua.

—Vamos al campamento, allí te podemos dar refugio. Síguenos, por favor —dijo el otro de manera mucho más fluida.

Me paré un momento para observar dónde estábamos. Era un lugar abandonado, se notaba a causa del musgo creciendo entre las piedras y el desgaste de estas. Era obvio que nos encontrábamos bajo tierra, ya que algunas raíces de árboles se habían filtrado entre los ladrillos descolocándolos.

Viendo que no tenía otra alternativa, accedí a seguirles por el túnel, caminaban apresurados, aunque sin correr. Se estaba ensanchando poco a poco y comenzábamos a ver luz de fuera. Pero antes de llegar al exterior de la cueva, cuatro figuras aparecieron justo en frente de nosotros. Mis dos acompañantes se detuvieron en seco y retrocedieron un paso. Yo les imité y me puse detrás de ellos.

Las cuatro siluetas avanzaron dentro de la cueva, por lo que pude verlos con claridad.

Uno de ellos, con pinta de ser el líder, era más alto, llegaba a los dos metros con facilidad. Vestía una armadura de metal que cubría por completo sus anchos hombros y sus enormes brazos, el casco era una pieza separada del resto, ya que al mover la cabeza se podía ver una rendija que exponía su cuello.

Portaba su enorme maza con una mano sin problemas. Los otros tres tenían pinta de soldados, llevaban armadura de cuero en el torso, pantalones de cuero y protecciones de metal en las rodillas y codos. Sus armas también eran simples espadas de una mano, parecía que el único del que me tenía que preocupar era del caballero blindado.

Uno de mis compañeros le preguntó algo al otro un tanto alterado, a lo que respondió encogiéndose de hombros.

El líder empezó a gritar, uno de mis acompañantes le contestó en el mismo tono.

Yo no entendía nada, si de por sí la situación era extraña, aquello hacía que mi posición fuera aún más rara, estaba perdido y no sabía qué hacer.

Entonces el más grande de ellos avanzó un par de pasos, mis acompañantes retrocedieron a la par, pero yo no. Solo estábamos retrasando lo inevitable. Desenvainé mi espada, estaba entrenado para esto, además, ya me había enfrentado a cosas peores. Aunque, como en todas las batallas, mis nervios estaban a flor de piel.

Sin embargo, no debía perder el control, no podía mostrarle a mis dos acompañantes esa faceta mía.

Avancé y los tres soldados se empezaron a reír de mí, me imaginé las cosas que estaban diciendo y de qué se reían, pero los ignoré y me puse en guardia. Sabía a la perfección que no podía atravesar su armadura con mi espada, por mucho que fuera capaz de cortar metal.

Él atacó primero, con un movimiento lento y fuerte, fácil de esquivar. Realicé el contraataque, pero mi espada no le hizo ni un rasguño. Retrocedí de inmediato para empezar a pensar en mi estrategia, las risas de los otros tres no cesaban, lo cual ya me estaba empezando a irritar. No podía dejar que esto me afectara, por lo que tomé un momento para tomar aire y aclarar mi mente. Me estaban infravalorando, ¿cómo me iba a afectar que se rieran unos idiotas como ellos? Sonreí. Era hora de callarles la boca.

Él realizó el mismo movimiento y yo aproveché para impulsarme apoyando mi pie derecho en sus antebrazos blindados, salté directo hacia él y enrollé mi brazo izquierdo alrededor de su cuello mientras me colocaba a su espalda, cogí mi espada con la otra como si fuera un cuchillo.

Él soltó la maza e intentó agarrarme. Su armadura no le permitía moverse con libertad. Sin perder más el tiempo, agarré el casco y empecé a tirar de él hacia atrás. Se resistió, aun así al final pude ver la rendija que dejaba su cuello descubierto, nada más percibir la abertura le hundí mi espada, atravesando su columna vertebral. Salté y me alejé unos pasos, al caer fulminado, dejó un charco rojo en el suelo. Mientras limpiaba la sangre de mi arma en la manga de mi chaqueta, vi como los tres soldados dejaron de reírse y me miraron horrorizados, soltaron las armas y huyeron.

—¡La madre que te trajo al mundo! ¡Te has cargado a un blindado tu solo! —exclamó el que hablaba de manera pausada.

Ahora, con más luz, podía observar que ambos tenían un gran parecido, se diferenciaban en el pelo, uno lo tenía negro y medio largo, y el otro castaño y corto. También, me llamaron la atención sus ropas, oscuras y, definitivamente, no eran de mi época, parecían como medievales, entre eso y las armaduras de nuestros agresores me podía imaginar en qué época estamos.

—Ha sido sorprendente y disculpa que vayamos con prisa, pero si no llegamos a tiempo nos matan, aun así te mereces aunque sea una presentación, sobre todo después de esto. Yo soy Ingelm, y este es mi hermano Gelmin.

Extendió la mano para darme un apretón, yo sonreí y le saludé, a la par que grababa en mi mente que Ingelm era el del pelo negro y Gelmin el del pelo castaño.

—Yo soy Axel, encantado. —También le estreché la mano a su hermano—. Si os soy honesto, estoy bastante perdido ahora mismo, me hacen falta muchas explicaciones.

—Sí, soy consciente de ello —dijo Ingelm que se empezaba a poner en marcha—, pero tenemos que movernos, te lo explicaremos todo cuando lleguemos al campamento, cuando estemos allí tienes que decirnos como se hace esa armadura que llevas, es bastante extraña.

Al decir eso miré mi ropa y caí en la cuenta de que ellos no habían visto una chaqueta ni un pantalón de chándal, para ellos eran ropas muy extrañas.

Salimos de la cueva y al ver el exterior quedé enamorado, era como si hubiera entrado en otro mundo, bueno, es que estaba en otro mundo. Nos encontrábamos en una cueva encima de una colina y abajo se podía ver un hermoso bosque frondoso, al fondo un gran castillo y un horizonte donde el verde y el azul eran uno. Era una vista increíble.

Seguimos avanzando por una media hora hasta que llegamos a un campamento aparentemente improvisado, el cual me recordó a una base de guerrilla medieval, de las típicas que veía en las películas, gente con armas y armaduras que iban arriba y abajo mirando planos, herreros, caballos con armadura. Empezaba a arrepentirme de estar aquí, miraba a todos lados nervioso y a mi paso la gente me observaba entre sorprendidos y extrañados.

Llegamos a una gran tienda de campaña militar con colores rojos y blancos, al entrar había una mujer alta de pelo largo y castaño señalando un mapa y cinco personas escuchándola con atención. Al entrar se callaron de inmediato y dijeron algo, las cinco personas se fueron y la mujer se sentó en una silla con un gran escritorio lleno de papeles de mapas, planos y más cosas que no entendía. Ella dijo algo dirigido a los dos hermanos en su idioma. Estos le respondieron y después ella suspiró y me miró.

—Con que eres tú —dijo de manera bastante fluida en mi lengua, cosa que me sorprendió—. La verdad, estoy decepcionada, esperaba a alguien más… Impresionante, no a un chaval casi de la edad de mis hermanos pequeños.

—Hermana, entiendo lo que dices, pero ha sido capaz de acabar con un *blindado* él solo —me defendió Gelmin.

—Ya veo… Pero hará falta algo más para derrocar a Servil y un *blindado* no es nada comparado con los *élites.* —Se levantó, se acercó a mí y cogió parte de mi chaqueta—. Es extraño, jamás había visto una armadura como esta.

—Oh, no es una armadura. De hecho, de donde yo vengo, esto se utiliza para vestir de manera normal —dije quitándome la chaqueta y entregándosela.

—Wow, ¿qué magia es esa? ¿Cómo es posible que te puedas quitar eso así? —interrogó Ingelm cogiendo mi ropa y examinándola.

—No es magia ni nada, son solo cosas de mi mundo.

Les mostré cómo funcionaba la cremallera y los tres se asombraron, yo me sentía muy raro y fuera de lugar en este sitio

—Mirad, sé que os encanta mi chaqueta, pero…

Nacido en la grieta I

—¿Cha...queta? ¿Qué quiere decir esa palabra? —preguntó Ingelm utilizando la cremallera y poniéndosela.

—¡Dios mío! Sé que esto es muy raro para todos, así que, por favor, dejad de admirar mi... armadura y explicarme cómo sabíais que iba a aparecer allí —dije empezando a sentirme más extraño, arrepintiéndome cada vez más de venir aquí.

Los tres parecían en cierta manera avergonzados y me devolvieron la chaqueta. Yo me la volví a poner, a la par que la hermana de Ingelm y Gelmin empezó a hablar.

—Discúlpanos, por favor, mi nombre es Selina, soy la líder de los *halcones de fuego*, deja que te explique la situación. —Se acomodó en la silla y yo me senté en una que tenía cerca, no sin antes dejar mi espada apoyada en un pilar de madera que sostenía la tienda de campaña—. ¿Cuánto sabes de nuestro mundo?

—Nada, solo sé que mi madre proviene de aquí, bueno, y mi espada también.

—¿Puedo examinarla? —preguntó Ingelm.

Yo asentí, dejando que le echara un vistazo.

—Vale, esto va a ser largo —dijo Selina con un suspiro—. Nuestro mundo está dividido en cinco territorios o reinos, como prefieras llamarlos. El de los *hijos dragón*, el de *la noche eterna*, el de *los altos*, el de *los exiliados*, aunque este no se reconoce como un reino, y en el que nos encontramos nosotros, el *azul*.

» Este territorio tiene al gran reino del rey Servil, también conocido como la fortaleza del cielo o fortaleza azul. El problema es que el rey Servil llegó tras asesinar a su propio padre, teniendo desde antes de realizar el asesinato la aprobación de los generales y gran parte del ejército. Tras deshacerse de su propio padre, fue nombrado rey y empezó su reinado de terror y oscuridad. Sus ansias de poder lo llevaron a conquistar ciudades, ganando territorio a otros reinos, aunque hay que decir que en gran parte lo que hizo fue reconquistar el territorio que perdió su padre. Es otra historia, pero vamos a dejarlo en que el padre de Servil no tenía mucha idea de gobernar.

» Debido a que el suyo es el ejército más fuerte de todos y Servil es probablemente el mejor estratega de los cuatro reinos, el resto se ven incapaces de plantarle cara. Pero poco a poco nosotros estamos ganando fuerza y si consiguiéramos convencer al menos a dos de los cuatro reinos, podríamos vencerle. Sin embargo, los otros cuatro no se llevan nada bien entre ellos, por lo que no acceden a realizar una mísera alianza.

» Una vez dicho esto, deja que te diga lo que pintas tú aquí. Una profecía antigua, creada por la primera ascendida, nos habló de ti.

» Esta decía lo siguiente: «Un día un héroe de otro mundo llegará a través del portal de la colina de la guerra y este héroe derrocará al rey y ocupará el trono del *reino azul*». ¿Empiezas a entenderlo?

—Sí, lo entiendo, pero…. —Inspiré hondo, no sabía que decir a todo eso, era más de lo que jamás había imaginado, había hecho muchas misiones y me había enfrentado a horrores con la *C.G.*, no obstante esto… Me superaba—. Es difícil de digerir.

—Hermana, ¿no vas a decirle lo de la espa…?

Antes de que Gelmin pudiera continuar, Selina le chistó, mandándolo a callar.

Hundí el rostro entre mis manos aguantándome las ganas de gritar que quería volver, estaba sintiendo un gran peso encima de mí, uno que no deseaba tener. Tenía un gran nudo en el estómago, esto no era a lo que había venido, esto no era lo que quería hacer.

—Necesito descansar, ¿hay alguna cama disponible? —pregunté sin siquiera mirarles, estaba seguro de que si levantaba la cabeza las lágrimas iban a empezar a brotar.

—Sí, por supuesto, hemos dejado una tienda libre nada más salir a la izquierda.

No sé ni quién me lo dijo, ya ni estaba escuchando, solo deseaba irme a dormir y descubrir que todo esto lo había soñado. Sabía que no iba a pasar, pero no quería hacer nada en ese momento, solo tumbarme y olvidarme de todo.

Me tiré en una incómoda cama de paja y cerré los ojos con fuerza, esperando que al abrirlos estuviera en mi cama y que todo esto fuera un mal sueño.

CAPÍTULO 2
MANCHADA EN SANGRE ROJA, AZUL Y NEGRA

Pasaron dos días desde que se rompió la espada. Aún recuerdo la sonrisa macabra de Sombra cuando la partió por la mitad. Me quedé devastado, aquella espada era el único recuerdo que tenía de mi madre y de mi padre. No me quedaba nada más de ellos.

Yasuda me dijo que conocía a alguien que podía reparar mi arma. Sin esperanza de ello, se la dejé y él se fue de vuelta a Japón para que ese contacto suyo la reparase.

Pasaron dos semanas, yo rehusaba entrenar, hacía ejercicio de vez en cuando para no perder la forma, pero no practicaba ni el combate sin armas ni nada. Estaba completamente desmotivado, por mucho que Slayer y Tina intentaban animarme, era imposible, ni siquiera lo intentaba. Por mucho que gané mi pelea con Sombra ni siquiera lo sentí como tal, me notaba más como el perdedor que como el ganador.

Entonces un día entró Yasuda por la puerta con mi espada envuelta en una manta, la dejó en la mesa del comedor, yo me acerqué inquieto con miedo de que siguiera rota. Aun así, cuando Yasuda me miró y sonrió, supe que todo había salido bien. Él desenvolvió la manta y me mostró la espada. Estaba aún mejor de lo que recordaba.

Su color azul se veía más vivo, todavía tenía sus ligeras curvas serpenteantes y sus detalles en la empuñadura y guarda, pero con el añadido de que por todo el borde del filo había algo extraño, algo en un idioma que jamás había visto.

—Yasuda, ¿qué son todas estas marcas a lo largo del filo? —le pregunté pensando que tenía la respuesta.

Él se encogió de hombros.

—*No lo sé, es una especie de firma suya, eso es lo único que no pude negociar con él, ¿no te gusta?*

—*Claro que me gusta, de hecho, me gusta hasta más así. Gracias, hermano, eres el mejor.*

Dejé la espada y lo abracé con fuerza, la última vez que lo estreché entre mis brazos así fue cuando murió mi padre, desde entonces él se había hecho cargo de mí. Pero cada vez sentía que le debía más de lo que le podía dar, él había hecho mucho por mí y yo no pude hacer lo mismo por él.

—*Prometo que te devolveré el favor algún día.* —*Si había algo que yo me tomaba muy a pecho eran las promesas y esa no era una excepción.*

Desperté sobresaltado al escuchar un ruido y de manera instintiva le agarré la muñeca con fuerza a Ingelm, que estaba a mi lado dejando la espada apoyada en el lateral de la cama, se sobresaltó y alzó la mano izquierda en señal de calma.

—Eh, tranquilo, solo he venido a dejarte la espada, ¿vale? —Su voz era tranquila, aunque su cuerpo estaba tenso, yo le solté de inmediato la muñeca y miré a otro lado avergonzado.

—Perdón, estaba soñando y… —Hundí mi rostro entre las manos y me froté los ojos—. Lo siento.

—No pasa nada, todos tenemos pesadillas.

Él dejó mi arma y se dio la vuelta, pero antes de salir de la tienda se giró.

NACIDO EN LA GRIETA I

—Estamos fuera de fiesta, por si quieres despejar la mente.

Sin esperar mi respuesta salió de la tienda, miré al exterior y vi que ya era de noche, cuando yo me había ido a dormir estaba empezando a atardecer.

Se me vino a la cabeza el sueño que tuve, estaba en la *C.G* otra vez con Yasuda, Slayer y Tina. Recordar eso hizo que volviera la sensación de traición que tuve cuando me fui a entrenar con Elena. Sin poder evitarlo, las lágrimas brotaron por mi rostro, Elena ya me avisó de esto, ingenuo de mí fui pensando que estaba preparado para lo que se avecinaba. No obstante, ya no había vuelta atrás, inmediatamente sequé mis lágrimas, me puse la espada en el cinto, dejé mi mochila en la tienda y decidido, salí de la tienda de campaña.

Miré alrededor y quedé en cierta manera fascinado, era casi como si hubiera viajado al pasado, hacia aquellas antiguas historias y leyendas de la Edad Media. Hogueras con gente alrededor comiendo, cantando y bailando, malabaristas, gente haciendo teatro y magos. Aquello era increíble, definitivamente este campamento era más grande de lo que pensaba.

Justo enfrente de mí estaban Ingelm, Gelmin y Selina junto a dos personas más, una mujer mayor y un hombre fornido con una frondosa barba canosa. Parecían los únicos que no estaban borrachos y manteniendo una conversación medio normal.

Me acerqué a ellos, Gelmin me dejó un hueco en el tronco en el que estaban sentados, yo saludé y me senté. Gelmin me dio un cazo de la sopa que estaban comiendo, le di las gracias y empecé a comer mientras ellos siguieron su conversación con normalidad, pero no entendía nada. Terminé de comer y dejé el cazo en el suelo como el resto. La mujer que tenía al lado se giró hacia mí como si fuera a decirme algo y yo la observé, preparado para volver a ser acribillado a preguntas.

—Hola. ¿Axel, verdad? —Su voz era ligeramente ronca, se veía mayor, ya pasando sus cincuenta, yo asentí y le di la mano—. Encantada, yo soy Carlia, me han comentado tu situación y te comprendo muy bien, yo vengo de las llamadas islas del exilio, un sitio en el que hablábamos un idioma muy distinto al de aquí y tuve que aprender el idioma al venir, si quieres, yo puedo enseñarte.

—¿En serio? Pues la verdad es que me interesa bastante, muchas gracias. —Estaba sorprendido, me esperaba de todo menos eso—. ¿Cuándo empezamos?

—¡Si quieres empezamos ahora mismo! Para comenzar, te diré palabras sueltas y simples con su significado, por suerte he estudiado el idioma antiguo durante muchos años, así que te puedo ayudar bastante.

Ella empezó a decirme palabras básicas como hola, comida y adiós, lo típico cuando empezabas a aprender una lengua. Yo siempre fui muy bueno con los idiomas, dominaba el inglés porque se usaba en la grieta, dominaba el castellano, ya que mi padre era de España y luego dediqué gran parte de mi infancia a aprender otros idiomas, ya que me encantaban. Tenía un gran nivel de portugués, francés, un nivel básico de chino y ruso, en gran parte gracias a lo que me enseñó Yasuda. Me quedé con ganas de aprender árabe y japonés.

Pero este lenguaje era extraño, ya que mezclaba muchas otras lenguas. Había palabras de los seis idiomas que conocía y seguramente más que no conocía, aun así me hice a este con bastante rapidez. Pensaba que en un par de horas más podría empezar a hacer frases simples. Carlia me dijo que era sorprendente, ella misma tardó días en empezar a hacer estas frases.

Después de un par de horas, Carlia se fue, diciendo que ya no era tan joven y necesitaba descansar. Nos quedamos los tres hermanos, el hombre de la barba y yo.

—Por cierto, Axel —dijo Ingelm en mi idioma—, quería hablarte sobre tu espada, tiene cerca del filo grabados en nuestro idioma, no en el tuyo, lo cual resulta muy curioso.

Yo le conté la historia de cuando se rompió la espada y quien la reparó le puso esas marcas. Yo ya tenía preguntas sobre ese amigo de Yasuda, pero esto hacía que me pareciera aún más raro. Sin embargo, no era momento de pensar en ello, pasaría mucho tiempo hasta que lo volviera a ver, si es que lo volvía a ver...

—Entiendo... Bastante curioso. —El hombre con barba le dijo algo a Ingelm, yo solamente pude entender: «soy Fhilen» —. Se lo diré —contestó Ingelm al hombre, mientras volvía a mirarme—. Axel, él es Fhilen, el mejor herrero de los cuatro reinos. Dice que si le pasa cualquier cosa a tu espada, él la puede arreglar.

Yo le respondí con un gracias en su idioma, lo que provocó las risas de los cuatro.

—¡Ya eres todo un nativo parlante! —dijo Selina entre risas—. Ahora en serio, en una noche has aprendido mucho de nuestro idioma, es fascinante. A este paso, en dos meses vas a dominarlo, a lo mejor Carlia te enseña algún día el idioma *alto* o incluso el de los dragones, quién sabe.

Seguimos hablando, yo siempre que podía hablaba en su idioma, Fhilen se marchó a dormir. Los tres hermanos me empezaron a contar cosas de este mundo, me comentaron que en este mundo la magia existía. Yo era de las personas que rehusaba pensar que tales cosas eran reales. Sin embargo, pude ver con mis propios ojos los poderes de Yasuda controlando los elementos, el tiempo de reacción y regeneración sobrehumano de Slayer, Tina, la cual nació dentro de la grieta, tenía cualidades y habilidades inhumanas. Por eso el hecho de que me dijeran que la magia existía no fue nada en exceso sorprendente para mí.

Me hablaron un poco de la historia de su mundo, me dijeron que se dividía en varias eras: la del fuego eterno, la de los dragones, la de oscuridad, la de los mercenarios y la de la guerra, justo en la que nos encontrábamos. Se pusieron a explicarlas por orden y he de decir que lo resumieron muy bien.

En la era del fuego eterno, un montón de volcanes entraron en erupción debido a que los dragones que estaban durmiendo en ellos despertaron y solo se salvó esta isla y algunas otras pequeñas a su alrededor. Se dice que en la antigüedad se hablaban cientos de lenguas en el mundo, pero solo unos pocos quedaron nombrados como idiomas antiguos que aún se usaban, sobre todo entre espías, lo cual me hacía sospechar que este mundo tenía varias similitudes con el mío.

La era de los dragones tenía ese nombre debido a que estos seres gobernaban durante ese periodo, los humanos eran ganado, se pasaban la vida recolectando oro para ellos, cuando les entraba el antojo, se los comían. Todo terminó cuando el mago de sangre Gherman, junto con otros cuatro compañeros, acabaron con casi todos los dragones y creó a los *hijos del dragón*, gente que compartía sangre con los dragones. Varios de ellos eran capaces de matar dragones y sobrepasar el límite humano, los llamados *mercenarios dragón*. Me contaron que la mayoría estaban muertos, menos uno que se hizo muy famoso por asesinar a la protagonista de la siguiente era.

Después de unos cuantos años de paz empezó la era de oscuridad, cuando una gran penumbra atravesó el ahora reino de la noche eterna y empezaron a aparecer monstruos. Entonces, la maga Karlina, la más poderosa de todos los tiempos, junto con una acompañante y un guardaespaldas consiguió acabar con todos los monstruos. No obstante, la noche siguió cernida en ese reino que ahora es tierra de no muertos, nigromantes y vampiros, y su rey Arturo, antiguo compañero de Gherman.

Tiempo después, cuando el *mercenario dragón* mató a la maga Karlina, dio comienzo la era de los mercenarios, en la que toda clase de mercenarios de todos los reinos intentaban alzarse con la mayor fama y gloria, siendo el más destacado el *mercenario dragón*, el cual, aparte de asesinar a Karlina, fue el encargado de matar a una gran cantidad de dragones, a muchos héroes, mercenarios y soldados famosos de la época.

Y la era de la guerra comenzó cuando se inició un alzamiento contra la casa del *reino azul*, liderada por un mago descendiente de Karlina, Radhia, otra maga de gran calibre, y Prometero, su guardaespaldas. El cual fue la persona más leal de la historia y en su honor se cambió el nombre de un dios al suyo. La rebelión fue exitosa, pero al debilitarse el ejército del *reino azul* debido a la batalla de la rebelión, empezó una guerra para conquistar su territorio. Después de estar años perdiendo terreno, el actual rey fue asesinado por su hijo, Servil.

Este tenía una mente privilegiada para la estrategia y así conquistó gran parte de su territorio de nuevo, aunque todavía le quedaba trabajo.

Después de contarme la historia de este mundo, miré mi espada recordando que Ingelm la examinó y le pregunté qué significaban los grabados que tenía a lo largo del filo e Ingelm me los leyó.

—Manchada en sangre roja, azul y negra, eso es lo que pone, curioso... —Tras leerlo, se quedó pensativo.

—¿Por qué? ¿No habías leído antes la espada? —pregunté, ya que pensaba que lo había hecho antes.

—Sí, pero... No había caído en lo que significa...

NACIDO EN LA GRIETA I

—No me digas que es otra profecía de la que formo parte.

—No, era el lema de la familia del actual rey del *reino azul*, la familia que llegó al poder a través de una rebelión hace años, como te acabamos de comentar. Decían que la sangre roja era la de los asesinos que mandaba el rey, la azul la del mismísimo rey y la negra la de los mercenarios que intentaban matarlos.

—Mira, Axel, no te preocupes por estas cosas, al final no dejan de ser leyendas e historias, algunas son ciertas y otras no, unas se cumplen, otras no, mejor descansa que mañana nos espera un día bastante largo —dijo Gelmin levantándose y dirigiéndose a su tienda.

Sus hermanos se despidieron y se fueron a dormir. Yo me quedé un rato mirando el fuego procesando un poco todo, me empezaba a sentir un poco menos fuera de lugar, pero aún no estaba tranquilo. Seguía pensando que venir aquí había sido un error.

Tenía dos objetivos y ya me dijo Elena que era muy probable que no consiguiera ninguno de los dos, pero yo me aferraba a esa esperanza.

Mi primer objetivo era descubrir quién era mi madre, lo más probable era que me fuera sin saber nada de ella.

Y el segundo, descubrir como eliminar la grieta de mi mundo, Elena me dijo que aquí podía descubrirlo, no obstante, no sería sencillo. Hasta ahora, no tenía ni una sola pista de por dónde empezar, pero era normal, acababa de llegar.

Tras reordenar mi cabeza, apagué la hoguera y decidí retirarme a descansar.

Los primeros rayos de luz me levantaron, por lo que preparé mi salida. Al quitarme la chaqueta el olor casi me mata, pensé que debía ponerme la ropa del mundo en el que estaba, porque si no la mía acabaría matándome del olor, además de llamar mucho la atención.

Salí y vi que ya había mucho movimiento, Selina estaba esperándome con un cesto en la mano.

—Prepárate, Axel, hoy toca una excursión a la fortaleza del cielo. Toma, ponte esto —dijo mientras me lanzaba el cesto—, no queremos llamar la atención.

Yo lo agarré y miré dentro, había bastante ropa de distintas tallas y tipos.

—Justo estaba pensando en esto, gracias, Selina, vuelvo enseguida.

Volví a entrar a la tienda, me puse la ropa que me venía, dejé la ropa de esa talla en mi cama y el resto la devolví al cesto. Al salir, le di el cesto con la ropa que no me venía.

—¿Listo para el viaje? —Yo asentí con la cabeza a su pregunta.

Seguí a Selina hasta un carro donde estaban Ingelm, Gelmin y Carlia, la cual propuso seguir aprendiendo el idioma en el viaje, propuesta que yo acepté con agrado. De camino, además de aprender el idioma, me iban comentando cosas sobre sus costumbres, lugares por los que pasábamos y criaturas que veíamos, muchas de ellas eran parecidas a algunas de mi mundo, pero con alguna diferencia. Al llegar por la entrada de la ciudad, me quedé asombrado. Era algo tan increíble y fantástico que en mi mundo solo se veía en las películas, jamás pensé que algo podía llegar a ser tan bello.

El camino seguía hasta subir por una colina que daba a un gran río que cortaba el prado, pero no el camino. Antes de pasar el río había una gran muralla actuando de paso fronterizo. Continuamos y la tierra estaba un poco por encima del nivel del río y justo enfrente se alzaba un gran castillo en una colina en medio del agua. Aquello era surrealista e hipnótico al mismo tiempo, la otra orilla del río apenas llegaba a verse. Mientras, el camino ascendía de manera que parecía estar suspendido en el aire, debido al reflejo de las nubes en el agua. Entonces entendí porque lo llamaban la fortaleza del cielo, quedé fascinado con aquello.

—¡Bienvenido al castillo, Axel, conocido como la fortaleza del cielo! —exclamo Gelmin dándome una palmada en la espalda—. ¡Ja,ja,ja, juzgando por tu cara de embobado, te ha gustado!

—Sí, es increíble, jamás había visto algo parecido, en cuadros y fotos sí, pero nunca en persona.

—¿Fotos? —preguntó Gelmin con una mirada que me llegó a resultar hasta amenazante.

—Cosas de mi mundo, algún día os hablaré de él.

—Tampoco te ilusiones, Axel, no es tan bonito por dentro —contestó Selina con seriedad y sin quitar la mirada del castillo.

Cuando pasamos la muralla después del camino, comprendí lo que quería decir Selina. Al entrar en la ciudad las casas estaban en condiciones horribles, la gente tenía la ropa sucia y medio rota con parches por todos sitios, además de estar casi esqueléticos. Se podía ver a soldados ejerciendo fuerza excesiva sobre la población y gente colgada en sogas con capuchas en la cabeza.

Aquello cambió mi percepción de la ciudad.

—Dios mío... —murmuré.

—Ya... Es triste —comentó Ingelm—. En esta ciudad o eres pobre o eres rico y quien no es uno de los dos, está muerto. Es espantoso y lo peor es que el rey no hace nada, de hecho, se alegra de ello, ya que así infunde miedo a la población sin problemas y los controla a su antojo.

Aunque me había criado en la grieta, una ciudad en la que las únicas personas ricas eran las familias de la mafia, pese a ello, me impactó aquella imagen. Algo tan bello por fuera y tan triste por dentro.

—¿A dónde vamos? —pregunté intentando distraerme de la grotesca escena que había visto.

—Vamos a escuchar el discurso del rey —respondió Carlia—, en el suele desvelar sus futuros planes.

—¿Pero él sabe que hay una rebelión?

—Sí, lo sabe y es consciente de ello, pero no nos considera una amenaza, aparte de que él se cree muy listo, se piensa intocable y, a ver, tiene motivos, es una mente privilegiada.

—Además, vendrá bien para que veas parte de su corte. — Selina se levantó a la vez que me hablaba y empezó a buscar algo por sus bolsillos—. También los puedes llamar nuestros objetivos, una vez nos deshagamos de las piezas importantes de su corte, solo le quedará la *élite* para protegerlo y solo ellos no podrán con todos.

Sacó un papel cuñado con un sello azul en él y cuando llegamos en frente de una puerta de verja, se lo entregó al guardia. Yo miré entre los barrotes de la puerta, parecía que íbamos a una plaza, había mucha gente y un escenario.

—Sois uno más —dijo el guardia tras mirar el carro.

—Cierto. —Selina se giró hacia nosotros—. Axel es necesario que venga, el resto poneros de acuerdo en quién se queda.

—Ya me quedo yo, hermana. Alguien tiene que vigilar el carro —comentó Gelmin, el cual se levantó y se fue hacia la parte delantera.

Selina asintió a modo de aceptación y nos dijo que nos bajáramos. Pasamos por un portón dorado que nos abrieron los guardias y juzgando por el entorno, era la zona rica. La gente vestía ropa elegante y las casas eran portentosas y con múltiples ornamentos, muchos de ellos de oro.

Nos colocamos en las últimas filas, parecía que llegábamos un poco tarde, justo detrás del escenario se podía ver el gran castillo de la ciudad. Resultaba hasta intimidante.

Ŋacido en la grieta I

—Mira, Axel —dijo Carlia susurrando mientras señalaba a una mujer joven sentada en una silla en el lateral del escenario. Diría que estaba en su adolescencia y viendo su cara de aburrimiento absoluto, me daba la sensación de que estaba aquí por obligación—. Esa es la hija del rey, no te dejes engañar por su apariencia, es una asesina letal, fría y calculadora en extremo. Se llama Kinita, también conocida como la bailarina carmesí.

Ella señaló a otra mujer que estaba justo al otro lado del escenario pasando por un montón de sillas de personas bien vestidas y con joyas caras. Si bien mayor que la otra, también aparentaba ser joven y lo que más me llamó la atención fue su ropa. Mientras que todo el mundo llevaba amarillo, azul y verde, ella vestía de negro y rojo.

—Ella es Alva, la maga de sangre del rey, es una de las mejores magas de sangre de los cuatro reinos y es muy peligrosa.

—No te olvides de Komandlach —mencionó Selina señalando a un hombre alto y fornido que apenas cabía en su silla—, comandante de la *élite*, el resto pertenecen a la nobleza, no te preocupes por ellos.

—Parece que no ha traído a todos sus guardias —indicó Ingelm—, me imagino que será un anuncio breve o insignificante, una pena.

Entonces llegó el rey y empezó el típico discurso agradeciendo a todo el mundo por venir.

Poca guardia, el rey expuesto, era alguien confiado, pensaba que aquello iba a ser rápido.

—Tengo una idea —les anuncié antes de entrar en la multitud para ejecutar mi plan.

Ellas me dijeron algo e Ingelm intentó agarrarme sin suerte.

Vi que había guardias apostados en el lateral de la parte baja del escenario, pero que detrás de este se podía ver como un balcón. Miré hacia los lados y descubrí un pequeño jardín donde había un mirador. Fui rápido hacia allí, revisé que nadie me estaba mirando, me puse la vaina de la espada en la espalda y me colgué de la barandilla del balcón. Empecé a moverme por los salientes de las ventanas rezando para que no dieran a un callejón sin salida. A la vez, le agradecí a mi yo del pasado por interesarse en la escalada.

Por un momento, al mirar arriba buscando un saliente o una ventana, me pareció ver una figura oscura en los tejados, cuando volví a mirar no estaba.

Al final llegué a mi objetivo a tiempo, puesto que el rey seguía dando el discurso. Se me dibujó una gran sonrisa en la cara y avancé hacia él despacio, escondiéndome en las pocas coberturas que tenía por si alguien miraba atrás y me descubría. Aproveché para ponerme la espada de nuevo a la cintura y seguí avanzando. Cuando ya estaba justo detrás del escenario desenvainé y subí deprisa las escaleras. Raudo, fui con la intención de darle una puñalada por la espalda. Sin embargo, cuando estaba a punto de ejecutar mi ataque algo empujó mi espada hacia el suelo, clavándola en el escenario. Alcé la mirada poco a poco, encima de mi arma estaba el pie de mi interceptor manteniéndola en el suelo. Su gran capa negra le cubría casi por completo, excepto los ojos, unas pupilas que no eran humanas, iguales a las de un gato, aunque distintos... No sabría decir con exactitud en qué se diferenciaban. Al escuchar el ruido, el rey se giró y su hija, Alva y Komandlach se levantaron y desenvainaron sus armas preparados para ejecutarme. También el individuo de la capa, pero el rey les ordenó detenerse de inmediato.

—Dejemos que la gente compruebe lo que les ocurre a los idiotas como él.

Se acercó y pasó a mi lado. Yo estaba congelado, cualquier cosa que hiciera resultaría mi muerte

—No sé si eres muy idiota o si estás desesperado —dijo el rey mientras me examinaba con una mueca de repulsión.

—¡Alva, Kinita, Komandlach y los nobles de mi corte, podéis disfrutar del espectáculo! —Entonces sus ojos se desviaron a mi espada y al verla, su rostro confiado y seguro cambió a uno de sorpresa y odio—. ¡Clade, mátalo!

Intenté hacerle un placaje con el hombro al hombre de la capucha, pero este se apartó y caí al suelo, tan rápido como pude me levanté y me puse en guardia dando unos pasos laterales para rodearlo. Nuestras miradas se cruzaron mientras giramos en círculos, examinándonos el uno al otro. Yo estaba en guardia, tenso, mientras que a él se le veía relajado y con la espada abajo. Esos malditos iris no eran normales, podía ver reflejada la muerte en ellos.

Pensé en dejar de controlarme e ir con todo, pero no, antes debía saber si en verdad merecía la pena desatarme contra él. Aunque igual si luego me ganaba mucho terreno no podría hacerlo.

Todo el mundo estaba atento, un silencio extremo se hizo en aquel lugar lleno de gente. Seguimos analizándonos el uno al otro durante un tiempo, hasta que él tomó la iniciativa saliendo con un paso realizado a una velocidad sobrehumana. A duras penas pude desviar su ataque, pero mientras yo recuperaba el equilibrio de nuevo, él ya estaba preparando la segunda arremetida. Me tiré al suelo para esquivarlo y aun así me rozó el brazo derecho. Rodé hacia un lado, pero él me dio una patada que me tumbó boca arriba en el suelo, dejándome aturdido.

Clade alzó su espada listo para hundirla en mi pecho, aunque se escuchó a alguien decir algo en alto seguido de un sonido extraño. Entonces él blandió la espada para detener lo que parecía una pequeña bola de llamas, yo aproveché el momento para pegarle una patada en la pierna haciendo que se arrodillara y salí corriendo hacia la salida, abriéndome paso entre la multitud. La gente se apartaba como podía, empujándose entre ellos y a los que no podían retirarse, los empujaba yo. Así alcancé la salida.

Estaban esperándome en el carruaje para irnos y estaban reteniendo a los guardas que intentaban pararme. Salté al carro y tiraron de los caballos

Selina, Gelmin y prácticamente todo el mundo me estaban maldiciendo en su idioma, o eso creía por su tono.

Ingelm tomó el sitio de Gelmin como conductor, ya que este estaba forcejeando con una guardia cuando llegué, por suerte pudo zafarse y subirse en el carro antes de que arrancáramos.

Me alcé en el carro como pude, puesto que traqueteaba un montón y al levantarme, vi algo que hizo que el corazón me diese un vuelco. El tal Clade nos estaba persiguiendo, ¡aun yendo a toda velocidad con el carro! Estaba dando zancadas inhumanas, lo que más me aterró fue que con cada paso que daba, salía fuego de sus pies. Empezaba a plantearme con quién me había metido.

Gelmin y Carlia disparaban hacia nuestro perseguidor, el primero con su ballesta y ella con proyectiles de magia, los cuales salían de la mano que tenía libre tras recitar unas palabras de un libro que portaba en la mano izquierda y que yo no reconocía. Teniendo en cuenta la velocidad a la que íbamos y lo que se movía el carro, era inútil, solo Carlia conseguía acertar a veces. Gelmin parecía muy nervioso porque muchas veces los virotes se le resbalaban al recargar la ballesta y no lograba dar en el blanco.

Acabamos de salir de la ciudad y estábamos pasando por el camino hacia la salida, con Clade aún más cerca a punto de alcanzarnos.

Ingelm gritó algo en su idioma hacia nosotros y el resto asintieron.

—¡Axel, agárrate fuerte! —gritó Carlia. Yo hice exactamente lo que me dijo.

De repente, Ingelm empezó a gritar unas palabras extrañas y al terminar, escuché un sonido como de agua. Luego, silencio absoluto. Tras un par de segundos de calma, todo empezó a temblar con brusquedad, de tal manera que tuve que aferrarme con todas mis fuerzas para no salir volando. Después de un rato, volvió la calma.

Abrí los ojos y vi que habíamos regresado al campamento y todo el mundo vino corriendo para comprobar cómo estábamos. La adrenalina empezó a desaparecer y yo comencé a sentir un gran dolor en mi hombro izquierdo. Descubrí que mi herida se había agravado y abierto aún más, tenía el brazo cubierto de sangre. Miré a mis compañeros y estaban todos doloridos por lo que acababa de ocurrir, pero al ver a Ingelm me quedé pálido. Se lo estaban llevando en brazos, se veía blanco y sangraba de manera excesiva por la nariz.

Alguien me tocó el hombro y al girarme, recibí un puñetazo muy fuerte que me hizo caer al suelo.

—¡Te juro que como Ingelm muera, tú te vas a la tumba con él! —Era Selina la que me había pegado, no podía culparla, fui impulsivo, me creí muy listo y ellos habían pagado por ello.

Intenté contener mis lágrimas, pero no pude. Elena ya me avisó de que este mundo era más peligroso que el mío y que debía andar con pies de plomo, pero no lo hice. Casi muero y hago que los maten por mi estupidez.

Golpeé el suelo del carro con fuerza, únicamente conseguí hacerme daño en los nudillos, pero ya me daba igual. Tenía que compensarlo de alguna manera, mi cagada había sido descomunal, casi nos alcanzó el hombre con ojos de gato e

Ingelm estaba al borde de la muerte, todo por mi culpa. Me levanté y vi a un montón de gente cabizbaja, otros apretando dientes y puños, con total seguridad me pegarían la patada o algo peor, desde luego, razones no les faltaban.

Bajé del carro secándome las lágrimas y observé a mi alrededor, me dolía ver aquella escena, sobre todo porque había sido mi culpa. Lo peor era que yo no sabía las consecuencias que había provocado mi metida de pata.

Carlia me agarró del brazo y me dijo que tenían que curarme la herida.

Al llegar, me senté en una camilla y empezó a utilizar magia con su libro recitando palabras como antes. Pude ver con mis propios ojos como mi herida en el hombro se cerraba. Me sorprendió, la verdad, hizo que pareciera fácil.

—Carlia, sé que no sirve de nada, pero... —Empecé a disculparme.

—Cállate, por favor, no vas a arreglar nada —me cortó ella—. Lo peor es que no puedo evitar sentirme culpable, debería haberte avisado, debería...

No pudo terminar la frase, antes de hacerlo rompió a llorar.

—¡Ahora sí que estamos jodidos! Antes ya íbamos perdidos, pero ahora estamos sin pistas y encima Selina, sus hermanos y yo no podemos ir a la ciudad y mucho menos tú. Todo va de mal en peor, seguro que mañana por la mañana mucha gente abandonará el campamento.

—Pienso compensar mi metedura de pata como sea, os lo debo.

Ella se levantó y encaró la puerta.

—Mucho tendrás que hacer, limítate a seguir órdenes y listo.

Yo asentí y me fui a mi tienda con miedo de lo que pudiera pasar a partir de ahora. De camino vi a Gelmin, me miraba mientras cargaba su ballesta con un papel atado a un virote, tenía los ojos cargados de odio. Si las miradas matasen, yo habría caído fulminado. Tras cargar el virote se limitó a marcharse para no tener que seguir viéndome.

Suspiré al mismo tiempo que miraba donde estaba el carruaje antes, ¿cómo iba a saber que tenían otro mago con magia de desplazamiento? Me dieron mal la información, ya era mala suerte.

Sabía lo que me esperaba por fallar, pero me daba igual, él sabía perfectamente que no podía darme la patada.

Entré a la sala de reuniones como de costumbre y me senté en mi sitio, al cabo del rato entró el rey, el resto de sus guardias y sus aliados. A mi izquierda Alva y a mi derecha un noble de una casa que ni me interesaba, un cobarde cuyas únicas armas eran el dinero y la labia, como todos los adinerados.

—¡Clade! —me gritó Servil—. ¡Más te vale decirme que los has matado!

—No —respondí de manera cortante y, como siempre que le salía algo mal, perdió la cabeza. Cogió la copa de vino y la estampó en la pared que tenía detrás, los cristales y el vino llovieron sobre mí. Se levantó y me encaró.

—¡Para qué mierdas te pago, entonces!

—Para protegerte y he hecho mi trabajo —respondí sin siquiera mirarle a los ojos.

—¡No vuelvas a dirigirte así a tu rey, háblame como debes!

—Le hablaría con todo respeto, pero no se lo merece, su prepotencia no servirá conmigo, sirve con su pueblo muerto de hambre y con los lameculos de esta sala, así que págueme para que le siga protegiendo y cierre el pico.

—¡¿Te crees que puedes hablar al rey de esta manera?! —Antes de que el perrito faldero más reciente del rey pudiera seguir, salí a mi máxima velocidad y le puse mi espada en su cuello.

—Te lo dejo pasar porque eres su juguete más reciente, pero en esta sala hay personas que no tienen un collar, al contrario que tú, que sea la última vez que me diriges la palabra.

Retiré mi espada y me giré para agarrar la bolsa de monedas que sabía que me iba a lanzar Servil.

—No te fijaste en su espada, ¿verdad? —Yo negué con la cabeza a la pregunta de Servil—. Es él, el de la leyenda de la espada azulada y el de la profecía de la primera ascendida, como esta leyenda se haga realidad, tendremos problemas.

—Tendrás problemas —corregí.

—Te equivocas, él es la persona que has estado buscando, él puede darte eso que llevas ansiando tanto tiempo, no sé si seguir confiando en la rata alada, esto no ha salido como él dijo.

—No digas tonterías, ese idiota habría muerto si no fuera porque tenía compañeros listos para salvarle el culo, además, la rata alada no tiene huevos a traicionarnos, como su propio nombre indica, es una rata, un cobarde.

—No son tonterías, Clade, ya lo verás, las leyendas son una cosa, pero las profecías son palabras mayores.

Odiaba que se pensaran que el destino de una persona estaba escrito, no estaba escrito y no tenía por qué cumplirse, ya lo verían.

Me levanté sobresaltado porque escuché un grito que me puso los pelos de punta, agarré mi espada y salí afuera. El campamento estaba en llamas, era una batalla campal.

Desenvainé y me uní a la lucha, fue fácil diferenciar a los agresores de los nuestros, los atacantes llevaban las armaduras que vi en la ciudad, lo que quería decir que nos habían seguido, pero ¿cómo?

Acabé con dos de forma sencilla, se notaba que esta gente eran soldados corrientes, tenían experiencia, pero no eran soldados especialmente entrenados. Entre las llamas y la batalla pude ver a Gelmin y Selina defendiendo la tienda donde estaban los heridos, me abrí paso entre los enemigos para llegar hasta ellos. Me junté con ellos y los ayudé en la pelea, nos coordinamos sorprendentemente bien, no a la perfección, aunque bastante bien para pelear juntos por primera vez.

Tan pronto como tuve un segundo para analizar la situación se me pasó por la cabeza sacar mi as, pero por suerte me lo pensé dos veces, no era el momento de dejarlo salir, ya había bastante fuego.

—¡Necesitamos sacar a los heridos! —gritó Selina a la vez que estaba combatiendo con un soldado blindado—. ¡Gelmin, intenta abrir paso a los que sigan combatiendo! ¡Axel, comprueba que podemos salir por la parte de atrás de la tienda!

Yo hice lo que me mandó en cuanto pude, abrí la otra parte de la tienda, estaba despejado, solo había que saltar la barricada que cubría el campamento. Volví con Selina y le informé de cómo estaba para salir.

—¡Perfecto, ahora tenemos que aguantar hasta que aparezca Gelmin con...! ¡Mierda, Ingelm! —Selina intentó correr, pero el blindado no la dejó, yo tenía más espacio para salir corriendo.

—¿Dónde está?

—¡En la tienda donde hicimos la primera reunión!

Acabé con tres soldados para abrirme camino y poder salir corriendo hacia la tienda, si bien había muchos, la mayoría estaban ocupados combatiendo, por lo que no tuve que pelear para llegar a mi objetivo.

Entré y lo vi caminando mientras se apoyaba en lo que podía, me sorprendió que no hubiera ningún soldado.

Lo agarré y me lo subí a los hombros.

—¡Axel, no hace falta que me lleves, estoy bien! —gritó mientras lo estaba acomodando para poder llevarlo mejor.

—Pero así será más rápido.

Salí corriendo a toda velocidad, Ingelm pesaba un poco más que yo, por lo que no tenía mayor problema, en mis entrenamientos practicaba con un saco que pesaba diez kilos más que yo. Es decir, podría cargar a Ingelm y correr a una buena velocidad sin problema.

Por el camino me di cuenta de la derrota que estábamos sufriendo, apenas quedaban de los nuestros y para colmo no sabía dónde estaba Gelmin, no sabía si necesitaría ayuda.

Pude volver por el camino por el que había ido antes sin interrupciones, llegué a donde estaba Selina, que comenzaba a estar agotada y cada vez eran más contra ella. Al llegar le di una patada a uno y dejé a Ingelm en la tienda justo antes de desenvainar para ayudar a Selina.

—Solo falta que llegue Gelmin y el resto de la resistencia.

De repente, Selina se detuvo y se le desencajó el rostro de horror, a mí me tocó aumentar el ritmo y encargarme de sus agresores también, pero al mirar entre ellos entendí porque el cambio en su semblante.

No quedaba nadie más, además de Gelmin, pasó a duras penas entre los pocos agresores que quedaban. Pero al rato aparecieron por otro lado Carlia y Fhilen, que nada más llegar le ayudaron a abrir paso, aunque solo Gelmin y Carlia sabían luchar, ella con su magia y él con la espada y su ballesta. Fhilen hacía lo que podía, se notaba que no estaba entrenado para pelear, pero al menos podía defenderse.

—¡Mierda! —Me giré hacia Selina y la empecé a zarandear—. ¡Reacciona joder, tenemos que abrirles paso!

Ella salió de su trance y me ayudó, apenas quedaban enemigos, pero no sabíamos si estaban viniendo más, lo mejor era abandonar el lugar.

—¡Vámonos por los túneles! —exclamó Selina mientras Gelmin cargaba a su hermano Ingelm para llevárselo, ella y yo nos retiramos del frente y salimos corriendo con ellos saltando la barricada, a la vez que Carlia y Fhilen sacaban a los heridos. Al salir había un montón de soldados a caballo, los cuales nos rodearon, eran demasiados para salir de allí luchando, ¡mierda!

Uno de ellos, que no tenía la armadura azul al igual que los otros, la suya era roja y negra, se bajó del caballo y desenvainó.

—¿Quién es vuestro campeón? —preguntó en su idioma propio que para mi sorpresa entendí. Al echar la vista atrás, vi que todos ellos estaban temblando, atemorizados y algunos hasta murmurando que estábamos muertos.

—¿Qué pasa? —susurré a Selina que estaba a mi lado.

—Él es de la *élite* —me indicó con lágrimas en sus ojos—, son soldados que reciben los entrenamientos más extremos, son despojados de todo sentimiento y los transforman en máquinas de matar imparables. Su código dicta que solamente pelearán en situaciones de desventaja numérica o en duelo.

Él dijo una cosa más, pero esta vez solo pude entender «espada», aunque era evidente que se refería a mí porque todos me observaban.

—Dice que si nadie da el paso adelante, que sea el chico de la espada el que lo dé —. Me tradujo Carlia.

Yo respiré hondo y di un paso para ponerme delante del grupo, justo enfrente del guardia de *élite*, desenvainé y me puse en guardia.

El corazón me latía salvaje, estaba agotado por la batalla anterior, pero recordé las lecciones de Elena sobre pelear contra enemigos de este calibre: «Es distinto a pelear contra monstruos como estás acostumbrado. Primero, relaja la mente y el corazón, después relaja los músculos y por último, déjate llevar, pensar los movimientos únicamente te quitará tiempo de reacción, los ataques deben salir naturales, no deben ser forzados. Los duelos son como los bailes, cuando tienes experiencia no necesitas pensar los movimientos, te salen naturales»

Cerré los ojos, inspiré hondo y los abrí de nuevo para clavarlos en la mirada de mi rival.

Agarré la empuñadura con fuerza, clavé el pie en el suelo con firmeza, di una zancada rápida y mi enemigo pudo desviar el golpe a duras penas, tuvo que recuperar el equilibrio de nuevo, momento que aproveché para lanzar otro ataque feroz hacia él. Desvió mi arremetida de nuevo, pero ocurrió lo mismo de antes. Seguí atacando de manera incesante hasta que se abrió la ventana.

Se desestabilizó por completo dejando expuesto su torso y me lancé a apuñalarlo, lloguó a atravesar con mi espada su armadura.

Agarró mi espada con la mano que tenía libre, cortándose la palma en el acto, se ensartó más mi arma con fuerza para acercarse a mí, me miró con sus ojos inyectados en sangre mientras una cascada roja brotaba de su abdomen.

—No pienso incumplir la orden del rey.

Soltó mi espada y me abrazó con ese mismo brazo, clavando aún más el acero en su cuerpo, haciendo que le atravesara casi por completo e intentó apuñalarme con su arma aprovechando que estaba inmovilizado por su abrazo. Rápidamente saqué mi brazo izquierdo y le agarré la muñeca deteniendo su ataque, aguanté por un par de segundos que se me hicieron eternos.

—¡Muérete de una vez! —grité desesperado, sintiendo que perdía las fuerzas para aguantar su ataque, sin comprender cómo hacía para tener tanta fuerza después de recibir un daño como el que le había infligido. Al fin, después de ese tiempo agonizante, él acabó cayendo.

El resto de los guardias que nos estaban rodeando con caballos me miraron horrorizados.

—¡Retirada, ha matado al *élite*, retirada!

Se fueron de inmediato atemorizados por el hecho de que le ganara.

—Acabas de matar a un guardia de *élite* —dijo Gelmin, aunque sonaba en cierta manera preocupado.

Él empezó a reír y me rodearon y levantaron entre los que no estaban heridos, elevándome en el aire.

—¡Hurra por Axel! —Rieron y gritaron todos celebrando la victoria.

Después de un rato corto de euforia decidimos que era mejor seguir.

—¡Ha sido increíble, en serio! Y eso que pareces un enclenque —dijo Selina dándome un golpe en el hombro—. Axel, te has ganado todo nuestro respeto, desde que se fundó la guardia de *élite* nadie ha sido capaz de acabar con uno de ellos en un duelo.

—Sí, esto compensa tu cagada con creces —dijo Carlia aún seria—, aunque nada de esto hubiera pasado si no hubieras sido tan imprudente.

Agaché la cabeza consciente de que mi error había provocado muchas muertes y casi la extinción de los rebeldes.

—Lo sé... —Alcé la mirada con confianza y avancé un par de pasos para ponerme al frente del grupo con la cabeza alta—. Escuchadme, soy consciente de que todo esto es culpa mía, pero os prometo, no, os juro que daré mi vida por vosotros. ¡Hoy ha sido nuestra última derrota, a partir de ahora ganaremos todas las batallas a las que nos enfrentemos y ese desgraciado rey morirá ahogado en su propia sangre!

—¡Ese es el espíritu! —gritó Ingelm, aunque había un problema, ni la mitad de ellos había entendido lo que estaba diciendo y me miraban con cara de extrañados. Avergonzado, miré a Carlia y le pregunté si se lo podía traducir.

Esta se rio y accedió a repetirlo. Ahora que sí lo habían entendido, gritaron con gran entusiasmo, no entendía ni una palabra, pero me encantaba la energía que transmitían. Sonreí orgulloso de poder darles algo de esperanza, sin pensarlo más seguimos adelante y toda esa sensación de incomodidad que tenía el día anterior desapareció, ahora sentía que este sitio era tan mío como suyo, me sentía en familia.

Con más confianza que nunca, seguimos nuestro camino. ¡Ahora sí, empezaba la rebelión!

No sé por qué el rey me convocó a esas horas, estaba a punto de irme a dormir, pero al llegar me di cuenta de que no era una reunión normal. Allí se encontraban Alva, Kinita, Fremlio, Granciso y Komandlach. Además, el semblante del rey era demasiado serio mirando hacia la ventana.

—Ya estamos todos —dijo Servil antes de dar la orden de cerrar las puertas—. Todo lo que diga no puede salir de aquí, ¿entendido?

—¿Por eso nos has convocado? —pregunté entendiendo que aquello iba a ser de vital importancia.

—Os he convocado a vosotros, mis protectores y mis compañeros más fieles y leales. —Se levantó del trono y dio un par de pasos hacia nosotros—. Aunque no te lo creas, Clade, confío en ti más que en mi propia hija.

—Soy consciente de ello, mi rey. —Empezaba a pensar que había perdido la cabeza, debía haber pasado algo muy grave.

—No voy a ir con rodeos, escuchadme con atención, el chico de la espada, el idiota que intentó matarme, ha salido con vida de nuestro ataque al campamento rebelde, el cual pudimos localizar gracias a la magia de Fremlio. —Servil tragó saliva antes de continuar—. Él y unos diez más salieron con vida, pero esto no es una victoria real, el chico ha matado a un guardia de *élite*.

El silencio inundó la sala, era como si los corazones de todos nosotros se pararan por un segundo. Pocas personas en los cuatro reinos se acercaban al nivel de la corte del rey y la *élite* estaba cerca de ese punto.

—¡Komandlach! —nombró Servil y este salió del trance en el que entramos todos al escuchar la noticia y se puso firme—. ¡A partir de ahora tus soldados deben aprender tácticas de combate combinado, que se olviden del código de honor o al menos que se olviden cuando se enfrenten a los rebeldes, ¿entendido?!

—¡Sí, señor! —Komandlach hizo *prometero* militar y procedió a abandonar la reunión.

Tras esta información, el rey disolvió la asamblea y nos pidió que anduviéramos con cuidado, que nadie se hiciera el héroe. Y tenía razón, no sabíamos de lo que era capaz ese chico, igual podría ser el indicado para ayudarme a buscar lo que deseaba.

Nacido en la grieta I

CAPÍTULO 3
LA LEYENDA DE LA ESPADA AZULADA

Conseguimos instalarnos en una cueva abandonada, no pudimos pedir más. Ya no teníamos la posibilidad de ir a la ciudad, ni siquiera estar cerca de ella. Ingelm se acercó una vez con su perfil bajo y vio carteles con retratos nuestros colgados por todas partes, en especial míos, algo que no me extrañaba, pues fui yo quien intentó asesinar al rey al fin y al cabo. Aunque lo curioso era que no pusieron carteles de Gelmin, seguramente porque él permaneció en el carro y no lo llegaron a ver bien.

Pasaron dos meses desde la fatídica noche en la que murieron casi todos los rebeldes.

En ese tiempo pude aprender el idioma común bastante bien, no perfecto, pero con bastante fluidez. Yo contaba los días que pasaban en mi mundo. De las pocas cosas que me contó Elena sobre este lugar, una de ellas era que un año aquí era como medio año en mi mundo. También aprendí que aquí no había doce meses de treinta y treinta y un días. Habían seis meses de sesenta y sesenta y dos días, excepto un mes que tenía 60 días, el febrero de este mundo.

Me dijeron los nombres de los meses, únicamente memoricé tres de ellos, Prometero, Luna y mes sin nombre, me dijeron que tenía algo que ver con los dioses de aquí.

En esos dos meses planeamos nuestros siguientes pasos, obviamente lo primero era buscar aliados, lo cual no iba a ser fácil, ya que apenas quedaban lugares donde nuestras caras no estuvieran en carteles. Por ello decidimos ir a una pequeña aldea a las afueras del reino, cerca de la frontera con el territorio de los *altos*. El objetivo era intentar reclutar a alguna persona y aparte ver cómo estaba la situación en los pueblos de la periferia, ya que si estaban desestabilizados sería más fácil que nos apoyaran. Decidimos ir solo a uno para no llamar la atención y vistiendo con capuchas para ocultar parte del rostro de los tres que iríamos.

Selina era la líder de la rebelión y debía ir. En esos dos meses pude comprobar su inteligencia, realizó tres planes por si acaso nos encontraban, todos ellos brillantes. También escuché historias sobre batallas en las que había participado, sus tácticas eran impresionantes, casi nunca sufría bajas.

Yo iba también, era su arma secreta contra los *élite*. Y el tercer miembro podía ser cualquiera.

Estaba Gelmin, que tenía una puntería increíble con cualquier cosa que cayera en sus manos. En serio, una vez le había visto acertar a un conejo con una piedra estando a unos diez metros de distancia.

Lo más increíble de Gelmin eran sus llamados «virotes mensajeros», eran virotes con una carta atada a estos. Por lo visto, si él sabía dónde había que mandarlos, siempre llegaban, utilizaba poca magia para ello. A veces hasta resultaba molesto porque no paraba de dispararlos, incluso por la noche. Su perfil bajo daba igual porque estaría acompañado por Selina y por mí.

Luego estaba su hermano Ingelm, que sabía dos hechizos, el de teletransporte y el de agujero mágico, dos que nos servían para escapar, pero solo podía usarlos una vez cada cierto tiempo porque se cansaba. El hechizo de agujero mágico le dejaba casi al borde de la muerte si lo realizaba de manera apresurada, como hizo cuando escapamos de la fortaleza del cielo.

Por último, Carlia, su mayor ventaja era ser una maga más experimentada que Ingelm, aunque no conocía los dos hechizos que sabía él. Por otro lado, hablaba múltiples idiomas y lo hacía con fluidez.

Al final decidimos que lo mejor sería que viniera Carlia, en teoría no debíamos combatir y nos vendría bien que nos tradujera lo que decían los *altos*, si es que nos topábamos con uno, estos eran parecidos a lo que se conocía como elfos en mi mundo.

Una vez todo decidido, partimos hacia el pueblo que estaba a día y medio a caballo, así que sin demorarnos más nos pusimos nuestras mochilas, cada una con sus raciones de comida para el viaje. Parecían más bolsas de piel con asas, pero aquí las llamaban mochilas.

Al llegar, era más o menos lo esperado, un pueblo con humanos, *altos* y pocos guardias, apenas había cinco en todo el pueblo y, por supuesto, una gran pobreza. Los habitantes se veían esqueléticos y pálidos. Algo curioso era que todos hablaban el idioma común, hasta los pocos *altos* que había.

Los guardias no hacían su trabajo, se pasaban el tiempo bebiendo y comiendo cosas que esas pobres personas solo podían soñar, cantando y jugando a las cartas. Era indignante, pero nosotros no podíamos hacer nada en ese momento.

Pasamos el día en el pueblo buscando alguna señal de alguien que quisiera unirse a nosotros. De paso compramos provisiones y descansamos del viaje.

Mientras dábamos una vuelta al pueblo vimos a una *alta* discutir con un guardia. De inmediato nos acercamos para escuchar la conversación e intervenir si fuera necesario.

—¡Qué te has creído! —gritaba la *alta*, la cual había que decir que era muy hermosa, con una cabellera larga y rubia—. ¡No pienso entregarte mi arco!

—¡Cierra el pico! —replicó el guardia—. ¡Tenemos una ley muy estricta en contra de las armas caras! ¡Así que mejor dame ese arco antes de que te hagas daño usándolo!

El guarda cogió el arco que tenía la *alta* en las manos y acto seguido esta le agarró de las muñecas y lo derribó de un solo movimiento.

—¡Serás zorra! —vociferó él mientras se levantaba y desenvainaba su espada—. ¡Estás muerta!

Antes de que el guardia pudiese dar el primer paso, la *alta* tensó el arco y, de repente, una flecha de luz se colocó en la cuerda. Esta soltó el punto de enfleche y el proyectil voló hasta la garganta del soldado, que estuvo agonizando un tiempo antes de ahogarse con su propia sangre. La poca gente que estaba cerca salió corriendo, pero nosotros nos acercamos más.

Me giré para decirle a Selina que debíamos hablar con ella, sin embargo, cuando me di la vuelta ella ya no estaba a mi lado, si no hablando con la *alta*.

—¡Eso es! —exclamó acercándose a la *alta*, la cual se sobresaltó un poco—. ¡Necesitamos a alguien como tú!

Ella miró con timidez a Selina y después volvió la cabeza hacia nosotros, poniéndose más nerviosa.

—Yo solo estaba defendiendo lo que es mío... —Mientras hablaba, agarraba con fuerza su arco—. ¿Quiénes sois?

A Selina se le infló el pecho de orgullo antes de hablar.

—Yo soy Selina, líder de los *halcones de fuego.* —Entonces se giró para presentarnos—. Ella es Carlia, una gran maga y una enciclopedia humana. Este jovenzuelo de aquí es Axel, ahí donde lo ves tan delgaducho y del montón, es todo un maestro del combate, fue capaz de derrotar a un *élite* él solo.

—Lo de delgaducho y del montón sobraba —dije un poco molesto por la presentación que había hecho de mí.

La cara de la *alta* se iluminó y me miró con gran admiración.

—¡¿En serio?! —preguntó acercándose hacia mí, mirándome con unos ojos plateados, hermosos y brillantes—.

¿Cómo lo hiciste? ¿Son tan fuertes como dicen? ¿Crees que podrías matar a más de uno?

Yo me quedé un poco extrañado, sonreí de manera nerviosa, no sabía qué decir, nadie me había mirado de aquella manera.

—Bueno, yo... —Antes de que pudiese responder, Carlia nos interrumpió.

—No es por nada, pero el cadáver del guardia sigue ahí y la gente ya ha salido corriendo hace tiempo, así que sería genial que movierais el culo. ¿Vienes con nosotros o qué, *alta*?

Ella aceptó unirse a la rebelión. Con la nueva miembro de los *halcones de fuego* abandonamos el lugar del crimen, decidimos irnos del pueblo mientras íbamos de camino a comprar un caballo para nuestra nueva compañera. En ese momento intenté retomar un poco la conversación.

—Por cierto —dije dirigiéndome a la *alta*—, ¿cómo te llamas?

—Oh, que tonta, ni siquiera me he presentado —contestó ella un tanto avergonzada—. Mi nombre es Victoria y soy una...

Todos nos detuvimos al escuchar un grito estremecedor, que nos erizó el pelo, proveniente de una casa. Vi la puerta entreabierta, salí corriendo hacia allí y la abrí de golpe. Nada más abrirla una guardia me intentó detener, pero yo la empujé a un lado, siendo testigo de la grotesca imagen detrás de ella.

Había una pareja muerta en el suelo, ambos degollados y bañados en un charco de su propia sangre. Lo peor no era eso, si no que detrás de los dos cadáveres había dos hombres y una niña, uno tenía un cuchillo en la mano apuntando a la pequeña, el otro la agarraba para que no escapara.

Ni me digné a desenvainar mi espada, contra tres animales no me hacía falta un arma.

Aprovechando que los dos estaban confusos por mi presencia, tomé la iniciativa. Con rapidez le agarré el brazo al que sujetaba el cuchillo e hice fuerza para romperle la muñeca, a la vez que empujé el cuchillo hacia él para que se lo clavara a sí mismo. Como era de esperar, este se resistió, pero le hice un barrido y lo tiré al suelo. Con la inercia que generó la caída le clavé el cuchillo en el pecho, justo en el corazón, a juzgar por la abundante cantidad de sangre que empezó a brotar manchando mis manos. El otro retrocedió dos pasos, pero tropezó con un jarrón que había en el suelo, se lo veía cagado de miedo.

—Desgraciado —dijo mientras se arrastraba hasta toparse con una pared.

Avancé hacia él de forma pausada, no había por qué apresurarse.

—Cuidado con esa boca, hay niños escuchando. —Cuando ya estaba cerca, le agarré del cuello, lo levante y lo estampé contra la pared con fuerza—. ¿Por qué queríais matarla?

—¡Hable o no, moriré de todas maneras! —grito desafiante, clavando sus ojos en los míos, resollando con cada palabra por la falta de oxígeno.

—Pero igual yo te corto la lengua y alguna extremidad hasta que te mueras desangrado como el cerdo que eres —dije con una voz letal mientras le señalaba mi espada, que aún estaba en su vaina—. Sería una pena, ¿verdad?

—Axel, ¿qué estás haciendo? —Escuché la voz horrorizada y confundida de Selina.

—Intentar que hable —contesté viendo de reojo que poco a poco se estaba acercando a la niña para llevársela de allí.

—Axel, no es necesario, podemos llevarnos a la pequeña y ya está, entiendo que estés enfadado, pero no es lo correcto. —Agarró la mano de la niña y la puso detrás suya.

—Sé que no es lo correcto, pero... —Lo que habían hecho era imperdonable y quería que sufrieran, se merecían la muerte, aunque ya no era necesario matarlo, odiaba los putos dilemas de este tipo—. Mierda, mierda, ¡mierda!

Dejé ir al soldado, el cual tosió y cogió aire antes de ir a por su compañera, que estaba mirando la escena aterrorizada, abandonando ambos el lugar. Claro, cuando maté a un compañero suyo sí, pero matar a una pobre niña no les provocaba remordimientos. ¡Hipócritas!

—Lo siento, Selina, me he dejado llevar —indiqué una vez ya tranquilizado—. Deberíamos llevarnos a los padres para enterrarlos.

—Sí, pero llevarnos dos cadáveres no es la mejor idea, como nos vea algún guardia estamos jodidos.

—Ya, aunque dejarlos aquí no es lo que se merecen... —Se merecían un entierro digno.

—Qué marca tan extraña... —comentó Victoria mientras examinaba los cadáveres de los padres de la niña nada más entrar.

—¿Qué marca? —le preguntó Selina, a la par que ella y yo nos acercábamos para saber de qué estaba hablando también.

—Está en el cuello.

Le apartó el pelo a la mujer y nos enseñó que los dos tenían una marca bajo la oreja, era una garra de tres dedos que me recordaba en cierta manera a la de un dragón

—Es curioso. —Selina miró a la niña y se dio cuenta de que ella no la tenía.

—Igual están aquí porque escapaban de esa marca, no lo sé, pueden ser muchas cosas. Mejor vayámonos ya, no quiero que la niña siga viendo los cuerpos de sus padres.

Selina se marchó con la pequeña y Victoria y yo la seguimos.

—La chica es incapaz de hablar ahora mismo y no me extraña, deberíamos buscar a alguien del pueblo que pueda cuidarla —argumentó Selina echando un vistazo alrededor, pero la calle estaba vacía, no había nadie.

—No —respondí con firmeza, tenía claro lo que les iba a proponer—. ¿Crees que después de lo que ha pasado esta niña va a querer seguir aquí? Yo voto por llevarla con nosotros.

Se lo pensaron un momento y accedieron a hacerlo, en parte me sorprendió que lo hicieran de una manera tan sencilla. Así que salimos de allí, no sin antes comprarle un caballo a Victoria. Solo entonces marchamos de vuelta a la nueva base de los *halcones de fuego*.

—¡Ahí va el dinero que habíamos conseguido! Espero que merezcas la pena, chica —comentó Carlia mirando la bolsa común que teníamos con apenas unas monedas de oro, unas pocas de plata y un puñado de cobre.

—¡Os ayudaré en todo lo que pueda, es emocionante conocer a los *halcones de fuego*! —exclamó mientras cabalgaba cara al viento.

No pude evitar dirigir mi mirada hacia ella, era realmente hermosa, era digna de un cuadro.

Sacudí la cabeza y desvié esos pensamientos de mi mente, no debía establecer una amistad demasiado fuerte con la gente, pero tenía que llevarme bien para poder avanzar. Ya me avisó Elena.

Por el camino la niña no soltó ni una sola palabra, seguía en shock. Intentamos animarla, buscar la más mínima reacción, ella no hacía nada, se limitaba a seguirnos, empezamos a plantearnos si era muda.

La noche comenzaba a caer, por lo que sacamos los sacos de dormir y montamos una hoguera. Tras comer dos conejos que cazó Victoria nos fuimos a dormir.

En medio de la noche me despertó una voz que cantaba. Seguí el canto y encontré a la niña sentada en una gran roca en frente de un lago iluminado por la luna.

NACIDO EN LA GRIETA I

Su voz era hermosa y resonaba por todo el bosque, al escucharla sentí mucha paz interior. Cantaba una historia que me contó Carlia sobre este mundo, la historia de Prometero, el guardaespaldas de la pareja de magos que guio la revolución contra un tirano que hubo en el *reino azul*. También me dijo que Servil era descendiente de esa pareja.

Me acerqué despacio a ella intentando que no se sobresaltara y cuando terminó la canción me senté en la roca a su lado.

—Tienes una voz muy bonita. —Cuando hablé ella se exaltó y miró al lado contrario al que estaba yo—. ¿Quieres ser cantante?

No contestó, estaba claro que ella no quería hablar conmigo. Pero quería intentar obtener una respuesta de ella sin presionarla demasiado.

—Entiendo cómo te sientes, yo también vi cómo asesinaban a mi padre frente a mí, él era la única familia que me quedaba, mi madre desapareció cuando yo tenía tres años. —La niña empezó a girarse despacio, aunque evitaba el contacto visual.

—¿Tuviste miedo? —preguntó con un tono muy bajo que apenas pude escuchar.

—Muchísimo miedo, odio, impotencia y después me culpé por mucho tiempo por no haber hecho nada, así que sé la clase de cosas que se te pasan por la cabeza porque yo también las sentí.

—¿Qué hiciste para dejar de pensar en esas cosas? —Clavó su mirada violeta en mis ojos verdes y me vi reflejado en ella, vi a aquel niño que perdió todo de la noche a la mañana y al mirarme en el reflejo de su retina vi a Yasuda, listo para apoyarme pasase lo que pasase.

—No pude solo, me ayudó la gente que tenía alrededor —respondí sin apartar la mirada, sin ni siquiera parpadear—.

Ellos ofrecieron su hombro y yo me apoyé en ellos, me dolía mucho, pero poco a poco el dolor se fue mitigando y cuando los pensamientos dolorosos inundaban mi cabeza, ellos estaban allí para recordarme que yo era más fuerte que aquellos pensamientos.

—Debes ser muy fuerte. ¿Te llamas Axel, verdad?

—Sí, soy Axel y no, no era nada fuerte por aquel entonces, ni física ni mentalmente, tardé muchos años en desarrollar mi fortaleza y muchos más en superar la muerte de mi padre, en realidad estoy aquí por él. Mi padre tenía un objetivo y al morir se convirtió en el mío, cuando consiga llegar a esa meta, solo entonces estaré en paz con mi conciencia.

—Entiendo... Mi nombre es Ángela.

—Encantado de conocerte, Ángela, lo mejor será que intentes dormir un poco, ya sé que te resultará muy difícil, pero haz el esfuerzo aunque sea.

Me levanté y le ofrecí mi mano para levantarse, ella la agarró y nos marchamos de nuevo al campamento donde el resto aún dormía.

—Axel, ¿puedo preguntarte una cosa más antes de dormir? —asentí como respuesta—. ¿Puedes enseñarme a ser fuerte?

—Ángela. —Me arrodillé para estar a su altura y mirarla a los ojos—. Yo puedo entrenarte para ser fuerte y hábil en el combate, no obstante, la fortaleza mental debes desarrollarla tú, yo puedo darte consejos, pero debes ser tú quien esté dispuesta a esforzarse.

—Estoy dispuesta. —Cuando me lo dijo, el fuego de la hoguera estaba reflejado en sus ojos, brillaban incluso con más intensidad. Entonces visualicé su determinación y no pude evitar sonreír—. No permitiré que dañen a alguien que quiero nunca más.

Es lo mismo que yo dije cuando me ocurrió a mí.

—Ya lo veo, duerme, cuando volvamos a la base de los *halcones de fuego* empezaremos con tu entrenamiento.

Ella se metió en el saco y cerró los ojos, hice lo mismo y antes de dormir empecé a recordar cómo era mi vida hace unos años. Pensé en lo mucho que me cambió la muerte de mi padre, antes era muy inocente e ignorante, pensaba que *la grieta* era lo normal, me sobrestimaba en exceso, me creía más fuerte e inteligente de lo que en realidad era. Todavía pecaba de ello, pero ahora recapacitaba más. Cuando murió mi padre, Yasuda fue quien se encargó de mí, me enseñó a controlar mis emociones y dejarlas salir cuando debía. Después Elena me adiestró en el combate con la espada, desarmado o con múltiples armas, me enseñó a ser un asesino letal. De hecho, yo antes era diestro, pero Elena me entrenó para saber utilizar ambas manos a la perfección.

Amaneció, fui el primero en estar en pie y empecé a preparar los caballos, poco a poco se fueron despertando y cuando todo el mundo estuvo preparado, reanudamos la marcha.

—Anoche me pareció escuchar voces, ¿vosotros también las escuchasteis? —Cuando Selina hizo la pregunta yo miré a Ángela, que estaba detrás de mí en el caballo, y ella entendió lo que le quería preguntar con la mirada.

—Era yo. —Nada más hablar Ángela, todas se giraron hacia ella sorprendidas—. No podía dormir y fui al lago a cantar. Axel se despertó y estuvimos hablando. Me llamo Ángela.

—Un placer, Ángela —dijo Victoria con una gran sonrisa en su rostro—. ¿De qué hablasteis?

—Secreto —dije sonriendo—. Si quieres saberlo, tendrá que contártelo Ángela.

—Ya veo... Mejor dejarlo así.

Victoria se puso a mi nivel, me sonrió y siguió hacia delante.

Continuamos un tiempo hasta que a Selina se le ocurrió una idea.

—Puedo ver la entrada de la cueva desde aquí. —Tenía razón, a lo lejos se podía ver la cueva donde teníamos la base—. ¿Echamos una carrera?

Todos aceptaron, dudé un poco, sabía montar a caballo, aunque tampoco muy bien y jamás había hecho una carrera de caballos. Aun así acepté.

Le dije a Ángela que se agarrara fuerte, tiré de las riendas del animal y empezamos la carrera. Como era obvio me quedé atrás, ya que no tenía tal habilidad para cabalgar.

Llegué en último lugar al campamento, Selena ya estaba presentando a Victoria, bajé del caballo y ayudé a bajar a Angela.

Ingelm se acercó a recibirnos mientras que Gelmin disparaba un virote mensajero antes de venir a saludarnos también.

—¿De dónde habéis sacado a la niña? —preguntó Ingelm confuso por la joven incorporación.

—Es una historia muy larga como para contarla ahora, pero no podíamos dejarla en el pueblo, su nombre es Ángela —dije presentándola, ella se escondió detrás de mí con vergüenza.

—Bueno, se está haciendo tarde y tengo hambre —indicó Selina tras un instante de silencio.

Todos coincidimos con ella y nos metimos en el campamento, preparamos una tienda de campaña para Ángela, nos aseamos y fuimos todos a cenar. Antes de sentarme, la niña me dio un par de tirones en la camiseta para llamar mi atención.

—¿Qué pasa, Ángela? —pregunté antes de darle el primer bocado a mi comida.

—¿Cuándo empezaremos a entrenar? —Lo que pensaba, yo no pude evitar reírme—. ¡No te rías, yo quiero comenzar a aprender ya!

—Ángela, tranquila, mañana empezaremos, ¿vale?

Como era de esperar, a ella no le pareció bien, pero aceptó a regañadientes y se puso a cenar a mi lado.

Hablamos de cosas triviales. Hasta que Gelmin sacó el tema que intentábamos evitar.

—Por cierto, al final no nos habéis dicho por qué habéis traído a Ángela. —Miré a Victoria, Selina y Carlia, ellas pensaron lo mismo que yo, ¿cómo decirlo sin recordarle a la pequeña la muerte de sus padres?

—Cielo, creo que es hora de que te vayas a dormir —aconsejó Selina y Ángela, sin decir una palabra, se fue, pues sabía a la perfección por qué lo decíamos—. Si te soy sincera, nosotras no vimos nada, en realidad fue Axel quien la encontró.

Yo me limite a rememorar lo que ocurrió mientras mi mirada se clavaba en el fuego de la hoguera.

—Joder... —dijo Gelmin suspirando, parecía arrepentido por preguntar.

—Que mal cuerpo tengo ahora mismo —indicó Ingelm levantándose y yéndose a la tienda que usábamos para guardar comida, volviendo con un barril de cerveza—. ¿Alguien más necesita un trago?

Casi todos alzaron sus jarras y picheles menos yo, porque no me apetecía en ese momento y Victoria tampoco quiso beber.

—¿No bebes, Victoria? —pregunté por mera curiosidad.

—No, no me gusta la cerveza —contestó terminando de comer la poca comida que le quedaba—. Y tú, ¿por qué no bebes?

—No me apetece ahora mismo. —Yo también me acabé el plato—. Aunque aún no he probado la cerveza de este mundo

—¿A qué te refieres con lo de este mundo?

Yo me eché la mano a la cara, no caí en que ella no sabía de dónde venía.

—¿Conoces la leyenda de la espada azulada, Victoria? —interrogó Carlia metiéndose en nuestra conversación. Ella asintió sin entender qué tenía que ver, yo me empezaba a imaginar por donde iban los tiros—. Es él.

En parte me enfadé porque no me habían contado esa leyenda de la que formaba parte, sabía lo de la profecía de la primera ascendida, no la leyenda de la espada azulada. A Victoria se le iluminó la cara y me hizo una reverencia.

—¡Es un honor conocer al héroe de la espada azulada!

Me puse rojo. ¿Estaba hablando en serio? Eso era una broma de mal gusto en la que se habían puesto de acuerdo.

—Victoria, para, por favor, no soy ningún héroe, olvídate de esa leyenda estúpida, no...

Todo el mundo se estaba partiendo de risa viendo la escena que se acababa de montar.

—¡No es ninguna estúpida leyenda! —gritó Victoria muy enfadada—. ¡Es la leyenda que pondrá fin a esta era y tú conocerás a la diosa de la vida y la salud!

—Interesante —dijo Ingelm—, no conozco a ninguna *alta* que siga a la diosa de la vida.

—Es en parte la razón por la que hui de mi familia, eso y que me querían mandar a la guarnición de exploración para luego desertar y vivir como una mercenaria

—No me extraña que huyeras de allí, he escuchado que a las mujeres que se unen a la guarnición de exploración las obligan a cortarse un pecho y el pelo. Además, si al final del entrenamiento la fuente te rechaza, te exilian —contó Carlia.

—Ese no es el problema, ya que la idea es desertar antes de volverse miembro de la guarnición. Lo que pasa es que yo siempre he querido vivir una aventura, ser parte de algo grande, pero mi familia no me dejaba. Veréis, yo... —Se quitó los guantes de cuero que llevaba y en la palma de la mano tenía un símbolo, era un arco tensado con una flecha con forma de serpiente—. Soy descendiente de Helia, nunca he tenido control de mi propia vida.

Todos se quedaron atónitos, yo no entendía nada, como de costumbre.

—Siento cortar el rollo, pero ¿quién es Helia? —pregunté.

Parecía alguien importante, apenas sabía nada de ese mundo, el tiempo que llevaba aquí lo había usado principalmente para aprender el idioma y luchar.

—La llamaban la arquera de la serpiente, se dice que disparaba serpientes como flechas, era la major mercenaria, vendía su arco al mejor postor —explicó.

—Por detrás del mercenario del dragón —corrigió Selina.

—Cierto, pero en su momento fue la mejor, hasta que el mercenario dragón empezó a matar a diestro y siniestro —puntualizó Carlia—. Un día recibió el contrato de asesinar a la maga Karlina, aunque Helia estaba muy lejos del nivel de la maga. Aun así lo intentó y, como castigo y humillación, fue transformada en una flor.

» Tras la muerte de Karlina el hechizo se deshizo. Para Helia el tiempo había pasado a una gran velocidad y volvió como una anciana. Murió un par de años después, pero no se encontró su cadáver. Lo que no sabía Karlina es que ella estaba embarazada cuando la transformó en planta y sus dos hijas se convirtieron en semillas. Cuando se rompió la maldición, las chicas también volvieron y el poco tiempo que estuvieron juntas les valló para aprender las tácticas y habilidades de su madre. Además, pudo tener una tercera hija, ya que la raza de los *altos* es extremadamente fértil, pueden tener hijos con facilidad hasta los ochenta años de los cien que suelen vivir, a diferencia de los humanos. En el tiempo que estuvo viva, todas las hijas de Helia tuvieron sus propias hijas. Lo curioso es que en su linaje sólo aceptaban a las niñas, pues si nacía algún niño lo entregaban al pueblo más cercano. Por otro lado, solo podían tener hijas con los arqueros más renombrados de los cuatro reinos.

—Y la marca de la mano, ¿por qué la ponen? —consulté.

—No se la ponen —respondió Carlia—, nacen marcadas, algo para lo que nadie tiene explicación.

—Vaya. —Me giré hacia Victoria—. Más bien debería ser yo quien te hiciera una reverencia, descendiente de Helia.

Ella sonrió y se sonrojó, apartando la mirada. Luego me dirigí a Carlia con expresión seria.

—Creo que merezco saber lo de la leyenda —alegué sin vacilar, me sentía molesto porque no me habían hablado antes de ella.

—¿No te la han contado aún? —Carlia se sorprendió y se aclaró la garganta antes de empezar—. La profecía se remonta a los tiempos de la primera ascendida, la cual dijo…

—Esa profecía ya me la sé —contesté cortante—, me refiero a la leyenda de la espada azulada.

—Oh, eso. —Tragó saliva antes de responder—. Se supone que no debería contar esto… Pero mereces la verdad.

» La leyenda de la espada azulada se escribió hace tiempo, hace unos treinta años. Esta dice que el portador de la espada azulada acabará con Grok, el último caballero de las manos invertidas, y el mago de sangre Gherman. Además de acabar con sus vidas traerá la paz entre reinos. Esta persona llevará una espada serpenteante de color azulado, es decir, tu espada. También tiene una parte muy confusa en el idioma de los dragones que no sé traducir.

—Vamos, que se supone que haré todo eso —resoplé—. Carlia, no pienso desviarme de mi camino para hacer todo eso, os ayudaré porque os lo debo e intentaré buscar las respuestas que necesito, pero no haré nada más.

—Lo comprendo —dijo de manera tranquila—, no pasa nada, de hecho, solo una de cada tres leyendas se cumplen al pie de la letra.

—Ya veo —suspiré una última vez, entre la profecía y esa leyenda me estaba entrando dolor de cabeza, además de ponerme de mala leche.

Que si haría esto, que si haría lo otro. No quería hacer nada de eso, solo encontrar las respuestas a mis preguntas.

—Bueno, me retiro a descansar, hablar de leyendas me agota.

—¿Ya te vas? —me preguntó Victoria pillándome desprevenido.

—Sí, era la idea, ¿pasa algo?

—Oh no, nada, que descanses bien.

—Igualmente, ¡nos vemos mañana, compañeros!

Me dirigí a la tienda, mañana me tocaba entrenar a Ángela.

Al dia siguiente no había ni empezado a desayunar y la niña ya estaba pidiendo que empezáramos con el entrenamiento.

—¡Me lo prometiste, Axel! —No paraba de insistir Ángela.

—Lo sé, pero déjame terminar de desayunar, por favor... —Todos se reían por la situación y no paraban de bromear con que ahora ya sabía lo que era ser un hermano mayor—. Os reís mucho, pero a ver quién la aguanta cuando yo me vaya a alguna misión.

—No te preocupes, Axel. ¡Yo, Fhilen, el herrero de los *halcones de fuego*, tomaré como aprendiz a Ángela mientras tú no estés, le enseñaré cómo se debe cuidar una espada! — Sonreí y se lo agradecí, al menos de esa manera estaría ocupada en mis ausencias.

Nacido en la grieta I

—Me apunto también, siempre he querido ser instructor de combate, así que no me importa instruirla tampoco —resolvió Gelmin con una amplia sonrisa y se lo agradecí también.

—Bueno —dije, terminando de desayunar—, vamos a empezar el entrenamiento.

—¡Bien! —gritó Ángela emocionada.

Nos marchamos a la meseta que había encima de nuestro refugio. Le empezaba a coger gusto a ejercitarme allí, pues tenía unas vistas hermosas. A lo lejos se veía la fortaleza azul bañada por el sol y un lago que había cerca de la cueva. Además de haber un gran manzano justo en la cumbre de la meseta.

—Empecemos por lo básico —dije quitándome la espada del cinto para apoyarla en el manzano—. Antes de aprender a combatir con armas, debes saber cómo pelear sin ellas. Lo primero es la posición de guardia.

Adelanté mi pierna derecha y alce las manos a la altura de mi cabeza para mostrárselo.

—Esta es la posición más básica y la más importante a la hora de combatir. —Ángela asintió e imitó la postura—. Muy bien, ahora los fundamentos del combate.

Así pasamos el rato, comiendo manzanas y entrenando las nociones básicas hasta que el sol empezó a esconderse y sin darnos cuenta el día llegó a su fin. Lo más importante era que pude ver la determinación en Ángela, consiguió transformar su rabia e impotencia en fuerza. A mí me costó muchas más horas con Yasuda, sin embargo, ella lo consiguió en apenas un día y sin la ayuda de nadie, estaba claro que Ángela era especial.

—¡Chicos, venid, estamos haciendo la cena! —gritó Selina llegando a la cima de la colina—. Lleváis todo el día entrenando, no habéis comido nada. Vamos, mañana seguiréis.

—Tienes razón. Venga, Ángela, hay que reponer fuerzas. —Ella negó con su cabeza.

—¡No, no estoy cansada, quiero seguir!

—Escúchame, entrenar todo el rato sin descanso tampoco es bueno, tienes que dejar descansar los músculos y la mente de vez en cuando. —Esto ya se lo había dicho en un pequeño descanso, pero al parecer se le había olvidado.

—¡Vale, como tú digas, Axel!

Y marchamos de vuelta a la cueva para cenar.

NACIDO EN LA GRIETA I

CAPÍTULO 4
LA LLAMA DE LA REBELIÓN

Así pasó un mes sin novedades. No conseguimos que nadie diera un paso adelante en ninguno de los pueblos, todo el mundo le tenía demasiado miedo al rey como para mover un dedo en su contra.

Todo aquello fomentó el odio contra nosotros, pero a su vez se empezó a difundir el rumor de que había matado a un *élite*, algo que fue un atisbo de esperanza para nuestra gente. Como era obvio, el rey negaba tal hecho, aunque todos sabían que aquello era solo para ocultar la verdad.

Un día conocimos a un panadero muy amable, su nombre era Lawter, todo el pueblo lo conocía por su excesiva amabilidad. Él nos ofreció cobijo por un par de días, ya que Ingelm sufrió una lesión tras caerse del caballo debido a un ataque de una manada de lobos. Aquellos días le ayudamos como pago y lo conocimos un poco, decía se iba a marchar con su familia a la fortaleza azul, ya que habían ahorrado el suficiente dinero como para comprar un terreno allí.

El pobre Lawter sufrió mucho durante su vida, sus padres biológicos murieron por el ataque de un dragón y fue adoptado por una familia de este pueblo que le enseñó el oficio de panadero. También nos contó que recién perdió a su hermano por sospechas de ayudar a los rebeldes. Nosotros no tuvimos el valor de decirle que éramos los *halcones de fuego*, nos limitamos a decirle que éramos viajeros.

Pese a lo que había sufrido, siempre veía el mundo con buenos ojos, yo le admiraba en cierta manera, a veces a mí me costaba pensar en las cosas buenas y, en cambio, él no había ningún momento en el que no pensara en las cosas positivas del mundo.

Después de dos días nos marchamos de nuevo al escondite, de camino nos encontramos con un *prometero* del rey.

Me confundía un poco, ya que también me habían dicho que la misma palabra se refería a un saludo, además de un juramento de alta importancia. Todos esos términos están inspirados en un hombre que se llamaba Prometero. Era como un mensajero utilizado por reyes y nobles que enviaba mensajes de alta importancia.

—¿Es usted Axel? —preguntó el *prometero* cuando nos cruzamos a punto de abandonar el pueblo. Por instinto desenvainé mi arma—. ¡Tranquilícese, por favor, señor Axel! No hemos venido a pelear, sino a darle un mensaje.

—Puedes estar tranquilo, Axel, los *prometeros* jamás buscan combate —afirmó Gelmin posando una mano en mi empuñadura. Aun así me extrañaba, ¿cómo narices nos había encontrado?

—Vale. —Envainé el arma y me dirigí al *prometero*—. ¿Cuál es ese mensaje?

El mensajero desenrolló el pergamino que estaba portando y comenzó a leer.

—Señor Axel, por la presente le invito a venir a negociar conmigo, el rey Servil, para acabar con esta estúpida rebelión. Es una amable oferta teniendo en cuenta que tenéis todas las de perder. Le prometo que no es ninguna trampa, ya que he firmado con sangre esta carta y juro que no le mataré mientras esté en el castillo, le dejaré ir libre pese a que no lleguemos a un acuerdo.

—Esto tiene que ser una broma —dijo Selina indignada.

—Por favor, señorita, permítame terminar. —Se aclaró la garganta y continuó leyendo—. Las puertas estarán abiertas para usted en todo momento, siempre y cuando venga dispuesto a negociar. Una vez dicho esto, me retiro.

El *prometero* tal y como vino se fue.

—Esto me preocupa —indicó Ingelm—. ¿Cómo sabían que estábamos aquí?

—No lo sé —respondí—, pero debemos ir rápido a contarle esto al resto.

Galopamos a toda velocidad hasta llegar a la cueva y les comentamos toda la situación.

—Esto puede ser una gran oportunidad —afirmó Victoria pensativa—, puede ser que el rey le cuente sus planes o como mínimo saber quién forma parte de la corte del rey.

—O también puede ser una trampa de narices —contestó Selina—. No sé, no llego a fiarme del rey, lo veo capaz de saltarse un juramento de *prometero*.

—No creo que sea capaz de algo así, puede que sea despiadado, pero saltarse eso es atenerse a la ira de los seis dioses —comentó Gelmin muy confiado—. Servil no sería capaz de tal cosa.

Empecé a pensar en las posibilidades. Si Victoria y Gelmin tenían razón, no había peligro, pero si era Selina quien estaba en lo cierto, con toda seguridad estaba muerto.

Sabía con certeza que el rey me infravaloraba, sobre todo después de nuestro último encuentro, o igual no, ya que él sabía que maté al *élite*.

—Iré a la corte del rey —aseguré con decisión—, mejor arriesgarse que estar dando vueltas como pollos sin cabeza por los pueblos, iré solo, no tengo derecho a pediros que os pongáis de nuevo en peligro por mi culpa.

—Axel, me ofende que digas eso —proclamó Ingelm dándome un golpe en el hombro—. Aquí somos todos hermanos y hermanas. ¡Me enfrentaría a la mismísima ira de los seis dioses por ti!

—¡Y yo! —grito Selina seguida por el resto de mis compañeros.

—¡Cuenta con mi arco! —exclamó Victoria.

—Decidido entonces, ¡vamos a la corte del rey! —rugí alzando el puño con más energías que nunca.

Decidimos no ir todos para que el rey no pensara que era un ataque, conmigo marcharon Victoria, Ingelm, Gelmin y Selina, además de un par de guerreros diestros que había entre los nuestros.

Al verme, los guardias abrieron la puerta de entrada y fuimos escoltados por una gran guarnición de guardias y *élites* que nos guiaron hasta la puerta del castillo. La gente miraba asombrada la escena, muchos pensaban que nos habían capturado.

Al llegar al castillo le prohibieron la entrada a mis compañeros, ya que la invitación para la corte era solo para mí. Sin rechistar, aceptaron quedarse en la puerta mientras yo entraba a la fortificación, entonces me dirigieron a la sala donde se haría la reunión.

Abrieron las puertas de una gran habitación rodeada de sillas de piedra con joyas, había sillas pegadas a las paredes de la estancia circular. En el techo se veía una gran lámpara de araña y justo en el centro de la sala una gran alfombra azul con rebordes de oro.

Enfrente de la puerta de entrada, el trono del rey, el cual era alto y lujoso en exceso. Ahí estaba Servil sentado, bebiendo una copa de vino.

—Es un placer que hayas venido, Axel, un verdadero placer —dijo el rey a modo de bienvenida.

—Déjate de cortesías —le contesté cortante—. Ve al grano, no quiero pasar demasiado tiempo en la boca del lobo.

—Por favor, ¡usted no está en posición de exigir, sucio rebelde! —gritó un noble de la sala al que ni me digné a mirar.

—Mirada al frente, ni siquiera te has inmutado, eso me gusta —admitió el rey dirigiéndose a mí mientras dejaba la copa de vino en su trono y se levantaba dando unos pasos—. No cabe duda, tienes decisión, al fin y al cabo, fuiste tú quien mató al *élite*, el primero en la historia, que se sepa, en hacer tal hazaña en un duelo. Tienes todos mis respetos, Axel.

—No creo que me hayas llamado para felicitarme.

No le pensaba perder de vista en ningún momento, él se puso a observarme de arriba abajo pensativo.

—Por supuesto, te he hecho llamar para hacerte una oferta. —Dio dos palmadas y su hija se levantó y se puso a su lado, ella lo miraba de reojo, nerviosa—. Te ofrezco formar parte de la *élite*, recibir grandes cantidades de dinero, una casa, alto estatus en el reino y, por supuesto, a mi hermosa hija.

Su hija se sobresaltó y palideció.

—Pero padre, me dijiste que... — Antes de poder terminar la frase, este le pegó una bofetada que la tiró al suelo.

—¡Silencio, Kinita! —Él tenía dibujada una sonrisa de psicópata en su rostro—. Te dije que haría lo que viera más conveniente, deberías darme las gracias por elegir tan apuesto caballero.

Apreté el puño furioso, me estaba costando no desenvainar y cortarle la cabeza. Mi mano, de manera inconsciente, se fue a la empuñadura, pero mi mirada se desvió y se cruzó con la de un hombre rubio con ojos de gato. ¡Era él! Sin ninguna duda. Mi corazón se aceleró, no podía ganarle y encima estaba en un castillo lleno de soldados. Me tranquilicé y respiré hondo.

—Vaya, si tienes empatía al final. —Servil levantó a su hija por el pelo y la tiró frente a mí. Al fin entendí lo que estaba haciendo el desgraciado, no estaba intentando realizar ningún trato, estaba intentando provocarme, quería que lo atacara para que rompiera el trato y así tener una razón para matarme. El cabrón estaba dispuesto a humillar y usar a su hija de esa manera tan solo para que yo atacara.

Me arrodillé y le tendí la mano a Kinita.

—¿Estás bien? —pregunté con tranquilidad.

Ella me apartó la mano y se levantó por su propio pie, al alzarse y mirarla a la cara, vi que estaba intentando contener sus lágrimas, tenía los ojos vidriosos, se notaba que estaba a punto de explotar.

—Está bien, aceptaré la oferta, pero con una condición. —Él me estaba escuchando con atención, tenía una idea, aunque todo dependería de la chica—. Poder hablar ahora mismo con su hija en privado.

Si esto funcionaba, no solo saldría con vida, sino que ganaríamos una aliada muy valiosa.

El rey y Kinita me miraron sorprendidos.

—Me parece bien, solo si me demuestras que vas en serio. —No me gustaba el camino que estaba tomando esto—. Si besas a mi hija ahora mismo, en frente de todo el mundo, aceptaré tu petición.

Sabía que me iba a salir con alguna historia así, ahora debía decidir entre hacer lo correcto y marcharme o besarla e intentar convencerla de que se uniera a los *halcones de fuego* para vengarse de su padre. Ambas ideas me parecían una mierda. Me había arriesgado demasiado como para irme con las manos vacías, debía intentarlo al menos.

Avancé un paso hacia ella, Kinita retrocedió ese mismo paso y me miró completamente pálida, sus lágrimas empezaron a rebosar y caer por su rostro. La mera idea de lo que estaba a punto de hacer me provocaba arcadas. Esperaba que lo entendiera, que no me odiase y, ya de paso, no vomitar.

Servil la empujó hacia mí y una vez delante mío se rindió. Yo le alcé la barbilla y la besé. Jamás pensé que mi primer beso sería algo tan asqueroso, ni yo ni ella queríamos esto, ni siquiera sabía si lo que estaba haciendo serviría de algo.

Aunque tenía que admitir que por ver la cara de sorpresa de Servil, lo hubiera hecho otra vez, ver a ese desgraciado con el rostro desencajado me produjo satisfacción. No sabía por qué, pero también miré en la dirección del hombre de los ojos de gato. Él estaba sonriendo, pero ¿por qué? Sin perder más el tiempo, agarré la mano de Kinita y me marché de la sala para meterme en la primera habitación a la derecha.

—Yo... —Antes de que pudiera decir nada, una arcada me subió y busqué con rapidez un cubo para vomitar.

—¿Qué pretendes, Axel? —Normal que no entendiera nada—. Tú tampoco querías hacerlo, por lo que veo, ¿entonces porque lo has hecho?

—Para poder hablar contigo sin tapujos —dije una vez terminé de vomitar—. He visto cómo te trata Servil, por eso quiero ofrecerte unirte a los *halcones de fuego.*

Ella se quedó un rato pensativa hasta que una mirada macabra se dibujó en su rostro.

—No hay día en el que no piense en la muerte de mi padre. ¡Nada me gustaría más que verlo ahogado en su propia sangre mientras me suplica clemencia! —Vale, ese comentario había dado mal rollito.

—Entonces, ¿vienes conmigo?

No sabía si debía fiarme, lo último que dijo me había dado mala espina, pero iba a darle un voto de confianza.

—Sí —contestó borrando de pronto esa sonrisa y mirada macabra de su rostro.

—Será un placer tenerte de nuestro lado. —Ella me devolvió la sonrisa, esta vez menos siniestra—. Ahora hay que salir de aquí.

Eché un vistazo alrededor y la única salida era por la ventana.

—Parece que toca hacer un poco de escalada. —Ella rompió la mitad de la falda del vestido y también las mangas—. Estúpidas ropas poco prácticas, siempre las he odiado.

Acto seguido y sin dudar, abrió la ventana, se colgó de esta y empezó su descenso entre salientes y ventanas. Yo la seguí, pero se notaba que ella era una experta en la escalada, se movía con una agilidad increíble. Cuando ella llegó abajo yo aún iba por la mitad y eso que llevaba un vestido que, aunque estuviera la falda medio rasgada, debía ser incómodo para tal fin.

Al llegar abajo fui donde nos esperaba el resto del equipo con ella siguiéndome. Los guardias se sorprendieron al vernos, pero al ver a la hija del rey dudaron de qué tenían que hacer y nos dejaron marchar.

También Selina, Ingelm y Gelmin se extrañaron por la presencia de Kinita, sin embargo, decidieron no preguntar en ese momento y centrarse en irse.

Sin la escolta presente, marchamos por las calles de la ciudadela hacia la salida, pero a mitad de camino nos detuvimos al ver un rostro conocido en una escena horrible.

Se trataba de Lawter, estaba atado en un poste junto a otras cuatro personas, enseguida supe lo que pasaba, iban a quemarlos vivos.

—¡Esto es lo que les ocurre a aquellas personas que apoyan a los rebeldes! —gritó un hombre vestido con lo que me imaginé que era el traje de verdugo de este mundo. Un traje negro y rojo que llevaba bordados de león, la capucha que cubría por completo la cabeza tenía dibujado un león en blanco y justo en los ojos del animal dos agujeros para ver.

El verdugo llevaba en la mano una antorcha, uno a uno fue prendiendo fuego a los postes, que empezaron a arder. Las personas que estaban ahí se sacudían con violencia desesperadas por escapar. Lawter consiguió quitarse la mordaza y empezó a gritar. Si no tenían pruebas, ¿por qué les hacían esto? Mientras se quemaba su mirada se clavó en la mía y puede que fuera mi imaginación, pero juraría que esbozó una última sonrisa antes de que las llamas lo consumieran. Siempre alegre hasta el final, ¿por qué debía ser él quien pagara el precio de esta estúpida guerra? Ojalá se hubiera venido con nosotros, pero no tuvimos el valor de decirle que éramos los *halcones de fuego*.

Estaba harto de tanta crueldad, estaba harto de que hicieran lo que les venía en gana, era hora de enviar un mensaje a todo el territorio.

Avancé hasta ponerme delante de toda la multitud, que veía la escena horrorizada, y miré al verdugo desafiante.

—¡¿Qué pruebas tienes?! —grité, él me miró y bajó del escenario para agarrarme de la pechera.

—¡Desgraciado! ¡¿Te atreves a cuestionar a la guardia? ¿Acaso quieres acabar como ellos muer...?!

Desenvainé y le amputé el brazo con precisión, la sangre me cubrió la ropa y a continuación le atravesé con mi espada el pecho.

—Esto es por Lawter.

Me quité el brazo amputado, que seguía agarrado a mi camisa, y subí al escenario donde estaban los restos calcinados.

Los otros guardias salieron corriendo al ver que acababa de matar a su compañero con extrema facilidad.

—¡¿No estáis cansados?! —grité a la multitud, que me contemplaba atónita—. ¡Asesinan a vuestros amigos y familiares! ¿Y no sois capaces de alzar la cabeza por miedo a las represalias? Vosotros seréis los siguientes si no hacéis nada, muchos de vosotros no sois querreros, pero tenéis dos opciones: morir como perros de la mano de estos desgraciados o luchar contra la tiranía del rey Servil. ¡Junto a los *halcones de fuego*, cualquier ayuda será bienvenida!

—¡Estoy cansado de este reino de terror, me uniré a los *halcones de fuego*! —exclamó alguien del público con energía, una energía que se fue transmitiendo y acabó contagiando a todo el mundo. Aquí y ahora, empezaba la rebelión.

—¡Si estáis dispuestos a ayudar, acompañarnos y que la llama de la rebelión queme al rey Servil! —bramé bajando del escenario y corriendo hacia la salida de la ciudad.

Selina, Victoria y el resto me observaron con una amplia sonrisa, mucha gente empezó a seguirnos, llevábamos un río de personas por las calles de la ciudad. Los guardias nos miraron sin saber qué hacer, sin atreverse a mover un dedo.

Y así seguimos hasta llegar al estrecho acantilado antes de la salida, ahí nos esperaba un batallón de soldados liderados por tres *élites* que hicieron que todo el mundo se paralizara.

—¡Si queréis salir, será por encima de nuestros cadáveres! —gritó uno de ellos.

El terror se apoderó de la gente que nos seguía, como solía ocurrir. Uno chilló y salió corriendo de vuelta a la fortaleza azul y mucha gente hizo lo mismo.

Al final perdimos a más de la mitad de las personas que nos seguían, pero en ese momento lo importante era descubrir cómo salir. Yo podía matar a un *élite*, no obstante, no sabía si podría acabar con los tres y mis posibilidades disminuían teniendo en cuenta que debía controlarme. Miré a mis compañeros y empecé a pensar en una estrategia.

—Yo me puedo encargar de uno, Axel, tú de otro, luego necesitamos alguien que pueda con el tercero o tendremos que apañarnos hasta que el resto termine con los otros guardias —dijo Kinita agarrando dos cuchillos que le acababa de pedir a uno de nuestros compañeros. ¿Iba a pelear así?

—Yo puedo con uno —confirmó Victoria dando un paso adelante para ponerse a mi lado mientras sacaba su arco.

—¿Estás segura? —Dudaba porque aún no la había visto en acción, sabía que era una hija de Helia, pero no sabía de lo que era capaz.

—Por favor, Axel, tu pregunta me ofende. —Me miró con fijeza y se adelantó a por su objetivo.

Kinita y yo la seguimos, nos dividimos para ir cada uno a por un *élite* diferente.

El resto aprovechó que entreteníamos a los *élites* para cargar contra los guardias que estaban defendiendo la puerta.

En parte me daba miedo pelear junto a ellas dos, debía controlarme, sino podían acabar heridas. Tenía que recordar que no estaba solo en combate.

Pero enfrentando a los *élites* nos topamos con un gran problema, los tres estaban sincronizados a la perfección, cuando acorralabas a uno, otro aparecía y cambiaba el objetivo, provocando pequeños momentos de confusión que aprovechaban para descansar o intentar atacar. ¿No se suponía que estos tíos solo peleaban en uno contra uno o en desventaja?

Seguimos luchando y poco a poco nos fueron ganando más terreno, nosotros estábamos más cansados que ellos y cada vez nos costaba más defendernos de sus ataques.

—¡Axel, Victoria, poneros detrás de mí! —gritó Kinita después de separarse de su rival de una patada.

Yo hice lo mismo, aunque no di una voltereta como ella, no era tan ágil. Victoria, con un juego de pies sofisticado, consiguió alejarse de su contrario y venir con nosotros al instante.

Kinita, en cuanto vio que los dos nos pusimos detrás de ella, empezó a hablar en un idioma que no conocía. Al terminar una nube nos rodeó y empezaron a llover cuchillos, formando una barrera que nos dejó un tiempo de descanso.

—Nos están dando una paliza —dijo Kinita en cuanto acabó de realizar el hechizo.

—¿En serio? No me había fijado —contesté con sarcasmo—. Necesitamos coordinarnos como ellos, va a ser difícil porque parece que ellos han entrenado para esto, pero es nuestra única opción.

—Pienso lo mismo que Axel —admitió Victoria posicionándose a mi favor—. Seríamos más peligrosos coordinados, el problema es que jamás hemos luchado juntos, así que tendremos que limitarnos a confiar en cada uno. ¿Listos?

—Espero que podáis seguirme el ritmo —comentó Kinita socarrona mientras se ponía en guardia de nuevo.

Las nubes se disiparon y cargamos contra nuestros contrarios para reanudar el combate. Intentamos imitar lo que hacían ellos, cambiando nuestros objetivos, pero no éramos expertos y fallábamos, siempre uno de nosotros se adelantaba y se complicaba todo. Sin embargo, poco a poco empezamos a entendernos y a conocer cómo luchaba el compañero.

Me pasó lo mismo que la primera vez que luché junto con Yasuda, Slayer y Tina. Jamás había peleado con ellas dos y apenas las conocía. Pero peleando juntos nos estábamos conociendo. Kinita era más solitaria, apenas recurría a nosotros, aunque siempre aparecía para ayudarnos si era necesario. Por otro lado, la *alta* y yo estábamos conectando, sentía una conexión especial con ella. Ya me lo dijo Tina en su día, pelear con alguien era la mejor forma de conocer a esa persona.

Entonces, en medio del combate retrocedí para ganar un tiempo de respiro y mi espalda chocó con la de Victoria, en ese momento fue como si nuestros pensamientos se cruzaran, era como si viera a través de sus ojos y ella a través de los míos. Era el instante ideal para un contraataque rápido e inesperado.

Sin mediar palabra giré a la derecha y ella lo hizo a su derecha como si estuviera ensayado. Le atravesé la tráquea a su objetivo y ella le disparó en la cara directamente al mío, sin dejarle tiempo de reacción. Cuando ambos cuerpos cayeron al suelo me encaré con Victoria.

—Bien hecho —dije animándola, pero todavía sin creer lo que acabábamos de hacer.

—Igualmente —respondió ella sin girarse, mirando el cuerpo del enemigo.

Con rapidez alcé la cabeza para buscar a Kinita y así ayudarla con su enemigo, pero lo que vi fue que todos estaban huyendo hacia el castillo al grito de retirada.

Los pocos civiles que se quedaron con nosotros les lanzaban piedras y les voceaban, descargando su odio a los soldados que se alejaban.

—Hemos ganado —afirmé casi sin creérmelo, aunque despacio empezaba a sentir como la energía llenaba mi cuerpo de nuevo—. ¡Hemos ganado!

Gritos de victoria llenaban el camino entre tierra firme y el castillo, pero de repente escuché algo que me heló la sangre.

—¡Cortarles la retirada, que no quede ninguno vivo! —Era Kinita corriendo con furia hacia los soldados que se retiraban, cuando pasó por mi lado la detuve agarrándola con un brazo por el abdomen—. ¡Porqué me paras, hay que detener su huida!

—¡No, Kinita, ya hemos ganado, no hace falta seguir matando! Lo importante es volver al campamento, todos sanos y a salvo —reproché enfadado, pues aquello me recordó en gran parte a la primera vez que maté a alguien, toda esa adrenalina y furia corriendo por mis venas.

Kinita se rindió al instante y se dirigió donde teníamos los caballos, pero no había suficientes para todos, así que iríamos a pie. Los caballos serían para los que estuvieran exhaustos por la batalla y para los heridos, aunque si las historias sobre Selina eran ciertas, no tendríamos ningún herido.

—Hoy has dado un gran paso —dijo ella poniendo una mano en mi hombro—. Eres lo mejor que le ha podido pasar a esta rebelión.

—Gracias —asentí desviando mi mirada hacia Kinita porque lo que acababa de hacer me preocupaba, lo cual me recordó que no dejaba de ser la hija del rey—. Hay que vigilarla de cerca.

Selina se limitó a asentir y se dirigió hacia los caballos, eché un vistazo atrás y había más gente de lo esperado siguiéndonos. Sonreí sabiendo que esto era un gran paso para los *halcones de fuego*.

—Deberías haberme enviado —reproché a Servil.

—Ya, pero mi hija se ha ido con ellos —dijo el rey mientras suspiraba—. Además, ¿no decías que tu trabajo era solo protegerme?

Se hizo un gran silencio en la sala, ambos sabíamos lo que se me pasaba por la cabeza, quería medirme con Axel, estaba claro que ese chico tenía algo especial.

—Voy a echar a los malditos nobles esta misma tarde de mi corte, únicamente quiero a la gente capaz de protegerme y aquella en quien confíe.

La seriedad con la que lo dijo me sorprendió mucho, siempre había sido muy confiado, tenía una mente táctica privilegiada. Pero ahora se había encontrado a un rival que estaba a su altura, alguien que había sido capaz de jugársela.

—¡Se acabaron los juegos! —advirtió mientras se ponía otra copa de vino—. Voy a ser implacable.

Jamás lo había visto así, debía considerar a Axel y a los *halcones de fuego* una gran amenaza, no me extrañaba, hasta yo estaba algo preocupado. Y eso que había matado a grandes héroes, como la maga Karlina o Llivuki, el primer jinete dragón. Ninguno me había causado el más mínimo problema, pero ese chico… Tenía algo que hacía que me dieran escalofríos.

—Por cierto, Servil —comenté antes de marcharme—, ¿te has encargado del asunto que te dije?

Él se limitó a negar con la cabeza, igual no era culpa suya el fallo de la misión, pero aun así era un cabo suelto que no podía dejar pasar.

—Ya sabes lo que dicen, ¿no? —dije desde la puerta justo antes de salir.

—Si quieres que algo se haga bien, hazlo tú mismo. Tienes carta blanca, Clade, pero recuerda que la rata alada cree haberla encontrado. Aun así haz lo que veas, yo le pediré un poco más de información, confío en ti.

Asentí y me marché, era hora de hacerles una visita a mis viejos amigos, los *hijos del dragón.*

Nacido en la grieta I

CAPÍTULO 5
FANTASMAS DEL PASADO

—¡Axel! —gritó Yasuda agarrándome del brazo—, ¡ya está muerto!

Le ignoré, le empujé y seguí apuñalando el cadáver del desgraciado que mató a mi padre. Mi amigo me cogió de los hombros y me obligó a separarme.

—¡Axel, joder, para de una vez, ya está muerto, descargar tu ira de esa manera no va a cambiar nada! —Jamás me había gritado de esa manera, me puso los pies en la tierra.

La adrenalina empezó a dejar mi cuerpo y mis manos se pusieron a temblar, solté el cuchillo empapado en sangre y me senté en el suelo tiritando.

Había perdido el control, había matado a alguien, la culpabilidad empezó a invadirme. Miré el cadáver, lo había apuñalado tantas veces que ya no se le podía reconocer el rostro. Estaba empapado en sangre, Yasuda lo había inmovilizado, ya no hacía falta asesinarlo y aun así...

Las lágrimas brotaron de mis ojos, me empezaron a entrar arcadas mientras el olor a sangre me invadía. Conecté mis ojos con los de Yasuda.

—¿Soy un asesino? —pregunté con la voz rota—. ¿Soy igual que él?

—Sí —respondió con frialdad arrodillándose delante de mí—, al igual que yo, al igual que Tina y Slayer, todos somos asesinos, arrebatamos vidas a otras personas. Si bien matamos a gente que se lo merece, eso no quita el hecho de que hemos matado a una persona.

—¿Cómo puedes decir eso con tanta facilidad? —Agachó la cabeza intentando procesarlo todo.

—Porque he aceptado lo que soy y lo que seré. Al igual que a mí, te costará mucho tiempo asimilarlo, jamás puedes aceptar la muerte de una persona como si nada, me preocuparía más si no te hubiera provocado ningún shock.

» Axel, a partir de ahora empieza tu entrenamiento de verdad. Si quieres proteger tu ciudad, defender a los que quieres y cumplir la promesa que le hiciste a tu padre, debes ser implacable.

—¿Y si no soy capaz?

—En ese caso romperás tus promesas.

—Entiendo.

—Quiero que me prometas algo más, Axel.

—¿El qué?

—Jamás matarás a una persona que no suponga una amenaza ni repetirás lo que has hecho hoy, ¿me lo prometes?

—Te lo prometo, Yasuda.

—¿Lo has entendido, Kinita? —interrogué con seriedad sin poder quitarme de la cabeza el hecho de que Yasuda me pidió que prometiera lo mismo.

Para algunos era justificable matar, para otros no. Y yo pensaba eso mismo, pero era algo que, por desgracia, debía hacer para cumplir mis objetivos.

—Sí, lo entiendo —dijo cabizbaja—. Siento haberme comportado así, comprendo lo que quieres decir, es solo que...

—Es lo que te han enseñado toda tu vida —terminó Selina por ella—. Lo capto, te educaron para ser despiadada, para no dejar supervivientes, pero eso no es lo que hacemos nosotros.

—Comprendido, no volverá a ocurrir —se disculpó Kinita—. ¿Hay algo en lo que pueda ayudar?

—Sí —respondió Selina—, ayuda a preparar el fuego, ¡hay que celebrar la llegada de los nuevos miembros de los halcones de fuego!

Encendieron la hoguera y nos pusimos a preparar la cena, ese era un gran día, mucha gente se había unido a nosotros.

Tras la cena, Gelmin se fue un momento. Se fue a lanzar un virote mensajero o a hablar con los pájaros, cosa que le encantaba. Después volvió y permanecimos todos alrededor de la fogata.

—Es curioso —dije mirando el interior de mi pichel, recordando lo que había dicho Selina, que ella lo sabía mejor que nadie. Todos me observaban expectantes, levanté la cabeza y sonreí avergonzado—. Perdón, es solo que... llevamos unos dos meses juntos y no sé casi nada de vosotros.

Todos se quedaron serios con la mirada perdida, menos Victoria y Kinita. Parecían molestos con mi comentario. ¿Qué les pasaba?

—Tienes razón, aunque hemos estado evitando el tema por tus evasivas cuando te preguntamos sobre tu mundo —habló Selina clavando sus ojos en mí—. Sentimos simple interés y siempre te limitas a decir que es una larga historia, ¿sabes que tenemos todo el tiempo de los cuatro reinos?

—Ya... —No sabía qué decir, no había caído en lo egoísta que había sido al no hablarles de mi mundo y encima replicarles que no me contaran nada de ellos—. Os merecéis saber cómo es mi mundo, ¿por dónde empiezo?

Y así pasamos toda la noche, contando cosas sobre mi mundo. Que no existía magia, que en vez de magia utilizábamos la tecnología. Que teníamos historia y prehistoria, también les hablé de que existía la religión. Tuve que frenarme en varias ocasiones porque al hablar de historia me iba por las ramas.

Seguí contándoles que habíamos llegado a un punto en el que toda información podía estar al alcance de nuestra mano. La nostalgia me golpeó, jamás pensé que querría regresar, siempre había querido nacer en un mundo como este porque el mío me resultaba agobiante y en ese instante lo echaba de menos.

Cada palabra les fascinaba, estaban asombrados, como yo cuando ellos me hablaban del suyo, en aquella reunión había sentido como si el lazo que nos unía se hiciera más fuerte, la poca desconfianza se había esfumado, más que una rebelión, éramos una familia.

—¡Wow! —exclamó Carlia a punto de caerse del tocón—, lo que narras es increíble. ¿Y dices que hay gente que se imagina nuestro hogar como un lugar mejor?

—Algunos sí, otros lo ven como una manera de escapar de su realidad, pero no es este sitio exacto. Imaginan otros lugares donde las cosas son diferentes, cosas que no existen y hay gente que dice preferir vivir allí, aunque ahora me doy cuenta de lo mucho que amo mi hogar. —Otra oleada de nostalgia me golpeó, recordando los buenos momentos, viendo películas, series y jugando videojuegos con papá, entrenando y aprendiendo con Yasuda. Divertirme, bromear e irme de fiesta con Tina y Slayer, ojalá poder volver a esos tiempos—. Al igual que en este lugar, tiene sus problemas y sus maneras de afrontarlos. Al final cada mundo tiene su belleza, el problema es que cuanto más tiempo pasa más fallos le encuentras. Es como dicen, no sabes lo que tienes hasta que lo pierdes.

Cuando alcé la mirada, Victoria e Ingelm lloraban muy emocionados.

—Ingelm —dijo Victoria sorprendida—, ¿tú también eres seguidor de la diosa de la vida?

Ingelm se limitó a asentir mientras se secaba las lágrimas.

—¿Qué ocurre? —pregunté preocupado—. ¿Es algo que he dicho?

—Sí —respondió Victoria con una sonrisa hermosa y brillante—, ese es uno de los lemas de la diosa de la vida.

—Ya que acaba de salir el tema —interrumpió Carlia incorporándose en el tocón—, creo que es el momento de contarte la historia de los dioses, Axel, no es muy relevante, sin embargo, sería interesante que la supieras.

—Sí, ya veo —contesté viendo cómo se habían puesto.

—Uf, lo siento, Axel, pero este tema es muy pesado, voy a enviarle un mensaje a mi amiga de la capital a ver que tal van las cosas —dijo Gelmin abandonando la conversación.

—¡Yo me voy a la cama! —se despidió Ángela yéndose a dormir.

—¡Buenas noches! —Le contestamos todos.

—Presta mucha atención. —Carlia abrió su libro y se puso a repasar sus apuntes.

—Como ya sabes, en este mundo hay seis meses, cada mes pertenece a un dios creador.

» Primero, la diosa de la vida, también conocida como Miseie, ya te imaginas de qué va, lo que has dicho antes es uno de los ideales de esta. El primer mes se llama al igual que la diosa de la vida, bueno, todos los meses se llaman igual que los dioses correspondientes.

» Segundo, el dios de la fertilidad y la cosecha, Sechaco, se encarga de que los partos y embarazos vayan bien, además de que las cosechas sean abundantes.

» Tercero, el dios de la protección y la seguridad, Prometero, es quien protege a los ciudadanos indefensos y aporta seguridad al pueblo. También es quien representa los pactos y los prometeros.

» Cuarto, la diosa del conocimiento y la sabiduría, Nazlost, se encarga de que la historia no sea olvidada y cada situación se juzgue como se debe.

» Quinto, Luna, la diosa del amor y la compasión, brinda la llama del amor a todos los enamorados y se apiada de las personas que sufren desgracias.

» Sexto, la diosa de la curiosidad y la exploración, una diosa sin nombre que pone la semilla de la curiosidad en todas las personas y las protege cuando exploran tierras desconocidas.

» Cuando alguien nace se le asigna el dios dependiendo del mes en que vino al mundo, no obstante, cuando llega a la mayoría de edad decide qué deidad seguirá desde ese momento.

—Entiendo, ¿y hay más dioses?

—¡Pues claro que hay más! Muchos más de los que conocemos, pero estos son los seis creadores, los dioses que salvaron a los humanos eras atrás, para ser más concretos, en la era del fuego. Ellos levantaron un gran pedazo de tierra donde estaban todos los humanos y los llevaron al único sitio donde la lava no llegaría, así nació esta tierra dividida en cuatro territorios.

—¿Y habéis comprobado si los volcanes siguen activos después de tanto tiempo? —Cada respuesta me daba una nueva pregunta.

—Sí, hemos explorado más allá del mar y hemos encontrado tierras carbonizadas con cientos de volcanes escupiendo lava, se cree que lo que provocó aquello fue el despertar de los dragones.

—Comprendo... Aún tengo muchas dudas, pero no quiero seguir molestando. —Me levanté dispuesto a marcharme cuando Victoria me agarró de la muñeca.

—Siéntate, al igual que decidimos quedarnos despiertos mientras tú hablabas de tu mundo, nosotros nos quedaremos despiertos hablando del nuestro.

Todos los presentes asintieron conformes, me alegré, me senté y acribillé a preguntas a Carlia.

—¿Hay segregación por los dioses que eliges? ¿Puedes elegir no tener dios? ¿Alguien controla lo que se escribe sobre los dioses y la historia?

Carlia me miró con un brillo indescriptible en sus ojos abiertos de par en par. De golpe empezó a reírse y al terminar, me cogió de la mano.

—Me encanta que no tengas pelos en la lengua, ¡así da gusto hablar de esto! —Parecía más emocionada que nunca—. Vayamos por orden, no hay segregación, pero no puedes hacerte pasar por un seguidor o entrar a sus capillas sin permiso, ya que se considera una falta de respeto grave. Se puede elegir no tener dios, no pasa nada. Puedes seguir a dioses que no sean creadores siempre y cuando no sean malignos o provoquen daño a otros, eso te lo digo antes de que me lo preguntes. Y, por último, la historia solo pueden escribirla los dioses cuando bajan en los cambios de era. Traen un libro indestructible y se lo entregan al mismo número de personas que sobrevivieron a la erupción de los volcanes, principalmente a gente con poder mágico, ya que son más fáciles de localizar para los dioses.

Lo último que me dijo me dejó en shock.

—¿Los dioses bajan al mundo y los veis?

—Pues claro, cuando hablaste de la Iglesia de tu hogar pensaba que también bajaban esos dioses de los que hablaste. ¿No bajan?

—No lo sé, siempre ha sido un tema muy confuso para mí y mucha gente tiene opiniones distintas, no sé mucho porque yo vivía en un lugar muy aislado. —Además de que en la grieta no había iglesias y poca gente era creyente.

—Ya veo, así que es un tema ambiguo, como el dios dragón aquí —comentó Carlia

—¿El dios dragón? —pregunté interesado. ¿Había un dios para los dragones?

—Se sabe muy poco de él, los libros no dicen nada de él, pero se cree que existió y que si vuelve, será el fin de los cuatro reinos —me aclaró.

—Tampoco le hagas mucho caso, Axel —dijo Victoria limpiando su jarra con un trapo—. Se supone que vino a este mundo unos cuantos años antes de la era de los mercenarios, no se sabe cuántos con exactitud y ya ves, seguimos aquí, así que lo más posible es que sea un falso dios.

—Coincido con Victoria —dijo Carlia guardando el libro en su bolso de piel—. ¿Tienes alguna otra pregunta?

—No, de momento. —Miré hacia el exterior de la cueva y contemplé la luz que empezaba a filtrarse—. Al final nos hemos pasado toda la noche.

—A mí se me ha pasado volando —comentó Victoria apagando el fuego.

—Hoy no tenemos nada aparte de las típicas guardias, así que podemos descansar —afirmó Selina recogiendo los picheles y jarras que estaban por el suelo—, pero no lo digo para que os quedéis haciendo el vago. ¡Eh, hermanos!

—¡Porqué nos dices a nosotros! —clamó Ingelm actuando como si estuviera ofendido—. Hermana, tus palabras han dolido bastante.

—Lo que tienes es mucha cara —reprochó Selina con una pequeña sonrisa.

NACIDO EN LA GRIETA I

Nos pusimos todos a recoger y luego nos fuimos cada uno por nuestro lado. Selina se quedó para explicarle a los nuevos integrantes como funcionaban las guardias y en qué nos podían ayudar. Cogí la toalla y aproveché para ir a un pequeño lago que había en medio del bosque, donde iba para despejarme y bañarme.

Al llegar, sentí la tranquilidad y el silencio que llenaban aquel lugar. Un lago no muy profundo con agua cristalina, rodeado de árboles, arbustos y flores que crecían entre las piedrecillas de la orilla. No tenía una cascada o un río para darle nacimiento, parecía como si el lago estuviera aquí desde la creación del mundo.

Me quité la ropa y me metí, debajo del agua había hasta más paz que fuera. Tras un par de segundos salí a la superficie y me apoyé en una piedra que había a la altura perfecta para acomodarme. Mientras estaba mirando al infinito, una brisa me movió el pelo y me puso el flequillo en la cara.

Hasta ese mismo instante no me di cuenta de lo que me había crecido el pelo. De normal me dejaba el pelo medio largo y rapado por el interior, pero desde que llegué a este mundo no me había preocupado por cortarlo. En la cara seguía sin salir bello, nunca me había gustado. Por suerte, me crecía muy lento.

Rodeado por aquella paz pensé que hacía tiempo que no hablaba con mi padre, pero antes de hacerlo reflexioné sobre que jamás había hablado con mi madre. Al desaparecer cuando era pequeño no sentía aquel vínculo, pero ella en teoría provenía de este mundo, así que sentí que lo justo era hablar con ella.

Miré alrededor para asegurarme de que no había nadie para tomarme por loco y empecé mi supuesto diálogo.

—Hola, mamá, sé que nunca te he hablado y no sé si estás escuchando ahora mismo, a lo mejor sigues viva o no, da igual.

Nacido en la grieta I

Tal vez no me reconocerías. Soy Axel, el hijo de Gabriel, ya sabes, el tío alto, con barba y pelirrojo de mi mundo.

» La verdad es que no me extraña que te enamoraras de él, aunque viendo las fotos que teníamos cuando aún era pequeño, tú tampoco te quedabas atrás. Mira que papá no era pequeño, medía uno ochenta y cuatro, pero tú le sacabas media cabeza y eras guapa como tú sola.

» A pesar de no tener ningún recuerdo contigo, papá nunca paraba de hablar de ti, decía siempre lo increíble que eras. No sé si lo sabes, pero papá, fue asesinado por un hombre, lo peor es que no era el objetivo, sino que lo era Yasuda. Algún día te hablaré de él, es un tío increíble, él me crio cuando papá murió, es como mi hermano mayor. Es la persona más inteligente que conozco, fue detective, pero acabó en la grieta por una historia muy larga que ya te contaré. Bueno, ya he hablado suficiente, voy a desconectar, no sé si estás ahí, pero que sepas que te quiero, mamá, pienso cumplir la promesa que le hice a papá de encontrarte, viva o muerta. En el caso de que estés muerta te enterraré a su lado para que podáis descansar juntos toda la eter...

Un ruido de una rama rompiéndose detrás de mí me sobresaltó, me giré poniéndome en guardia.

Victoria gateaba en mi dirección intentando que no la oyera venir.

—¡Victoria, qué narices haces aquí! —reproché mientras me agachaba para que no me viera desnudo.

—¡Perdón, perdón, te juro que no estaba escuchando! —se excusó a la par se tapaba los ojos—. ¡Por favor, perdóname!

—¡Te perdono, pero, por favor, vete para que pueda vestirme!

—¡Sí, por supuesto, perdón! —gritó marchándose a la carrera.

ŊACIDO EN LA GRIETA I

Suspiré y me tiré la mano a la cara, ¿qué narices hacía Victoria aquí? Salí del agua, me sequé con la toalla que me había traído, me vestí y fui a hablar con ella.

Estaba sentada al pie de un árbol, golpeándose la cabeza con el puño.

—¡Idiota, idiota, idiota! —murmuraba ella en voz baja.

—Victoria... —Se sobresaltó cuando escuchó mi voz y me miró expectante—. ¿Piensas que estoy loco?

—¿Qué? —Era evidente que la pregunta la pilló por sorpresa—. No, es normal hablar con los seres queridos que se han ido, bueno, no en voz alta y de esa manera, pero no creo que estés loco.

—Gracias por decir eso, no tienes por qué decir lo que quiero escuchar.

—Te prometero que digo la verdad, no pienso que estés loco, sí es verdad que no es del todo normal hablar de manera literal con los muertos, sin embargo, tampoco es una locura. Lo haces para mantener tu cabeza en orden, para recordar por qué luchas y por quién lo haces. A pesar de que el pasado duela, es necesario saber qué te ha llevado hasta aquí, ¿verdad?

Me quedé sin aliento, una de dos, o me había entendido muy bien o sabía qué decir a la gente para que se sintiera bien.

—Victoria, te quiero. —Ahí iba, la primera estupidez que se me pasó por la cabeza—. Eh, me refiero, que quiero... —Maldito idiota—. Que sepas... —Vaya cagada—. Que me gustas... —¿Por qué no te callas, Axel? —. Que sepas como me siento y.... —Vaya mierda.

Victoria se quedó allí quieta, sin decir nada, con la boca abierta por la impresión. Ni ella se esperaba semejante estupidez saliendo de mi boca, aunque me empezó a preocupar, estuvo un larguísimo o infinito minuto sin reaccionar. No quería cagarla más, así que ahí nos quedamos, yo esperando que hiciera algo y ella en shock por lo que acababa de decir, clavando sus ojos en los míos con sorpresa.

—¿Te gusto? —dijo al fin saliendo de su trance.

El corazón me palpitaba salvaje contra el pecho. ¿Cuáles eran mis opciones? Me gustaba mucho, era guapa, inteligente y tenía un buen corazón, habría que estar loco para decirle que no. No obstante, Elena me advirtió de que no me encariñase con este mundo y su gente, que mi misión estaba en otro sitio. Me repitió eso muchas veces y yo estaba haciendo justo lo contrario.

—Axel, por favor, respóndeme.

Tenía dos opciones: parecer idiota diciendo que no o decirle que sí. Si hacía lo segundo, cuando me fuera le rompería el corazón, además de ser una decisión un tanto precipitada, pues apenas la conocía. Me había jugado mi propia vida múltiples veces, esto no podía ser más duro, ¿verdad?

—Victoria. —Sentí que me iba a desmayar, ¿por qué era tan difícil algo tan simple? Joder, debí escuchar los consejos que me intentaba dar Slayer—. Tú me gustas.

—Ya lo sabía, pero quería escucharlo de tu boca —dijo ella con una mirada pícara —. Cuando se trata de emociones eres la persona más predecible del mundo.

—¿Eso es malo o bueno? —pregunté casi temblando.

—Depende de la persona, a mí me encanta. —Se acercó y juntó sus labios con los míos—. ¿Qué te parece si disfrutamos de nuestro día libre?

—¡Que te jodan! —gritó con las pocas fuerzas que le quedaban, no pude evitar sonreír.

El gran capitán de los hijos del dragón, que una vez me llamó debilucho, estaba en el suelo cubierto de sangre y a mi merced.

—Esa no es manera de hablarle a tu ejecutor —declaré alzando la espada a punto de darle el golpe final—. Si me dices donde está, te daré una muerte rápida.

—¡Te he dicho todo lo que sé, joder, no sé nada más, lo juro, perdimos el contacto de manera repentina!

Debido a que su respuesta no fue satisfactoria, me demoré un tiempo antes de darle muerte, deleitándome con sus gritos y súplicas mientras mi espada se movía entre su carne y huesos.

En cierta manera me alegraba volver a estar fuera causando el caos, ya me lo dijo mi padre dragón, Calmeher, la sangre de los dragones corre por mis venas junto con su crueldad y brutalidad.

—¡Clade! —gritó una voz detrás de mí, al girarme me llevé una gran sorpresa al ver a Kilendor.

—Vaya, ¿estamos en una reunión de viejos compañeros o qué?

Al lado de mi viejo camarada había dos hijos del dragón, pero era evidente que no eran los únicos. Él no era tan idiota como para intentar pelear conmigo solo con dos acompañantes, ya le salió mal una vez.

—Dime, Kilendor, ¿quieres acabar como Bogdan?

La provocación surtió un gran efecto, aunque en parte me dolía decir aquello, me dolió más de lo que pensaba. Pese a que Kilendor solía tener un gran temperamento y paciencia, aquello lo enfadó sobremanera, funcionó mejor de lo que esperaba.

—¡Eres un desgraciado, Clade! —Desenvainó la espada con la derecha y su daga con la izquierda, ¿en serio quería pelear? Sabía que era idiota, pero tampoco tanto—. Aún no entiendo por qué le hiciste aquello a Xilina, le prometiste una vida tranquila, que ya no sufriría más. ¿Y qué hiciste? ¡Tirarla a los perros después de dar a luz a tu hija para luego traerla a nuestras puertas!

«No fui yo, Kilendor, si tan solo te hubieras dignado a escucharme aquel día...», pensé tras escuchar lo que dijo.

—Entonces, tú sabes algo de mi hija. —Él mismo se delató, parecía que al final era Kilendor mi objetivo—. Se supone que solo la alta guardia lo sabe y que yo recuerde, a ti te sancionaron de por vida a primera línea de fuego, incluso me sorprende que sigas vivo.

—Por supuesto que sé algo, sé a dónde la llevaron y dónde está ahora mismo, pero para tu desgracia, no hablaré, aunque me tortures el resto de mi vida.

Me estaba provocando, quería que le atacase, pero había verdad en sus palabras, él sabía dónde estaba mi hija. Siempre había sido muy malo mintiendo, sobre todo porque la cabeza no le daba para más.

—Está bien, amigo, quédate con tus secretos, ya me enteraré. —Le dediqué una sonrisa antes de irme por la ventana que había detrás del escritorio del ahora difunto capitán de los hijos del dragón.

Si la rata alada estaba en lo cierto, no me haría falta protegerla, pero tenía que confirmarlo por encima de todo.

Debía ponerle a prueba, solo me hacía falta encontrar el momento indicado.

—Siento llamaros a todos en vuestro día libre, pero Kinita me ha dado información muy importante —dijo Selina comenzando la reunión—. El rey Servil tiene prisionera en una torre a una maga de renombre. Si la rescatamos, sería un gran apoyo para la rebelión, si bien Ingelm sabe magia y hechizos, no tiene el poder que podría tener un mago del calibre de Liea.

—Jamás he escuchado hablar de ella —comentó Carlia mirando a Kinita de mala manera, tenía razones de sobra para sospechar de ella.

—Eso es porque ella está prisionera, la encerraron con el único objetivo de pasarle magia a Alva, la maga de sangre de mi padre —se defendió Kinita.

—Aun así, Servil no encerraría a cualquier maga, solo a alguien de renombre, alguien como... —La cara de Carlia palideció tras rebuscar un rato en un pequeño diario que tenía—. Ahora me acuerdo, Liea Garwem.

—¿Quién es, tiene algo peculiar, aparte de tener apellido? —preguntó Selina preocupada por la expresión de Carlia, aunque no entendía lo que acababa de decir. ¿Cómo que peculiar aparte de tener apellido?

—Ella intentó ascender, pero los dioses la rechazaron. Desde entonces no se sabe nada de ella, así que eso es lo que pasó, Servil la encerró. —Con rapidez echó mano a su diario personal y empezó a revisar hoja tras hoja—. ¿Cómo es físicamente, tiene algún rasgo que la identifique?

—Sí, tiene una cicatriz en el ojo izquierdo, del cual perdió la visión —contestó Kinita sin dudar.

—No cabe duda, es ella —dijo Carlia cerrando su diario.

—¿Entonces ella es una maga que intentó ascender? —cuestionó Victoria.

—Sí, ella ganó cierto renombre en su escuela de magia, pero un día descubrieron que tenía sangre infernal, por lo visto, su madre era una cambia formas que intentaba vivir entre la gente. Entonces le dieron dos salidas: el exilio o intentar la ascensión.

» Sin embargo, ella no tenía la preparación suficiente para ascender.

—¿Cómo se perdió su rastro? ¿Los dioses no documentan todo? —pregunté confundido—. ¿Por qué es especial tener apellido?

—Los dioses documentan todos los sucesos importantes y personas que marcan cambios de era, ella no marcó ningún cambio de era —explicó Carlia—. Por otro lado, tener apellido es algo bastante especial aquí. Si te soy sincera, no sé ni para qué existen, son solo una diana para tu espalda.

—Interesante... —comenté para mí mismo.

—Que decida la líder, parece que la información es cierta, ahora depende de si confías en la hija de Servil —dijo Carlia a una Selina pensativa.

—Iremos, pero ella se queda aquí. Gelmin y tú os quedaréis para controlarla mientras Axel, Victoria, mi hermano y yo iremos a la torre al atardecer —ordenó Selina.

Todos estuvimos de acuerdo y nos marchamos para prepararnos, los ya mencionados fuimos por el mismo lado.

—Bueno... —Empezó a hablar Ingelm, Victoria y yo ya sabíamos lo que iba a decir—. ¿Vais a decírselo a alguien? ¿O es un secreto que solo sé yo?

—Cállate —le cortó Victoria, yo por mi lado preferí ignorarlo.

—Vale, vale, tampoco hace falta ser borde —agregó aún con esa sonrisa en la cara mientras seguía bromeando—. Mis labios están sellados, siempre y cuando me podáis compensar por ello. ¡Un puñado de oro funcionaría!

Ella se giró hacia él y le agarró por la pechera para luego estamparlo contra la pared.

—¡Mira, hasta ahora me caías bien, pero como sigas dando por saco sobre lo que tengo con Axel, te juro que no podrás volver a utilizar magia, porque te voy a romper las muñecas que tanto aprecias. —La agarré por los hombros intentando que dejase a Ingelm.

—¡Tranquilízate, solo estaba bromeando!

Era inútil, no se iba a tranquilizar y tampoco lo iba a soltar. Esto era lo que me daba miedo de precipitarme con ella, pues no la conocía bien.

—¡Estoy de coña, lo siento, no voy en serio, jamás le diría a nadie lo vuestro si no queréis, por favor, suéltame! —Ella aflojó y dejó caer a Ingelm, que cayó, tratando de recuperar el aliento.

Menos mal que no había nadie para ver la escena. Me acerqué a Ingelm para comprobar si estaba bien, él levantó el pulgar como única señal.

—Te has pasado, Victoria —reproché enfadado—. ¿Por qué te has alterado tanto?

—¿¡Cómo que por qué!? ¡Nos estaba chantajeando, Axel!

—¡No lo conoces, el jamás haría algo así, estaba bromeando, puede llegar a ser pesado, pero jamas haría tal cosa y mira que lo conozco desde hace poco! —Pareció que mis palabras la hicieron recapacitar.

—Bueno, visto de ese modo, puede que tengas razón —dijo en voz baja.

Ayudé a mi compañero a levantarse, este miró con recelo a su agresora, me dio las gracias por defenderlo y se fue a prepararse.

—Axel —me llamó Ángela—. ¿Te vas otra vez?

Yo me arrodillé y le acaricié la cabeza.

—No te preocupes, pequeña, volveremos sanos y salvos.

Ella me sonrió de forma amarga y se marchó. Yo me fui a mi tienda a preparar el equipo y a afilar un poco mi espada, esto era lo que me preocupaba. No conocía tanto a Victoria y puede que no fuera la persona que pensaba que era.

Pero no podía dejar que todo esto me distrajera y menos en combate. Me puse ropa oscura para aprovechar la noche, até mi cinturón y metí en mi zurrón un puñado de arena como de costumbre, nunca sabía cuándo necesitaría recurrir al juego sucio, fue la lección más valiosa que me dio Slayer.

Cuando salí estaban todos preparados con los caballos, había un silencio incómodo, la tensión entre Ingelm y Victoria se notaba, hasta Selina, que seguro no sabía nada, estaba incómoda.

—Marchemos —mandó Selina cuando llegué, todos subimos a nuestras monturas y partimos hacia donde estaba situada la torre, ella portaba un mapa en el que Kinita marcó el lugar donde la encontraríamos.

—¿Alguien tiene alguna pregunta sobre el plan? —preguntó, yo negué con la cabeza, mientras que Victoria y su hermano la ignoraron por completo. Ella se puso a mi nivel y me susurró—. ¿Sabes lo que les pasa a esos dos?

—Se han peleado —contesté en el mismo tono que ella había empleado.

—No me jodas, tenía que ser justo ahora. ¿Y por qué ha sido?

Su pregunta me hizo dudar, por un lado, no quería mentirle, por otro, tampoco quería decirle que Victoria y yo acabábamos de empezar a salir, pero en ese instante no podíamos permitirnos mentiras.

—Es una larga historia, la versión corta es que Ingelm se teletransportó para bañarse en el lago y nos vio a Victoria y a mí besándonos, y ya sabes cómo es, antes de prepararnos se puso a bromear, ella se cansó y le agarró de la pechera, por eso están así.

—Ya veo. —Dirigió su mirada al frente y se adelantó para encabezar la marcha.

NACIDO EN LA GRIETA I

CAPÍTULO 6
DOS ALMAS UNIDAS

Llegamos al lugar en el tiempo estimado, justo cuando el sol se había escondido y la luna empezaba a aparecer. Nos bajamos de los caballos y los atamos a unos árboles. Estábamos en un bosque justo al lado de la torre, que se encontraba en medio de una explanada, por lo que nos verían llegar seguro.

—El plan ha sufrido un cambio de última hora. —Todos miramos a Selina sin entender que cambio podía haber ocurrido, no habíamos hablado nada—. Ingelm, te quedarás aquí, si algo sale mal o ves que algo no cuadra, móntate en tu caballo, coge el mío y el de Axel y ve a la torre. Recordad que los animales están entrenados para volver al campamento o a su dueño si pasa algo.

—¿Qué pasa con el mío? —preguntó Victoria.

—Tú montarás ahora y cargarás contra la torre, mata a los dos guardias de la entrada y escapa en dirección a la explanada, no hacia el bosque, un puñado de guardias te seguirán, aunque me imagino que tardarán un tiempo en salir. Confío en tus habilidades para acabar con ellos y regresar como apoyo para Axel y para mí.

—No entiendo, ¿por qué nos excluyes a Ingelm y a mí? —interrogó Victoria, entonces pude ver como se le pasó por la cabeza esa idea y me miró atónita—. ¿Se lo has contado?

—Victoria, no estamos para tonterías, cualquier mínima distracción puede suponer que alguno de los dos muráis y no queremos que eso pase —dije con claridad y ella agachó la cabeza.

—Supongo que tienes razón. Ingelm, he pensado por el camino y admito que me he pasado, solo estabas bromeando, siento haber sobreactuado.

Que se disculpara era bueno para la misión, pero aun así no podíamos arriesgarnos a que se distrajeran.

—Yo también lo siento, me he comportado como un idiota, no debería haber bromeado sin apenas conocerte —se disculpó Ingelm.

—Muy bien, si ya habéis terminado, ¡vamos a por la maga! —exclamó Selina mientras se subía a su caballo—. Cuando quieras, Victoria.

Tras ponerse los guantes de cuero se subió a su caballo y sacó su arco, antes de marcharse me miró y yo le respondí con una sonrisa que ella me devolvió.

Salió hacia la torre a toda velocidad. Desde la fortificación empezaron a gritar que se alejara y cuando vieron que ella no paraba, dieron comienzo a los disparos, pero sus arqueros no conseguían acertar. Además, Victoria era una arquera experta a caballo, en una guardia me dijo que solía cazar a galope con su madre. Cuando casi llegó a la altura de la entrada, dos guardias le impidieron avanzar, entonces, tal y como le ordenó Selina, les lanzó una doble flecha que fue directa a sus cabezas. Y yo que pensaba que Gelmin tenía puntería.

Victoria empezó a escapar, casi de inmediato siete soldados montados a caballo salieron para perseguirla.

—Nos toca —me dijo Selina, asentí y tire del caballo para salir hacia la torre.

Repetimos lo que hizo Victoria, parecía que estaban centrados en el camino porque no empezaron a disparar hasta que estuvimos casi llegando. Nos bajamos de los caballos y entramos a la torre dejando a los animales fuera.

—Vamos primero a librarnos de los arqueros, si tenemos que escapar nos causarán muchos problemas —le comente a Selina mientras empezaba a subir las escaleras.

—No, yo iría abajo de una, hay algo aquí que me resulta muy extraño. —Compartió conmigo—. ¿No te has fijado?

—¿En qué? —pregunté confuso.

—Estas escaleras son muy estrechas, apenas cabemos nosotros. ¿Cómo puede ser que de este mismo lugar haya salido un puñado de jinetes?

Entonces entendí lo que me intentaba decir. Alguien había hecho magia, eso estaba claro.

—¿Liea está de parte de Servil? —Selina parecía pensativa cuando le hice la pregunta y después de un rato, al fin me dio la respuesta.

—Esa es una opción, pero también es posible que haya otro mago por aquí, uno con magia de desplazamiento. Y lo bastante bueno como para transportar un puñado de jinetes. —Lo que decía me cuadraba, pero también significaba que teníamos otro peligro acechando—. Esperemos a Victoria, puede que estemos en graves problemas.

En poco rato volvió Victoria, nada más llegar nos pusimos en marcha.

—¿Ya te has encargado de todos tus perseguidores? —preguntó Selina al verla.

—¿Lo dudabas? Esos idiotas no son rivales para mi arco —contestó orgullosa.

—Bien, así me gusta, eso sí, ve con cuidado, Victoria, no sabemos si nos podemos fiar de Liea —comentó Selina mientras seguíamos bajando.

—Por cierto, me pareció ver a dos personas en el tejado de la torre. —Selina negó con la cabeza al comentario de Victoria.

—Es imposible subir al tejado, ya hemos visto la torre antes, no hay ninguna trampilla o escalera por el exterior —indicó Selina.

—Tienes razón, sería algún pájaro o algo... —sentenció Victoria.

Empezamos a bajar por las escaleras que hacían forma de caracol. No había ni habitaciones ni pequeños descansos, solo una bajada estrecha que seguía y seguía.

Después de un buen rato bajando, estas dejaron de ir en caracol y empezaron a ir rectas. Continuamos con incertidumbre y cautela, la suerte era que cada pocos metros había una antorcha para iluminar el camino, se veía el final del túnel, pero las escaleras continuaban. Al salir del túnel vimos un gran espacio excavado, como una gran cueva que seguía hacia abajo. La escalinata volvía a la forma de caracol, aunque dejando un espacio mucho más amplio en el medio, donde se veía una gran caída y una oscuridad absoluta. En las paredes se veían celdas minúsculas, apenas cabía una sola persona de pie.

—¡Sacadme de aquí, os lo suplico, sacadme! —gritó un hombre mayor desde la primera celda a la izquierda nada más entramos.

Tenía la barba larga en exceso y descuidada, además estaba muy delgado, casi esquelético. El hombre agarró el brazo de Victoria mientras lloraba y suplicaba por su liberación. Ella, asustada, no sabía cómo reaccionar, estaba bloqueada.

—Pobre alma —dijo Selina viendo la escena—. Por favor, suéltala, no hemos venido a por ti, hemos venido a por Liea.

El hombre soltó el brazo de Victoria y se hizo un ovillo mientras seguía llorando, diciendo que iba a morir.

—Pero Selina, podemos liberarlo, podemos sacar a todos estos pobres prisioneros —afirmó Victoria sin poder apartar la mirada del hombre.

—¿Y qué conseguiremos con eso? —interrogó Selina—. ¿Que vivan dos días más, que vuelvan a ser encerrados, que cometan crímenes de nuevo?

—Tienes razón, me he dejado llevar. —Agachó la cabeza y continuamos bajando.

—Es extraño, es una cárcel y no hay guardias, esto me huele mal.

Ambas admitieron que era cierto, pero todo lo que podíamos hacer era ponernos en máxima precaución, íbamos mirando las celdas en busca de Liea. Algunos prisioneros tenían una mano cortada y muchos no podían hablar o emitían sonidos incomprensibles.

—Shhh, ¿lo habéis escuchado? —preguntó Selina frenando en seco.

La imitamos y escuchamos con atención, se oían pasos, muchos pasos. Al mirar arriba nos quedamos atónitos al ver una gran cantidad de soldados bajar hacia nosotros con las armas en las manos.

—¡Corred! —gritó Selina y sin dudarlo continuamos nuestro descenso lo más rápido posible por la escalera que parecía no tener fin.

Éramos más rápidos que ellos, pero aun así no sabíamos a dónde íbamos.

—¡Mierda, porque nos hemos fiado de Kinita! —exclamó Selina mientras seguía corriendo—. ¡Victoria tenía razón, puede que hubiera dos hombres en el tejado!

—¿Y quién podría subir allí? ¡Era inaccesible! —pregunté un tanto mosqueado y sorprendido.

—¡Serían Fremlio y Granciso, dos mercenarios y cercanos a Servil, no sabemos si son de la corte! ¡La cosa es que tienen magia de desplazamiento, así llegaron arriba y seguro que son los que nos la han jugado! —Iba a preguntar por la magia, pero no era el momento.

Poco a poco los dejábamos atrás, pero no podíamos detenernos, solo había un camino, lo único que podíamos hacer era bajar.

Después de un buen rato llegamos a la parte de abajo, estaba completamente oscuro excepto por un gran altar iluminado por una luz mágica con un cuerpo encima. La sangre todavía goteaba del altar. Delante había una mujer con un vestido blanco impoluto, un velo que le tapaba la cara y unos guantes largos que le llegaban hasta el antebrazo.

Empezó a murmurar unas palabras que no entendí y señaló a Victoria con el dedo, la miré y entonces comprendí que estaba lanzando un hechizo. Selina estaba atónita sin saber qué estaba pasando y Victoria parecía que entraba en trance en cuanto vio a esa mujer.

Un aura roja apareció alrededor de su mano y sin pensarlo, me interpuse entre ella y su objetivo justo cuando una bola negra con humo rojo salió de su dedo. Me impactó en el pecho, sentí que me faltaba el aire y un gran dolor de cabeza me invadió. Lo último que pude ver fue a la mujer del vestido blanco caer justo después de disparar el hechizo, escuché dos gritos como si estuviera debajo del agua y después, nada.

Sentí el frío suelo, estaba tumbado, el dolor de cabeza desapareció. Despacio, empecé a incorporarme. Estaba rodeado de una absoluta oscuridad y a mi lado había una mujer de pelo verde claro, observándome muy de cerca en cuclillas.

—Ya era hora, encima de meterte en medio, te desmayas —dijo ella y me ayudó a levantarme.

—¿Cómo? ¿Tú eres la que me ha disparado? —pregunté aún confuso por lo que acababa de pasar, además, la mujer que me disparó era más alta que ella.

—Sí, soy yo, ¿por qué te has puesto en medio?

—¡Porque ibas a disparar a Victoria!

—Parece que te acuerdas de lo que ha pasado, te puedo hacer la versión larga o el resumen, como prefieras.

—Dame la versión larga, necesito entender todo el contexto.

—Como quieras, soy Helia. —Acababa de empezar y ya me estaba explotando la cabeza. ¿Cómo podía ser ella la mercenaria a la que Karlina transformó en flor? —. En mis últimos días investigué algo curioso que había sucedido. Al convertirme en una flor, Karlina también me pasó parte de su poder, una minúscula porción para una maga de su calibre, pero para mí era más poder mágico del que había tenido jamás.

» Aparte de enseñar a mis hijas y engendrar otra, mis dos últimos años de vida los pasé investigando un poderoso hechizo experimental llamado *conexión de almas*. Un hechizo que liga mi alma a la de otra persona en un solo cuerpo. Eso es lo que te ha pasado, la mayoría de las veces la persona acaba inconsciente, se despierta, hace su vida y pasados unos años el alma de esa persona muere y me quedo con su cuerpo.

Me quedé paralizado cuando dijo eso, ¿me suplantaría dentro de unos años sin poder evitarlo?

NACIDO EN LA GRIETA I

La tristeza y la ira invadieron mi cuerpo. Intenté agarrarla del cuello, pero mi mano la atravesó, lágrimas de impotencia empezaron a brotar de mis ojos.

—¡Desgraciada! —grité golpeando el suelo, ni siquiera sentí dolor al golpearlo, no sentí los golpes, era como si le pegara a la nada—. ¡¿Por qué?!

—Porque así viviré para siempre —respondió con frialdad alejándose un poco de mí—. Qué escena más patética, me tocará esperar para poder meterme en el cuerpo de Victoria.

—¿Como que meterte en el cuerpo de Victoria?

No iba a permitir aquello, no le pondría un dedo encima.

—Ella es una de mis descendientes, he esperado mucho tiempo para tener esta oportunidad. Cuando sentí su presencia tan cerca de la torre supe que era mi momento, no sé si ha sido obra de Servil o pura coincidencia, pero hay que admitir que hacerme pasar por Liea ha sido perfecto. Una maga con sangre infernal, la pobre estaba más que preparada para ascender y su alma lo hizo, pero la mía ocupó el lugar de su cuerpo nada más se marchó. Todo el mundo pensaba que no consiguió ascender.

» Me trataron como a un monstruo, me apedrearon y humillaron. Pero me alegré, al fin volvía a sentir mi sangre hervir de odio, después de una eternidad como una puta planta y dos años como una vieja. Ya se me había olvidado lo que era eso, había vuelto. Entonces fue cuando el ya difunto padre de Servil me llamó, sólo para morir unos días después, mis descendientes y yo tenemos la marca que ya creo que conoces en la mano derecha, pero había un problema.

» Tenía mi alma, aunque no mi sangre, por lo que eso provocó que se me quemara la mano, ya que es mi alma la que me pone la marca, pero mi sangre no la aceptaba. Cuando Servil me fue a liberar me preguntó por ello, por si era otra tortura de su padre. Le conté toda la historia, él, asombrado por el hecho de que eso se podía hacer, me mandó a esta torre. Aquí experimentaba nuevos hechizos y se los enseñaba a Alva, además de otorgarle parte de mi poder mágico, porque no me hacía falta tanto. Le pedí a Servil que me trajera descendientes, sin embargo, no paraban de llegar falsas herederas.

» Cuando me traían a una supuesta vástago hacía una prueba de sangre, ya que estas tienen una sangre venenosa para cualquier otra persona. Extraía un poco y se la daba de beber a alguna rata de laboratorio que tenía, ninguna vez funcionó, como castigo les cortaba las manos o los guardaba como a las otras ratas.

» Cuando estaba a punto de acabar por fin en el cuerpo de una descendiente mía para tener mi gran regreso como la segunda mejor mercenaria de la historia, ¡tú tenías que meterte en medio! Qué le vamos a hacer, me tocará esperar en tu cuerpo hasta que pueda meterme en el de Victoria. Mientras tanto protege a mi descendiente con tu vida y tranquilo, estaré ahí para aconsejarte y llevarte por mi camino. De hecho, deberías sentirte inmensamente agradecido de poder estar ante mi presencia y tener mi alma.

—¡Dios mío, eres insufrible! ¿Siempre has sido tan egocéntrica? — pregunté harto de que se comportara de esa manera.

—Vigila como me hablas, bastardo —dijo con gran desprecio—. Solo de verte me dan arcadas y pensar que ahora compartimos cuerpo, ¡Dios, qué asco!

—Genial, ¿también me pedirás que me arrodille ante ti y bese el suelo que pisas? —contesté con sarcasmo.

—No estaría mal, bueno, a no ser que hagas lo que acabas de decir, me estás aburriendo, además, creo que tus amigas tienen problemas. Será mejor que vuelvas a tu cuerpo y recuerda, protege a Victoria.

—Eso lo iba a hacer aunque no me lo pidieras.

Poco a poco empecé a escuchar ruidos de pelea.

Desperté sobresaltado, me levanté corriendo y saqué mi espada. Victoria y Selina estaban peleando como podían contra muchos enemigos. Optaron por hacer tapón en las escaleras para aprovechar la puntería de Victoria y que los cadáveres sirvieran para que tropezaran los que bajaban. Selina se defendía con su escudo y mataba a los que tenía oportunidad reteniéndolos.

Pensé en dos cosas: dejarme llevar y arriesgarme a dañarles o sacar mi as bajo la manga, activar el poder del fénix y arriesgarme a morir.

—¡Venid conmigo, rápido! —grité mientras tocaba mi frente con mi espada intentando conectar con el poder del fénix, cerré los ojos, mejor morir yo que ellas.

Tenía que hacerlo, aunque suponía que volvería a ocurrir lo mismo que la última vez, estaba dispuesto a inmolarme de nuevo.

—¡Agarraos con fuerza! —ordené y lo hicieron con rapidez.

Entonces sentí de nuevo el fuego, la llama me empezaba a quemar por dentro, saqué las alas del fénix y alcé el vuelo. Al ser dos personas agarradas a mí me costaba volar, pero tenía que hacerlo, debía protegerlas. Por lo que apreté los dientes y aumenté el ritmo del ascenso como pude.

Todo el mundo miraba la escena atónito, las antorchas encendidas eran como meras luciérnagas comparadas con el fuego que desprendían mis alas. Pero el dolor se hacía cada vez más intenso, el fuego estaba llegando al corazón, cada vez era más fuerte.

Y al fin llegamos a las escaleras de la entrada, las dejé en el suelo y me desplomé, empecé a vomitar sangre al igual que la última vez que lo activé.

—¡Ingelm, sácanos de aquí! —escuché gritar a Selina.

NACIDO EN LA GRIETA I

La cabeza me daba vueltas y lo único que escuchaba era mi corazón. Al vomitar sangre una tercera vez perdí el conocimiento.

Desperté en mi casa. Me estaba durmiendo y tenía la cabeza apoyada en el hombro de mi hermana.

Sentía el calor del hogar, sus leves ronquidos. Lo que daría por volver a estos tiempos, donde no me preocupaba por nada y nada me podía tocar. Cerré los ojos para descansar un poco, pero un grito me despertó.

—¡Helia! —Abrí los ojos y estaba de pie, el bosque donde me había criado se encontraba en llamas, habían matado a casi toda mi familia, ese maldito *mercenario dragón* había arrasado todo—. ¡Vete, corre lejos de aquí y prométeme que nos vengarás!

Mi madre me entregó su arco mientras las llamas le empezaban a alcanzar.

Lo agarré justo antes de que ella se desplomara consumida por el fuego. Me aferré al arma y empecé a correr como me dijo mi madre, corrí lo más rápido que pude para salir del bosque, pero al llegar, él bajó de las copas de los árboles y se plantó delante de mí.

—Pobre chiquilla —dijo mientras se arrodillaba ante mí, clavó su mirada de ojos de dragón en la mía, estaba llorando, pero no grité, era incapaz de hacerlo, mi cuerpo no respondía—. Me recuerdas a mí, se supone que no iba a dejar supervivientes, aunque me das pena, tú no tienes la culpa de esto.

Él se giró y se marchó, perdonándome la vida... Esa fue la última vez que le di pena a alguien.

Le eché un vistazo, aún estaba dormido, el pulso era normal, llevaba una semana entera durmiendo.

No podía evitar sentirme culpable, esto no hubiera pasado si ella me hubiera dado a mí.

¿Por qué tuvo que meterse en medio? Entre lágrimas le pegué un puñetazo a un muñeco de práctica.

—¿Qué te ha hecho el pobre muñeco? —Resonó la voz de Ingelm a mi espalda—. Fue Axel quien decidió salvarte, no te culpes a ti misma, además, el chaval tiene una fuerza de voluntad brutal, no se morirá así sin más.

—Ha dejado de vomitar sangre —informé mirando mis manos, aún tenían marcas de cuando me aferré a él mientras estaba en llamas—. Parece que Carlia consiguió controlar lo que sea que le pasaba.

Él me puso la mano en el hombro antes de marcharse.

—Menos mal que Selina me dejó fuera, sino Axel no podría habernos llevado a los tres o igual estaría peor. Por cierto, Kinita quiere vernos, me imagino que querrá excusarse.

Se marchó a la cabaña de reuniones, en esta semana habíamos aprovechado para construir cabañas y así no alojarnos en débiles tiendas de campaña. Por el camino me crucé con Ángela, la pequeña quería ver a Axel.

Seguí detrás de Gelmin y entré en la choza cabizbaja. Kinita estaba junto a un mapa que había colgado y el resto sentados o apoyados en la pared. Me senté al lado de Selina y de Gelmin, Kinita tenía una expresión un poco triste, era sorprendente, no era habitual en ella mostrar emociones.

—Ya estamos todos, ¿qué es lo que nos querías decir? —preguntó Ingelm con brusquedad.

—Siento no haber confirmado mejor la información, pensaba que Liea era una prisionera, no sé porqué hizo aquello, por eso, quiero disculparme con vosotros y con Axel cuando se despierte.

Las disculpas de Kinita parecían sinceras, aunque no sabía porqué todo el rato se lo pasó mirando a Gelmin.

—Si es que despierta —dije sin pensar.

—Victoria... —indicó Kinita cambiando de objetivo y mirándome con fijeza, entonces empezó a llorar y se acercó a mí—. ¡Jamás he amado a alguien, pero siento que estoy en deuda con Axel, él me liberó de mi padre, aun así no puedo imaginarme lo que estarás sufriendo! ¡Por favor, perdóname, lo siento mucho, fui una idiota!

Ella me abrazó con fuerza, me sorprendió mucho, era la primera vez que mostraba sentimientos y ahora me estaba abrazando entre lágrimas, aquella faceta de Kinita no la había visto nadie, todos miraban la escena atónitos.

Le devolví el abrazo y hundí mi rostro en su pelo negro.

—No pasa nada, Kinita, tú no podías saberlo de ninguna manera, te perdono.

A la par que le hablaba de la manera más suave y tranquila posible, empecé a llorar.

Después de un tiempo abrazadas se separó de mí, el flequillo se le movió cubriéndole media cara como de costumbre y se mojó con lágrimas y mocos.

—Madre mía, Kinita, límpiate anda, que te estás fastidiando el pelo. —Ella obedeció y con un pañuelo bordado se limpió, tranquilizándose un poco.

—Gracias, Victoria. —Alzó la vista para mirar al resto, todos observaban sin saber qué hacer—. Lo siento mucho, la próxima vez intentaré verificar mejor la información antes o pedir vuestra opinión al respecto.

—No importa, Kinita, sí que es verdad que no termino de fiarme de ti, aun así puedes aportar bastante por el hecho de que tienes mucha información de Servil, además, eres muy hábil en combate —dijo Selina acercándose a ella—. A partir de ahora confiaremos más en ti, no hagas que me arrepienta de esta decisión.

—Gracias por tu comprensión, Selina, aunque me temo que no sé tanto de mi padre, él es un hombre de lo más enigmático, pero quiero ganarme vuestra confianza, si no puedo con información lo haré en el campo de batalla, daré mi vida por la rebelión, *prometero*.

Juntó su dedo índice y pulgar de la mano izquierda y se tocó dónde sobre el corazón, haciendo así un *prometero*. En ese mismo instante se ganó la confianza de todos.

—Oye, ese saludo mola mucho, juraría que he visto algo parecido en algún sitio, ¡ay, qué dolor! —dijo la voz de Axel detrás de nosotros.

Ángela le estaba ayudando a caminar y cuando entraron lo ayudó a sentarse, él se sentó como pudo manteniendo una mueca de sufrimiento.

—¡Axel! —grité y fui corriendo hacia él para comprobar que estaba mejor—. No debes hacer esfuerzos, todavía no te has recuperado.

—Lo sé, lo sé —contestó él sin soltar su costado—. Gracias por ayudarme, Ángela, te prometo que en estos días entrenaremos.

—No pasa nada, Axel, lo importante es que te recuperes. —Después de decir eso la pequeña se despidió y se marchó.

—Menos mal que me habéis ayudado, no creo que hubiera podido salir vivo esta vez —dijo Axel soltando su costado.

—Ya hablaremos de eso más tarde, ahora quiero que nos digas porque estás aquí en vez de descansando —aseveró Selina muy quieta en la pared en la que estaba apoyada.

—Esto va a sonar muy loco, solo espero que me creáis. —Todos le miramos confundidos, ¿más loco que él desprendiendo fuego? — Liea, bueno, mejor dicho, era el cuerpo de Liea, pero dentro el alma que había era la de Helia… En fin, que el hechizo que lanzó fue uno de *fusionado de almas*.

Todos nos quedamos con la boca abierta, pero había un problema.

—Espera, ¿estás diciendo que ahora el alma de Helia y la tuya están fusionadas? —pregunté, no sé porque esperaba que lo negara, pero sabía la respuesta.

—Efectivamente, de hecho la escucho y la veo como si estuviera aquí, el tiempo que estuve descansando soñaba con los recuerdos de Helia y ella ve los míos. —Él pausó un momento para respirar—. Ahora preparaos porque el tal mercenario *dragón* es el hombre encapuchado que ayuda al rey.

Terminé de contarles todo lo que vi en los recuerdos de Helia, cómo el *mercenario dragón* mató a toda su familia e incendió su bosque, cómo usó el hechizo de *fusionado de alma* mientras Liea dormía y que cuando su alma ascendió, la de Helia tomó su cuerpo.

Se quedaron pálidos cuando les dije que, sin confusión alguna, el hombre de aquellos ojos de dragón que vi en los recuerdos de Helia era el mismo que vi en la corte del rey, los iris del hombre encapuchado que me detuvo cuando ocurrió lo del escenario.

—Esto es malo, muy malo. —No paraba de repetir Carlia—. Si el mercenario dragón es quien protege a Servil, estamos acabados, no hay oportunidad de matar al rey.

—Sí que la hay —dijo Selina con decisión—. Grock, el último caballero de las manos invertidas, si lo matamos a él podemos conseguir su colgante.

—Es una apuesta arriesgada —comentó Gelmin—. Nadie sabe si el colgante en verdad tiene poder.

—Lo sé, pero si queremos matar al *mercenario dragón* hay que arriesgarse, no hay forma de jugar sobre seguro contra él. Sin embargo, antes de ir a por Grock tendríamos que buscar un nuevo sitio en el que asentarnos, la cueva se queda pequeña, cada vez viene más gente en busca de ayuda y es cuestión de tiempo que Servil se entere de donde estamos, necesitamos un sitio con muros para protegernos.

—Puedo ayudar con eso —dijo Kinita—. Existe una fortaleza abandonada a las afueras de las tierras, cerca de la frontera de los *hijos del dragón*, está en ruinas, pero es mucho más grande y segura que esta cueva.

—Puede servir, aunque transportarlo todo nos ralentizará. Por otro lado, hacer pequeños viajes es alargar demasiado el tiempo —replicó Selina pensativa.

—Encima llevaros a vosotros tres y los caballos me ha costado mucho poder mágico, pese a que he podido prepararlo bien, tardaría una semana más para poder hacer un teletransporte pequeño —comentó Ingelm.

—De momento, descansad, mañana hablaremos del plan que tengo —dijo Selina y a todos nos pareció bien la idea—. Pero antes de irnos, Axel, por favor, explícanos lo que ha pasado.

Esperaba no tener que utilizar el poder del fénix de nuevo y mucho menos tener que dar explicaciones, pero se merecían saberlo.

—No sé porqué lo tengo, pero es algo que he llamado poder del fénix —empecé a contarles—. Cuando activo el poder hay como un fuego que me quema por dentro, no es una llama de verdad, pero se siente como tal. Por alguna razón me provoca daños en el interior que me hacen vomitar sangre, Elena, mi maestra, decía que era porque aún no había conectado con el poder al cien por cien.

» Aunque cuando lo activo mis aptitudes físicas aumentan hasta un punto sobrehumano, además de poder crear dos alas de fuego, que se pueden usar para volar y planear como un pájaro. Pero cuanto más tiempo estoy con ese poder activado, más daño me hace.

» Sin contar esta, he activado el poder del fénix dos veces. De una no me acuerdo, perdí la conciencia cuando lo hice. La otra vez lo mantuve una pelea entera, llegó hasta un punto en el que mi cuerpo empezó a arder. Aquella vez no perdí la vida de milagro, estuve al borde de la muerte, pero me salvó mi maestra con su poder mágico.

—Pero en tu mundo no existe el poder mágico —se dio cuenta Carlia.

—En efecto, ella no era de mi mundo, Elena fue quien me trajo aquí, además de entrenarme de manera extrema. Ella conoció a mi madre y fue quien me dijo que provenía de este mundo.

—O sea, que dejaste tu mundo para descubrir quién era tu madre, ¿o hay alguna otra razón? —preguntó Selina acertando de lleno.

—Sí, hay otra razón, se supone que en este mundo encontraré la clave para que mi hogar no sea destruido por la *grieta*. Es algo muy extraño que realmente no comprendemos, salió de la nada en una isla, junto con esa grieta apareció el material con el que está hecha mi espada, un material que también está en este mundo. No sé cómo lo llamáis vosotros, pero nosotros lo llamamos Obsibramiun, no es oficial, el nombre lo puso un amigo mío. Es un material muy resistente y ligero de color azulado.

—También existe un material así aquí, no tenemos nombre. Es con el que está hecha la espada de Grock, pocos herreros saben tratarlo, Fhilen es uno de ellos —explicó Gelmin—. Es bastante curioso eso, de la grieta salían monstruos, ¿verdad? En específico un ser completamente oscuro con cuchillas en los antebrazos.

Me sorprendí mucho, acababa de hablar de Sombra.

—¿Existió aquí? —pregunté a Gelmin emocionado—. ¿Cómo la destruisteis?

—Fue la maga Karlina la que lo hizo, con el poder de la magia pura, poniendo fin a la era de oscuridad. Usó todo su poder mágico para cerrar la *grieta*, como la llamas tú, acabando con ese ser oscuro con ayuda de un guardaespaldas y otra maga de gran talento —contó Gelmin, en parte me decepcionó, porque aquella solución no era aplicable a mi mundo.

—Mierda, entonces no puedo salvar mi hogar.

Fue un duro golpe, la gran razón por la que vine era esa.

NACIDO EN LA GRIETA I

Notaron la gran tristeza que se estaba gestando en mi interior, al final mi viaje no sirvió de nada y lo podría haber descubierto preguntando desde el principio. Me sentí un inútil en ese momento. Pero no me pensaba ir sin más, aunque fuera descubriría quién era mi madre. Si estaba viva, la encontraría y hablaría con ella, no sabía qué le diría, pero necesitaba saber de ella.

—Lo siento, Axel, tiene que ser muy duro para ti lo que te acaba de decir —dijo Victoria poniéndome la mano en el hombro.

—No importa, aunque sea descubriré quién era mi madre, no me voy a ir con las manos vacías, vosotros me habéis hecho sentir como en casa —afirmé desde lo más profundo de mi corazón mientras tocaba la mano de Victoria a la vez que le sonreía con amargura.

—No entiendo qué ve en ti... —indicó Helia mirándonos embobada.

—Cállate, por favor —contesté en voz baja, en ese momento no me apetecía escucharla.

Intenté levantarme, pero las piernas me fallaron.

Victoria consiguió agarrarme antes de que me cayera, me apoyé en ella para poder andar.

—Ahora a tu tienda a descansar —ordenó ella mientras caminábamos hacia allí—. Si quieres, me quedo por si me necesitas —propuso cuando llegamos y me senté en la cama.

—Victoria, por favor, no eres mi sirvienta, puedo moverme, no te preocupes por mí. —Me chistó para que me callara.

—Necesitamos que te recuperes lo antes posible, así que déjate de tonterías y deja que te cuide, anda, estás para el arrastre.

—Gracias, pero no tienes porqué, en serio. —Me dio un beso y se dispuso a salir de la tienda.

—Te traeré algo de comer, has comido muy poco esta semana. —Mientras hablaba, me quedé embobado sin pensar en lo que me acababa de decir.

—No sé qué ve ella en ti —dijo Helia, pero no tenía su típico tono de superioridad—. Eres especial, de eso no cabe duda, pero no lo entiendo, ¿por qué una descendiente mía tiene intereses amorosos en un hombre?

—Porque así es el amor, incontrolable e impredecible.

—Ya... —Se quedó pensativa un rato antes de continuar—. Toda mi vida me han enseñado que los hombres solo existen para engendrar hijos, ver a una descendiente mía así es algo nuevo.

—Victoria tiene un gran corazón, ¿ella es la única excepción o hay más descendientes tuyas como ella?

—Mis hijas seguro que no, aunque no pude ver a mis nietas, espero que mantengan las tradiciones que les inculqué y que mis madres me inculcaron a mí.

—Helia, a veces es bueno cambiar las tradiciones por mucho que te cueste, ella ha escapado de la familia. ¿No te hace pensar en...?

Me callé porque empecé a escuchar cómo volvía Victoria.

—No sé, este asunto es complicado, tu vida es muy distinta a la de Liea y la mía, es cuanto menos curioso.

Tras decir eso, se desvaneció a la vez que entraba Victoria con una bandeja de comida.

—¿Vas a comer tú también? —pregunté al ver que había demasiada comida para mí solo.

—Que observador, te has ganado un trozo de pollo extra —bromeó con una gran sonrisa acercando un taburete para apoyar la bandeja—. Así aprovecho y hablo un tiempo contigo a solas, quiero hacerte algunas preguntas, si no te molesta.

Yo cogí un muslo de pollo y le di un mordisco, ella se sentó en la cama.

—Entonces, ¿puedes hablar con mi abuela? —preguntó a la par que cogía un ala—. ¿Y ella me escucha?

—La respuesta es sí a las dos preguntas. —Helia volvió a aparecer, yo la miré y le señalé a Victoria donde estaba.

—¿Piensas que soy un fracaso, que he fallado como descendiente? —cuestionó mirando adonde le había dicho que estaba Helia, yo hice un esfuerzo por no atragantarme con el pollo después de escuchar lo directa que había sido.

—No lo sé —contestó ella cabizbaja—, hace un tiempo habría dicho que sí, sin dudar, pero ahora mismo es confuso.

Le dije lo que había dicho y a Victoria se le iluminó la cara.

—El simple hecho de que tengas dudas me alegra, siempre te he tenido como una persona horrible, soberbia en extremo y, bueno, mejor no sigo, ya te habrás dado cuenta. —Se giró y me miró a mí—. Escapé por dos razones: la primera, porque no querían que siguiera a la diosa de la vida, dos, porque querían que me volviera exploradora y después desertara para volverme una mercenaria como mi abuela, el camino de todas sus descendientes, esa es la única opción que le dan a las herederas de Helia y yo no quería eso, no quiero vivir así.

—Quieres vivir tu vida. —Completé pensando en cómo se tenía que sentir, por suerte yo siempre había sido más o menos libre, al menos todo lo que podía, pero cuando escuché la leyenda de la espada azulada y lo de la primera ascendida, me hirvió la sangre al pensar que la gente quería que hiciera todo eso—. No quieres seguir los pasos de nadie ni hacer todo lo que te dicen, es normal.

—Eso es lo que me gusta de ti, siempre consigues entender a la otra persona —admitió mientras se terminaba la comida—, pero necesito hacer las paces con mi familia. Axel, siento tener que pedirte esto, ¿me acompañas?

—Por supuesto que te acompaño, ¿pero para qué quieres hacer las paces ahora? —pregunté por mera curiosidad.

—Por un lado, porque serían unas aliadas muy valiosas y, por otro, porque me gustaría que me perdonaran, no dejan de ser mi familia, creo que si les hablara mi abuela, al menos me mirarían con otros ojos y no me odiarían como ahora.

—Sabes que es posible que no me crean o no les convenza, debes tener en cuenta esas posibilidades —dije después de limpiarme las manos con el trapo.

—Tengo en mente esa posibilidad y no sé cómo reaccionaré si eso ocurre, aun así debo hacerlo —dijo seria para luego cambiar a un rostro más amable—. Pero cuando te recuperes y tengamos tiempo para ello, ahora descansa, Axel.

Ella cogió la bandeja y puso el taburete en su sitio.

—Gracias, Victoria, eres un cielo. —Intenté levantarme para ayudarla a recoger, pero ella me puso la mano delante, deteniéndome.

—Te acabo de decir que descanses, por cierto, cuando puedas habla con Ángela, está muy preocupada.

—Vale, hablaré con ella —suspiré, Victoria me dio un beso y se fue, me tumbé e intenté dormir.

Las manos me temblaban y el corazón me iba a mil, me tapé la boca con las manos, si hacía el más mínimo sonido estaba muerto.

—¡Axel! —dijo Sombra en un tono tétrico mientras chocaba sus cuchillas salidas de sus antebrazos contra la pared—. No puedes esconderte eternamente y ahora no tienes a nadie para salvarte.

No tenía escapatoria, se acabó, estaba muerto y esa vez no estaba Yasuda para salvarme, era idiota, iba a morir sin poder cumplir la promesa que le hice a papá. Las lágrimas empezaron a brotar de mis ojos, empecé a sollozar delatando mi posición.

Me pareció escuchar un sonido a mi lado y al mirar a la derecha, vi a Sombra asomándose por la esquina con una amplia sonrisa en la cara, solo se le veían los ojos con sus pupilas negras y los dientes blancos y afilados.

Sus garras estaban clavadas en la columna en la que me estaba escondiendo, sus cuchillas, que salían de sus antebrazos, brillaban con su típico tono azulado, apenas podía verle, ya que él era una sombra, por completo oscuro y sin facciones en el cuerpo para poder identificarlo, una silueta negra como la noche, de ahí su nombre.

—Pobrecito, ¡estás temblando! —exclamó y después se rio de forma macabra, se empezó a acercar a mí, pausado, mientras me arrastraba en la dirección contraria a él—. Debiste quedarte con tus amigos, ahora todos ellos estarán tristes cuando encuentren tu cadáver descuartizado, igual trituro tu cuerpo hasta el punto de que no se te pueda reconocer, luego Yasuda hará su investigación y descubrirá que era tu cuerpo. ¡Así le dolerá más!

¡Quería pelear, quería luchar! Si no hacía nada moriría de todas formas.

Apreté el puño con fuerza, conseguí ponerme en pie con las piernas temblando y me puse en guardia, listo para lo que tuviera que suceder, si moría de esa manera, que así fuera.

—Vaya, vaya, parece que al final tienes agallas, ¿quieres una muerte digna o impresionarme? ¿Qué intentas con esto? —

preguntó serio, borrando su sonrisa y mirándome con desprecio.

—Prefiero morir luchando.

La voz me temblaba, las ganas de pelear desaparecieron. Quería llorar y esperar que la muerte fuera rápida, pero no pensaba acobardarme. Si lo hacía, la muerte de papá y las enseñanzas de Yasuda serían en vano, aunque fuera, moriría dignamente.

—Parece que el ratoncillo tiene valor, tranquilo, ¡te lo quitaré a golpes!

Me pegó un puñetazo en la boca del estómago, estirando más su puño hacia un lado para cortarme con las cuchillas de sus antebrazos. Grité de dolor y acabé arrodillado mientras me cubría el abdomen, pensaba que se me estaban saliendo las tripas. Entonces Sombra me pateó la cara tirándome al suelo.

Empecé a ver mi vida en una especie de carrusel de imágenes, los pocos recuerdos que tenía con mamá, cuando Yasuda conoció a mi padre y se convirtió en mi hermano mayor. La primera vez que me encontré con Slayer y Tina. Entonces vi la imagen de mi padre muerto, el miedo empezó a desaparecer y la furia lo sustituyó, sentí como un fuego me quemaba en el interior, cada vez más intenso, ya ni notaba los golpes que me estaba dando Sombra. De repente, una gran fuerza invadió mi cuerpo.

—Siempre te protegeré. —Sin ninguna duda era la voz de mi madre.

Lo último que recordé antes de perder el conocimiento, fue levantarme, sentir una mano en mi hombro izquierdo y ver la mirada atónita de Sombra mientras una gran llama que salía de atrás de mí iluminaba el parking abandonado.

—¿De dónde narices sacaste ese poder? —dijo Helia despertándome de mi sueño—. Jamás había visto algo parecido.

—¿Ahora no me vas a dejar ni dormir o qué? —Bostecé y me froté los ojos antes de sentarme en el borde de la cama—. Lo que has visto es la vez que lo activé.

—Tiene algo que ver con tu madre. —No sabía que Helia era Sherlock.

—No me digas. —Me levanté y me vestí, me puse el zurrón y la espada en la cintura.

—He de decir que ver tus memorias me despierta bastante curiosidad, eres un sujeto muy interesante, Axel.

—Gracias, supongo, mi vida es un misterio para todo el mundo hasta para mí, vine a este mundo buscando respuestas y no encuentro ni una, de momento. Bueno sí, que mi mundo no tiene salvación, esa es la única respuesta que he encontrado.

—Y ahora qué sabes que tu tierra no tiene salvación, ¿volverás?

Se me cortó el aire cuando me hizo aquella pregunta, me sentía muy cómodo en aquel mundo y eso que apenas llevaba un mes allí. Tenía una sensación extraña, casi familiar.

¿Y si me quedaba? Lo último que me dijo Yasuda era que si me iba con Elena, no se me ocurriera volver. Pensaba que no me echarían de menos. Igual no era tan mala idea quedarse. Pero... ¿Y si no era así?

—No lo sé, ahora mismo no quiero preguntarme eso —dije zanjando el asunto por el momento, no me apetecía pensar en esas cosas de buena mañana.

Me sentí con más energías que el día anterior, al menos me pude poner en pie por mí mismo sin necesidad de apoyarme en nada. Salí de la tienda, lo primero que vi fue a Ángela con una bandeja con dos trozos de pan y dos picheles. En cuanto me vio se le iluminó la cara.

—¡Ya estás bien! —gritó entusiasmada, se me acercó deprisa, casi tirando el contenido de la bandeja.

—¡Quieta! —enfaticé para que se detuviera y no tirara el desayuno—. Déjalo dentro antes de que nos quedemos sin comida.

Ella se sintió animada y caminó hacia la tienda para dejar la bandeja. Cuando pasó por mi lado le acaricié la cabeza con cariño y la seguí adentro de nuevo. Dejó la comida en el mismo taburete que el que usó ayer Victoria para la cena, ambos nos sentamos en el suelo y empezamos a comer.

—¡Me alegro tanto de que estés al fin bien! —dijo Ángela con la boca llena.

—Ángela, no hables con la boca llena, primero come y después habla —le regañé.

Ella se tragó el trozo de pan casi entero.

—¡Perdón! —se disculpó tras engullir un trozo de pan—. ¡Pero es que estoy muy contenta de que al fin podamos volver a entrenar, he estado practicando por mi cuenta, Gelmin y Filhen me han enseñado muchas cosas!

—¿Ah sí, como qué? —pregunté por mera cortesía, ya sabía lo que le habían estado enseñando, ellos me hablaron alguna vez de ello cuando hacíamos guardia.

—Filhen me ha enseñado cómo mantener en buen estado las armas, a afilarlas y esas cosas. Gelmin a cómo combatir.

—No puedes estarte quieta, tienes mucha energía —comenté desayunando a mi ritmo, su forma de engullir la comida me recordó a cuando Yasuda hacía bollos de pan y me los comía mientras salía al patio de la C.G para ponerme a entrenar—. Pero aún te falta por aprender una de las cosas más importantes.

—¿El qué, se trata de una norma importante o un truco que utilizan los grandes guerreros?

—Algo así, ¿sabes lo que llevo en el zurrón? —Ella lo miró y negó con la cabeza—. Vamos, salgamos a entrenar, te lo enseñaré allí.

Ella aceptó, dejamos la bandeja y marchamos al lugar donde nos preparábamos. De camino pasamos por la forja de Filhen y cogimos dos espadas de madera que él mismo talló para la pequeña.

Al llegar, le di la espada de madera y mientras ella se preparaba, yo dejé mi arma en el árbol como de costumbre.

—Atácame como si fuera un combate de verdad, no te contengas.

Hasta ese momento no había puesto a prueba su tenacidad, era el momento de comenzar un entrenamiento real y de paso comprobaría si ya estaba recuperado.

Cargó hacia mí, sus intenciones eran claras, quiso darme una estocada. Con facilidad me aparté poniéndome de lado y cuando pasó delante de mí le puse la zancadilla, haciendo que se comiera el suelo.

Se levantó despacio y la escuché sollozar. Debía aprender a recibir golpes y, sobre todo, asimilar qué era el juego sucio y cuando usarlo.

Se levantó, tenía la cara sucia y un par de cortes en los brazos, la rodilla izquierda le estaba sangrando ligeramente. Empecé a pensar que quizás había sido muy duro, pero debía aislar esa parte de mí, no iba a estar siempre protegiéndola y en ese mundo no importaba cuánto pudieras dar, lo que importaba era lo mucho que pudieras recibir.

Me miró con los ojos vidriosos, pero con un destello de furia, aquello me alegró.

Se puso a la defensiva, empezó a rondarme dando pasos laterales en círculo, yo estaba con la guardia baja buscando provocarle, pero ella se mantuvo firme, sabía que atacarme era una tontería.

Así que tomé la iniciativa, di un primer paso rápido y justo antes de llegarle hice un cambio de ritmo y con un giro sutil, realicé un barrido. Antes de que cayera al suelo le puse la mano detrás de la cabeza para que no se hiciera demasiado daño. Con la espada de madera le di un golpe en la boca del estómago, no muy fuerte, pero lo justo para que lo notara.

—Dos a cero —indiqué y me alejé dándole la espalda, me puse el zurrón delante y metí la mano cogiendo un poco de arena, me lo volví a poner al cinto y empecé a escuchar cómo se acercaba para atacarme por la espalda.

A la vez que me giré le tiré la arena, ella se cubrió los ojos y empezó a llorar mientras se tiraba al suelo.

—¡Duele mucho! —No paraba de gritar, fui a buscar agua y entonces caí en lo idiota que era.

—¡Mierda, no tengo agua!

La agarré en brazos y comencé a correr al río más cercano. Al llegar, le salpiqué el agua en la cara y poco a poco la fue aliviando.

—Lo siento, Ángela, no he caído en traer agua. ¿Estás mejor?

—Sí, ¿por qué has hecho eso? —preguntó y antes que pudiera responder ella me replicó—. ¡Eso es jugar sucio!

—Por eso mismo, Ángela, por eso tengo arena en el zurrón, no puedes esperar que todo el mundo al que te enfrentes juegue limpio —expliqué—, pero también debes saber cuándo jugar sucio. Si te hubiera hablado de esto, te hubiera enseñado cómo jugar sucio, pero no entenderías realmente lo que es, ahora ya sabes lo que se siente.

Agarré un puñado de arena y se lo di en la mano.

—Te dejo que me tires arena por haberme olvidado de traer agua. —Abrí los ojos preparado, pero ella me abrazó.

—No pienso hacer eso, gracias por entrenarme, Axel. —Le devolví el abrazo estrechándola con fuerza—. Me ha encantado.

—¿En serio? —pregunté sorprendido—. Quería ver si eras suficientemente tenaz y lo eres. Prepárate, a partir de ahora los entrenamientos serán más duros.

—Y tú, prepárate porque me volveré más fuerte cada día que pase. —Dejé de abrazarla, la miré a los ojos orgulloso—. Lo siento.

Ella me tiró la arena a los ojos, grité de dolor y la maldije, aun así me alegré, el pequeño ángel se estaba volviendo un demonio.

—¡Por qué aprendes tan rápido! —grité palpando en busca del agua del río.

Al final ella me ayudó a encontrarla y me limpié la arena de los ojos.

—¡Ven aquí, pequeño demonio! —exclamé corriendo hacia ella mientras intentaba escapar entre risas, la alcancé y la abracé con fuerza, elevándola en el aire un par de veces antes de dejarla en el suelo con cuidado—. Por ahora podemos dar el entrenamiento por terminado, volvamos al campamento.

—Vale, Axel, ¿puedes llevarme a caballito?

—Por supuesto.

Cuando le respondí se le iluminó la cara, me agaché para que pudiera subirse a mis hombros, cuando ya estaba posicionada me levanté y empecé a andar hacia el campamento.

—¡Wow, esto mola mucho! —gritó ella, no la veía, pero seguro que tenía una amplia sonrisa—. Axel, ¿esto es lo que suelen hacer los padres y las hijas?

Lo que dijo me puso en parte triste por el recordatorio de que sus padres fueron asesinados delante de ella.

—Sí —respondí intentando mantener mi sonrisa.

—¿Entonces se podría decir que eres mi padre? —La pregunta me pilló por sorpresa, Ángela tenía unos trece años, eran siete años los que nos separaban.

—Más bien soy como tu hermano mayor —aclaré—, no soy tan mayor como para ser tu padre, ¿tan viejo crees que soy?

—¡No! Pero nunca he tenido ningún hermano.

—Yo tampoco tuve ninguna hermana, pero sí que conocí a alguien que fue como mi hermano mayor.

—¿Y esa persona era como tú?

—No, él es más inteligente, con más experiencia y en general mejor que yo.

—¿¡Eso es posible!? —Me tiró del pelo ligeramente—. ¡Tú has matado élites! ¿Él sería capaz de ello?

—¡Ángela, deja de tirarme del pelo, me haces daño! —Se disculpó y se tranquilizó un poco—. Estoy seguro de que él podría con varios a la vez, tiene una especie de poder con el que puede controlar los elementos.

—¡Wow! ¿Cuánto poder mágico tiene?

—Ahí es donde está la parte curiosa para vosotros, claro, él no tiene poder mágico, se... No sé cómo se dice la palabra en vuestro idioma, se clava una cosa en el brazo y eso le da el poder.

—¿Y no le duele?

—Para nada, es como si te picara un mosquito.

Al final, llegamos al campamento, me agaché para que se bajara y ella me agarró de la mano para seguir.

—¡Ángela! —chilló Victoria alarmada—. ¿¡Qué te ha pasado!?

—¡Hemos entrenado muy duro! —contestó la niña sonriente, ella la examinó de arriba abajo y me miró.

—¿No te has pasado un poco? —interrogó un tanto molesta.

—Si me hubiera pasado, no estaría sonriendo de esa manera —respondí señalándola, estaba más feliz que nunca.

—Eso no te lo puedo negar. ¿Quieres contarnos cómo ha ido el entrenamiento mientras esperamos la comida?

Ángela asintió y cogió de la mano a Victoria yendo hacia el lugar donde nos solíamos sentar siempre. Allí estaban Gelmin y Kinita hablando en susurros, al vernos se callaron y nos saludaron. Gelmin saludó normal, pero Kinita parecía en cierta manera incómoda. A la vez llegó Carlia tosiendo.

—Cada día me hago más vieja. —Se lamentó mientras se sentaba—. Parece que Ángela nos honra con su presencia, ¿vas a comer con nosotros, cielo?

—¡Sí! —contestó ella sentándose junto a Victoria—. Hoy Axel me ha enseñado un montón de cosas, ¡hasta me ha hablado de su hermano mayor!

—¿Tienes un hermano mayor? —preguntó Gelmin a la par que yo me sentaba al otro lado de Victoria.

—No de sangre, creo que alguna vez os he contado algo de él, es la persona que me crio cuando mi padre fue asesinado. —Todos agacharon la cabeza.

—Lo siento, no me acordaba —se lamentó Gelmin.

—No hay nada que sentir, pasó lo que pasó y no se puede hacer nada para cambiarlo, no tenéis porqué pedir disculpas. Todo el mundo tiene un pasado, aunque no conozca los vuestros, se nota que vuestras vidas no han sido precisamente felices, yo no soy una excepción.

—Entiendo, ya que ha salido el tema, ¿nos cuentas cómo fue el tiempo que estuviste en tu mundo? —preguntó Gelmin con mucho interés.

—Uf, tendremos que estar todo el día, esperemos a que lleguen Selina, Ingelm y Filhen, no quiero tener que volver a empezar —respondí ordenando en mi mente la historia para poder explicarla.

Al cabo de un rato llegaron los tres que faltaban con la comida. No pensaba que fuera a hacer eso en serio, pero empecé desde el principio mi historia.

NACIDO EN LA GRIETA I

CAPÍTULO 7
LA JUVENTUD DE AXEL

Hace varios años…

La grieta, también conocida como ciudad grieta, era donde me crie, toda mi vida la vi como una ciudad normal. Mejor dicho, mi padre se encargó de que la viera así. Siempre me protegió del lugar horrible que en realidad era.

Era una isla no muy grande. La zona habitable, que era solo un tercio del territorio, otra zona ocupada por las organizaciones de los distintos gobiernos, que cubría otro tercio, y por último la grieta, que terminaba de completar la isla. Al menos eso fue lo que calculó Yasuda.

Nací un diecisiete de enero de dos mil uno, la grieta apareció un tres de octubre de mil novecientos noventa y ocho, mi padre llegó a la ciudad tras ser acusado y declarado culpable de asesinato múltiple un catorce de febrero de mil novecientos noventa y nueve.

No sé cómo se conocieron mis padres y nunca me hablaron de ello, pero mi padre me contaba muchas historias de lo increíble que era mi madre.

Por desgracia, cuando yo tan solo tenía tres años, ella desapareció.

Mi padre, desesperado, contactó con el famoso detective Yasuda Okita, el cual llegó a la grieta para descubrir qué le pasó a mi madre tras matar a un sospechoso, que fue declarado inocente en los juzgados. A cambio le dejaría quedarse en nuestra casa, además, no trabajaría en las minas de Obsibramiun.

Ciudad grieta era un lugar donde únicamente llevaban a los criminales de todas partes del mundo. A las personas que tenían cadena perpetua o en los países que había pena de muerte, se les ofrecía la opción de ir a ciudad grieta.

Allí trabajaban extrayendo el Obsibramiun, un material que está a plena vista de la tierra, el problema era que solo aparecía en unos kilómetros de la grieta, por lo que extraerlo suponía un gran riesgo por los monstruos que salían de su interior. Toda clase de horrores, desde animales esqueléticos sin ojos y con dientes afilados, hasta humanoides con extremidades tan largas que apenas podían tenerse en pie.

Horrores salidos de las pesadillas más salvajes que yo veía y escuchaba por la noche. Todos ellos salían de la grieta.

Como su propio nombre indica, era una grieta en el suelo, pero no era normal. Aparte de ser enorme, su interior era completamente oscuro, ninguna luz brillaba allí dentro, no obstante, emanaba una extraña aura morada alrededor suyo.

A todo el mundo le decían que si extraían suficiente material podrían salir de la grieta, pero eso era mentira, nadie había salido de allí con vida. Todos morían o asesinados o por cansancio. El trato que recibían era deplorable y deshumanizante. La mayoría preferían no trabajar allí por el riesgo que suponía.

Pronto las mafias de todo el mundo empezaron a llegar, se entregaban y metían armas de contrabando a través de sus contactos y poco a poco se hicieron con el poder de la grieta. Los distintos gobiernos ya no podían hacer nada, apenas veían un poco de ese material, así que en vez de enfrentarse a ellos hicieron tratos. Pero eso tenía un lado bueno, ahora los habitantes de la ciudad grieta tenían la protección de las mafias. Hasta se empezó a hacer una pequeña economía basada en el Obsibramiun.

La ciudad, pese a estar controlada por los criminales, tenía cierto orden.

Eso sí, todos los días había asesinatos entre mafias o para robar Obsibramiun. A mí me daba miedo salir por la noche, de hecho mi padre me dijo que podía hacerlo, pero me explicó todo lo que me podía pasar. Me dio tanto miedo aquello que jamás lo hice hasta el día de su muerte. Solo salía para cosas importantes, como liquidar deudas y comprar comida, eso sí, poca comida por si me atracaban. Todo a plena luz del día y con la ayuda de Yasuda.

Yasuda ya no podía avanzar más en la investigación, no encontraba nada, así que empezamos a pasar más tiempo juntos.

Me empezó a enseñar artes marciales, como karate o judo, también los distintos estilos de lucha que existían, a mí el que más me llamó la atención fue la capoeira, no concebía cómo se podía bailar y luchar a la vez. Lo más valioso fue la disciplina que me inculcó.

Cuando tenía quince años conocí a los que, para mí, eran las personas más locas del mundo, Tina y Slayer. Eran como la noche y el día.

Slayer no se callaba ni debajo del agua, todo el rato bromeando y diciendo tonterías, pero era un buen tipo.

Mientras que Tina era callada y borde, pero no le temblaba la mano a la hora de proteger a alguien.

Ambos entraron por la puerta junto con mi padre y Yasuda, estaban hablando de algo, pero en cuanto me vieron se callaron. Fue Slayer el primero en hablar, se presentó y también a Tina, la cual le dio un codazo diciendo que se suponía que no debían hablar.

En aquel momento no entendí la razón por la que estaban allí, ni porqué desde ese día venían al menos una vez a la semana.

Con Slayer me llevé bien enseguida. Pero con Tina fue distinto, con ella jamás hablé de verdad hasta el día de la muerte de mi padre, en parte porque me daba terror. Ella siempre llevaba ropa oscura, tenía el pelo blanco y negro, era su color natural. Encima siempre tenía las pupilas dilatadas, jamás reaccionaban a la luz, no eran como las del ojo humano. Además, tenía el iris rojo, nada en ella era normal y me daba mucho miedo.

Slayer, en cambio, siempre vestía de calle, de manera poco práctica para el combate. Lo que no sabía en ese momento es que debajo de la ropa llevaba su traje para combatir. Un chaleco hecho de Obsibramiun, con unos ganchos del mismo material en los antebrazos que le permitían agarrarse prácticamente a cualquier superficie, junto con unas cuchillas ocultas que salían por la parte superior de la mano, sobresaliendo ligeramente por los nudillos.

Después de un tiempo de felicidad pasó lo que tenía que pasar, el momento en el que toda mi vida se desmoronó, tenía diecisiete años para entonces.

Escuché un ruido como de un grito ahogado, me levanté y llamé a papá. Al ver que no respondía, miré en su cuarto. Entonces vi a un hombre tratando de ahogarlo con la almohada. Me quedé paralizado por el miedo viendo la escena. Su cara se me quedó grabada a fuego. Tenía el pelo rojo y largo, ojos dorados, estaría en los treinta y pocos, además, tenía una gran cicatriz en la mejilla derecha.

El asesino terminó su trabajo, empezó a moverse hacia mí con lentitud y se arrodilló apoyándose en su rodilla derecha.

—Escúchame bien, chaval, olvida lo que acabas de ver, porque si vienes a buscarme acabarás como él, ¿me has entendido? —Solo pude asentir con la cabeza y dejar que se fuera.

Yasuda volvió por la mañana y me vio en el mismo sitio en el que me quedé.

NACIDO EN LA GRIETA I

Él llamó a Slayer y Tina, los cuales vinieron lo más rápido posible. Yasuda me preguntó dónde quería enterrarlo, yo le respondí que en un lugar tranquilo, un lugar donde pudiera descansar en paz, algo que mi padre no pudo tener en su vida, aunque por aquel entonces pensara que sí que la tenía. Pero aquello lo descubriría mucho más tarde, era una historia para otro momento.

Slayer y Tina me acompañaron hasta lo que sería mi nuevo hogar, no sin antes coger la espada de mi madre del soporte que había encima de la cómoda del cuarto, lo único que me quedaba de ella.

Me llevaron a la sede de la C.G, siglas de Control de la Grieta. Aquel sitio era una gran casa de dos plantas con un amplio patio. Las paredes estaban llenas de pintadas que ponían «monstruos, asesinos, hijos de perra», pero en aquel momento no le tomé demasiada importancia.

El sitio estaba impoluto, si bien no era muy lujoso, estaba como los chorros del oro.

El patio era solo para entrenar, había maniquís, latas, escenarios improvisados, de todo.

Por dentro era una casa normal, en la planta de abajo estaban la cocina, la sala de reuniones, la armería y un almacén donde se guardaban las cosas importantes. La planta de arriba tenía tres baños y seis habitaciones. A mí me dejaron la que estaba al lado del cuarto de Yasuda.

Al regresar, Yasuda me dijo que enterró a papá en un lugar de ciudad grieta que solo él conocía, en una cueva profunda debajo de un edificio derruido. En el interior de la cueva había un gran árbol rodeado de piedras y setas luminiscentes, un lugar lleno de paz y tranquilidad, un sitio al que algún día iría.

Tras eso ocurrió mi primer asesinato. Regresábamos a casa para recoger las cosas que teníamos allí y nos encontramos al hombre que asesinó a mi padre revolviéndolo todo. Yasuda lo inmovilizó con facilidad, pero el hombre empezó a decir cosas sobre mi padre, cosas que no me gustaron. Me decía que no lo conocía, que era una persona horrible. Entonces fue cuando agarré un cuchillo de la cocina y pasó. Lo más extraño es que cuando estaba a punto de hacerlo, sentí como si una mano tocara mi hombro derecho.

Pasaron dos años y Elena se presentó un día en la puerta de la C.G, no teníamos ni idea de quién era. Solo me dijo que era amiga de mi madre y que me fuera con ella, que tenía mucha información que me podía ser útil.

Más tarde ella me contaría que me salvó la vida cuando activé el poder del fénix.

Me iba a ir con ella sin dudar, así podría cumplir la promesa que le hice a mi padre. Sin embargo, Yasuda se negó, decía que no me podía fiar así de alguien.

Discutimos, fue la única vez en toda nuestra vida que lo hicimos y todo terminó cuando dijo que si me iba con Elena, no se me ocurriera volver.

Y me fui con ella, sin ni siquiera despedirme, sin saber si los volvería a ver.

Ella me habló de este mundo, mi madre venía de aquí también, me comentó que mi mundo estaba condenado porque tarde o temprano la grieta lo consumiría y solo en este lugar descubriría la clave para salvarlo. Me entrenó un año entero para ser una máquina de matar, aún más de lo que ya lo era por aquel entonces, posiblemente porque conocía los peligros que me esperaban, peligros como el *mercenario dragón.*

Después de eso, ya sabéis lo que pasó. Un dato curioso era que en mi mundo medio año era un año entero aquí. Por lo que los diecisiete años desde que desapareció mi madre, aquí han sido treinta y cuatro años.

CAPÍTULO 8
LA HIJA DEL DRAGON

—Curioso —dijo Kinita—, esa es la edad que tiene mi padre, treinta y cuatro años.

—Espera, ¿cuántos años tienes? —preguntó Selina, era evidente que los cálculos no salían.

—Dieciséis —contestó Kinita con normalidad, mientras que nosotros nos sorprendimos, ya que por su forma de actuar y lo letal que era en combate, parecía más mayor—. La hija del rey y de una sirvienta que tuvo la mala suerte de sucumbir a sus encantos, realmente se pensaba que iba a ser una princesa, pobre ingenua.

—¿¡Tienes solo tres años más que yo!? —exclamó Ángela—. ¡Axel, tienes que enseñarme a como matar a un *élite* en menos de tres años, no puedo quedarme atrás!

—No te presiones, enana, me he pasado toda la vida entrenando con Komandlach, el capitán de la *élite,* desde que tengo memoria. —Se levantó dirigiéndose a mí—. Me alegro de que estés al fin bien y muchas gracias por sacarme de aquel sitio, aún no te lo había dicho, pensaba que iba a ser imposible escapar de mi padre, siento no habértelo agradecido antes.

—No tienes por qué, debería disculparme por lo que pasó, fue la única opción que vi viable para poder escapar.

—Pagaría por ver la cara que puso mi padre, una pena que no pudiera verlo.

—Ahora que lo pienso, no nos has contado cómo conseguiste que Kinita se uniera a nosotros, ¿qué pasó?

Cuando Golmin realizó su pregunta, Kinita y yo nos sentimos incómodos, era un asunto bastante desagradable.

—Mi padre me dio una paliza para sacar a Axel de quicio y que rompiera el *prometero* para poder matarlo. Por suerte Axel se la jugó y consiguió sacarme de allí.

No me esperaba que Kinita mintiera, me pilló por sorpresa, pero todo el mundo la creyó. Aunque odiaba las mentiras, en esa ocasión no sabía si era lo mejor.

—Vaya mentira... —escuché a alguien susurrar, pero no identifique quién fue, solo pude percibir que era la voz de un hombre.

Tardé un par de segundos en entender lo que significaba aquella frase. Se me erizó la piel cuando pensé en lo que significaba aquel comentario ¡Había un espía entre nosotros!

—Cada día me da más asco Servil, lo bueno es que si quería sacar de quicio a Axel, es porque lo considera una amenaza. Aunque fuera una provocación, si Axel caía, era un problema menos del que preocuparse —comentó Selina confiada.

Estaba bloqueado, ¿y si había escuchado mal? El corazón me iba a mil, ellos seguían hablando, pero no les estaba escuchando, había muchas cosas pasando por mi cabeza.

¿Filhen, Gelmin o Ingelm? Estaba dando vueltas y empecé a pensar, ¿qué le había dicho Gelmin a Kinita para que se pusiera incómoda?

—¿Axel? —Me llamó Victoria preocupada—. Estás pálido, ¿te encuentras bien?

—No, parece que todavía no me he recuperado, me voy a descansar —respondí y me levanté de forma apresurada para irme.

—¿Necesitas que te ayude? —preguntó Victoria alzándose a la vez que yo, asentí a la pregunta y nos marchamos a mi tienda mientras me apoyaba en ella.

Me lo pensé dos veces antes de contarle lo que escuché, no quería involucrarla en todo esto, sobre todo porque podría ser un error mío, puede que lo escuchara mal, pero si se lo podía decir a alguien, era a Victoria. Ella era la persona en la que más confiaba de este sitio.

Cuando llegamos a un lugar donde no nos podían ver, miré a los lados y dejé de apoyarme en ella.

—Victoria, escúchame, esto es muy importante —continué sin dejarle tiempo para preguntarme nada—. Hay un espía entre nosotros, solo hay tres posibles, ya que lo que escuché era la voz de un hombre, solo pueden ser Fhilen, Ingelm y, el más sospechoso, Gelmin.

—¿Qué? ¿Porqué? ¿Qué has escuchado? —interrogó preocupada, lo que le acababa de decir era una acusación muy grave—. ¿Y por qué Gelmin es el más sospechoso?

—Lo que ha contado Kinita no fue lo que ocurrió en verdad, eso ya te lo cuento en otro momento, pero ahora quiero decirte que cuando lo ha dicho he escuchado a alguien decir «vaya mentira» y eso solo puede significar que sabe lo que pasó en realidad, y si lo sabe es que tiene contacto con Servil. Antes de llegar vi a Gelmin hablar con Kinita y esta parecía bastante incómoda, me imagino que le dijo algo relacionado con esto, sé que es una acusación muy grave, no estoy del todo seguro, sin embargo, necesito que me creas porque como sea verdad, estamos jodidos.

Terminé de hablar a toda velocidad y paré a coger aire.

—¿Confías en mí? —pregunté viendo que no decía nada.

—Sí, es mucha información, pero te creo. —Me puso la mano en la mejilla tranquilizándome—. Si es cierto, debemos andar con cuidado a partir de ahora para que no sospeche que lo sabemos.

—Pero como sea Gelmin o Ingelm tendremos problemas con Selina, para ella sus hermanos son más importantes que nadie.

—Para confirmar o desmentir tus sospechas, necesitaras pruebas irrefutables. No me malinterpretes, pero espero que te equivoques.

—Yo también, Victoria, yo también.

Dentro de poco íbamos a establecernos en la fortaleza abandonada, el hecho de que hubiera un traidor entre nosotros complicaba mucho la situación. Tenía que hablar con Kinita en cuanto pudiera, debía saber lo que le dijo Gelmin, no obstante, tampoco sabía si ella estaba con él. ¡Mierda! Aquello nos acababa de poner en un gran aprieto.

—Vete antes de que sospechen nada y si puedes intenta hablar con Kinita sobre lo que le dijo Gelmin, si se pone evasiva no insistas, confío en ti.

—No te preocupes, iré con sumo cuidado.

Se marchó y Helia ocupó su lugar frente de mí.

—Esto va a ser divertido y pensabas que era un lugar seguro, algo me da que nunca lo será mientras la rata siga aquí —dijo Helia confiada

—Ojalá no sea él —respondí.

—Axel, tiene todas las papeletas para ello, que no quieras verlo, es otra cosa.

Tras decirme aquello desapareció, inspiré hondo y me marché a descansar.

Me crucé a Ángela de camino y esta se despidió de mí. Al llegar estaban conversando sobre la comida de manera trivial.

—Ya pensaba que Axel buscaba una excusa para estar a solas contigo —bromeó Ingelm—. Es solo una broma, por favor, no me mates.

—Ingelm, ¡eres un mosca cojonera! —Sonreí para disimular mi preocupación.

—Y tanto que lo soy —contestó él entre risas.

Me senté al lado de Kinita, la cual estaba bastante callada. Tras la broma, el silencio inundó la sala, era como si todo el mundo mascara la tensión que se acababa de producir.

—¿Cómo se encuentra Axel? —cuestionó Fhilen intentando romper el hielo.

—No muy bien, será mejor que descanse un tiempo, tiene que estar a punto para cuando vayamos a la fortaleza —respondí.

—Hablando de eso —comentó Gelmin—, ¿cuándo nos iremos?

Era normal que no sospecháramos de él, era el hermano de Selina, pero ¿por qué iba a hacerlo?

—Si Axel se encuentra bien, en dos días, sino tendremos que esperar.

—Bueno, lo que tendríamos que hacer es empezar a entrenar en el combate, hace tiempo que no lo hacemos, aparte de Axel, Victoria y Kinita.

Me gustaba la idea de Ingelm, además, podría poner de excusa el entrenar con Kinita y así hablar con ella.

—Me parece buena idea —dije, me giré hacia Kinita y me levanté cogiéndole la mano—. ¡Vamos, quiero que me enseñes a manejar los cuchillos!

—Esto... —Ella vaciló un momento antes de levantarse y seguirme—. Vale, pero no entiendo esto tan repentino.

—No puedo decírtelo ahora, cuando lleguemos fuera te lo diré — susurré, ella asintió y me siguió hasta el lugar donde me solía bañar, donde Axel y yo nos besamos por primera vez.

—¿Qué pasa, Victoria? —preguntó nada más llegar.

—Lo siento por ser tan directa, pero creo que será lo mejor. —Comencé, dudé un poco antes de interrogarla, entonces me acordé de que habíamos combatido codo con codo. Si nos quisiera muertos, ya lo habría intentado—. Antes, cuando nos acercamos a comer, Axel me ha comentado que Gelmin te estaba susurrando algo que te puso incómoda, ¿puedes contarme lo que te dijo?

A ella le cambió la cara, miró al suelo y apretó el puño.

—El muy idiota me dijo que mi coartada era tan buena que hasta Servil se la había tragado, me preguntó cómo le pasaba información a mi padre.

» Yo le pregunté a que venía eso y él me contestó que estaba al servicio del rey. Entonces justo llegasteis vosotros.

» Hay que ser tonto para soltar algo así de esa manera.

—Yo... —No llegaba a fiarme de ella, por mucho que Axel sospechara de Gelmin—. No creo que Gelmin sea tan idiota.

—Entiendo que no te fíes de mí, Gelmin lleva desde siempre con vosotros mientras que yo acabo de llegar y soy la hija de un tirano. Está claro que yo estoy en desventaja.

—Kinita, no intentes darme pena, dame una razón por la que deba sospechar de Gelmin.

—¿A quién crees que envía sus virotes mensajeros y porqué crees que habla con cuervos?

No tenía una respuesta sólida para ninguna de las dos preguntas.

—¿Y porqué querías escapar de una vida acomodada? —Me puse a la defensiva tras ver que no tenía argumentos en su contra.

—¿Acomodada? ¿Eso es lo que crees que he tenido? —Kinita estaba dolida por mis palabras—. ¡Mi padre me ha tratado como una simple arma para matar! ¡Jamás me ha dicho te quiero, estoy orgulloso o bien hecho hija! Siempre he sido un soldado más, el mayor halago que he recibido de él ha sido: «¿Como has salido de allí con vida?».

—Yo... —Me sentí culpable, Kinita estaba al borde de las lágrimas—. Lo siento. Si te soy honesta, Axel sospecha de Gelmin y puede que tenga razón, no sabía si fiarme de ti, pero si que puedo.

—¿Y que le hace sospechar de él? —Ella se calmó un poco y retuvo las lágrimas.

—Antes de llegar estabas incomoda con él y después, cuando contó como te uniste a él, escuchó la voz de un hombre decir: «vaya mentira».

—Entonces... ¿Te lo ha contado, la verdad de cómo me uní a vosotros? —preguntó preocupada e incapaz de mirarme a la cara, no sabía por qué.

—¿Qué me tiene que contar? —Estaba empezando a preocuparme, ¿cuál era la verdad de lo que había pasado?

—Mereces saberlo, pero quiero que sepas que lo que hizo Axel fue un auténtico golpe sobre la mesa contra Servil.

Entonces me lo contó y suspiré de alivio.

—Me lo estabais planteando como si hubiera hecho algo horrible, sí, fue asqueroso, pero como tú lo has dicho, no veía otra opción viable, además, que vomitara después me confirma que no quería hacerlo. Ya me temía algo peor.

—¿Entonces no estás enfadada? —preguntó sorprendida.

—Sí, porque no me lo había contado hasta ahora —admití en un tono socarrón—. Sí que es verdad que no llevamos mucho juntos, pero a mí me gusta no tener secretos.

—Ojalá encontrara a alguien como tú, a Axel le ha tocado el premio gordo. —Ella se rio levemente, era la primera vez que le veía reír.

—¿Qué pasa, Ingelm te está contagiando sus bromas? —Yo también me reí, estaba feliz de ver a la Kinita de verdad, ella era una buena chica.

ŊACIDO EN LA GRIETA I

Entonces escuchamos un crujido de rama, ambas temimos lo peor, podía ser Gelmin, saqué mi arco dudando si disparar o no.

—¡Sal de ahí, te hemos escuchado, sal con las manos en alto antes de que empiece a disparar!

Gelmin era un gran tirador, mi amenaza no iba a funcionar, él tenía ventaja, ya que nos había visto. En cambio, yo solo había escuchado una rama crujir. Empecé a tensar el arco y a crear tres flechas mágicas.

—¡Perdón, por favor, Victoria, no sé lo cuentes a Axel! —Salió Ángela, bajé el arco y suspiré. ¡Lo que nos faltaba!

—¿Qué has escuchado? —pregunté, si acababa de llegar no habría problema.

—Pues... —Ella miró a otro lado como buscando una excusa—. La verdad es que desde que habéis llegado, os vi salir y pensaba que ibais a entrenar, pero entonces os pusisteis a hablar y me quedé muy quieta para que no me vierais.

—Dentro de lo malo, ha pasado lo mejor —comentó Kinita de manera optimista—. Escúchame, sé que te llevas bien con Gelmin, pero si nos has escuchado...

—Sí, no debe parecer que sospecho de él, pero tampoco he de confiar, también tengo que informar de cualquier cosa que me diga.

A ambas nos sorprendió, solo tenía trece años y no estaba entrenada en el espionaje. ¿Cómo podía tener tan claro algo así?

—Es exactamente lo que te iba a decir, ¿cómo sabes esas cosas?

—Porque papá y mamá me enseñaron eso, me decían que no debía confiar en nadie que se me acercara y menos si era extranjero o un hombre rubio con una marca en el cuello como la suya.

¿Sus padres eran espías? O la verdadera pregunta, ¿qué significado tenía la marca?

—Si no tenemos nada más que hablar, volvamos.

Empecé a caminar de vuelta, pero Kinita me agarró de la muñeca.

—Espera, Victoria, les has dicho que veníamos a entrenar, si aparecemos tan tranquilas pensarán que hemos mentido. —Desenvainó sus dagas y les hizo un hechizo para que no cortaran, acto seguido se puso en guardia—. Presta atención, Ángela, así pelea la *élite de la rebelión*.

La *élite de la rebelión*, me gustaba como sonaba eso. No pude evitar sonreír, saqué mi arco y me preparé para utilizar flechas aturdidoras.

No sabía si era por impresionar a Ángela, a mí o para medirse conmigo.

La pequeña retrocedió para dejarnos espacio para pelear y nos miró con gran expectación.

Kinita cargó hacia mí con zancadas rápidas y zigzagueando, como respuesta retrocedí dos pasos rápidos y salté manteniéndome en el aire gracias a un hechizo de magia de combate. Cuando ya estaba en el aire tensé mucho el arco, esperé hasta que ella saltara a por mí y entonces disparé tres flechas aturdidoras.

No esperaba que ella adaptara su cuerpo en el aire y esquivara mis flechas. Me agarró del tobillo y me tiró al suelo. Me lanzo con fuerza, caí boca abajo, con rapidez me giré y vi a Kinita cayendo hacia mí. Rodé para esquivar su ataque, me reincorporé y tensé el arco, pero ya no estaba. Tardé un par de segundos en darme cuenta, estaría detrás, di una voltereta hacia delante, al terminar conseguí girarme y disparar, le acerté en el hombro.

—Ay —se quejó con una mueca de dolor—, buen tiro, rubita.

—Gracias. —Tardé un rato en caer como me había llamado—. ¿Como que rubita?

—Sí, todos te llaman Victoria, pero creo que rubita te pega más. ¿Axel no te llama de ninguna manera especial? —La pregunta me pilló por sorpresa, me limité a negar con la cabeza—. ¿No? Pues pensaba que erais de esas parejas, no te molesta que te llame rubita, ¿no?

—No, es solo que no me lo esperaba y menos de ti, parece que has cogido confianza conmigo.

—Desde que peleamos contra esos *élites* siento una conexión contigo y con Axel, jamás había luchado junto a alguien, pero sí que es verdad lo que dicen, que cuando peleas codo con codo se crea un vínculo.

—Y tan cierto. —De manera súbita me acordé de Ángela. Al observarla, me fijé en que era como si acabara de ver a su dios—. ¿Estás bien, Ángela? No has dicho nada en todo este rato.

—¡Sois las mejores! —exclamó y nos abrazó a las dos—. ¡No puedo esperar a ver a Axel pelear contra una de vosotras, de mayor quiero ser tan buena luchadora como todos vosotros!

Ella y Axel tenían una relación casi familiar, al fin y al cabo fue él quien la salvó y quien le habló por primera vez. Ambos perdieron a sus padres, Axel era la persona que más podía empatizar con Ángela.

Miré a Kinita y ella observaba a la niña sin creerse lo que estaba pasando.

—¿Es la primera vez que te dan un abrazo? —bromeé.

—Sí. —Un par de lágrimas empezaron a deslizarse por sus mejillas—. Es la primera vez que siento que formo parte de algo.

El corazón se me partió y empecé a llorar también, la abracé con fuerza, a Ángela se le estaba mojando la cabeza con nuestras lágrimas.

—Si seguís llorando, yo también lloraré —dijo la niña con la voz quebrada.

Pese a mis lágrimas sonreía, empezábamos a ser más que gente unida por una causa, parecíamos una familia.

Seguro que si Axel nos veía, se echaría a reír.

Pasaron dos días y nos preparamos para salir hacia nuestro nuevo hogar. Guardamos las tiendas y la comida en mochilas, mientras que las armas y el material de forja de Fhilen lo metimos en las alforjas de los caballos. Aprovechamos al máximo los pocos caballos que teníamos. A uno le pusieron una carreta para llevar a los enfermos y heridos, que por suerte no eran muchos. Los animales los dividimos entre Victoria, Selina, Carlia y yo. Aprovechando que Ángela era pequeña, iría conmigo.

El resto de gente iría caminando en grupos separados para no llamar la atención.

Cuando llegó la hora, empezamos a desmontar todo el campamento, yo no pude evitar mirar de reojo a Gelmin, al ir a pie y dispersados, podría traicionarnos con mayor facilidad.

Llegó la hora de marchar, me subí al caballo y Ángela detrás de mí. Estos equinos venían del norte, de la tierra de los exiliados, gracias a unos trueques de Fhilen. Allí estaban entrenados para salvar grandes distancias, compensaban su falta de velocidad con una gran resistencia, podían estar corriendo toda una mañana sin problemas.

Una vez todos estaban preparados, marchamos todos al mismo tiempo, por mi parte fui con el caballo que llevaba las alforjas. Victoria y Selina fueron juntas sin carga y Carlia llevaba a los enfermos detrás.

El camino estaba tranquilo, iba normal, sin contratiempos como esperábamos, en parte me sorprendió que fuera tan bien, puede que me equivocara con Gelmin, pero no podía bajar la guardia.

Pasó el tiempo, se me hacía eterno, menos mal que gozaba de la compañía de Ángela para darme conversación y contarme lo que pasó mientras estaba fingiendo que me encontraba mal.

Al fin arribamos a la fortaleza antes de que el sol llegara a lo más alto. Sin perder un segundo, Selina me mando a descargar el material.

—Axel, mete las armas en la torre de guardia de momento, Ángela, ayúdame a atar a los caballos. —Ambos asentimos y seguimos la orden de Selina, cogí todas las armas que pude y me las llevé a donde me indicó.

Pero en cuanto entré a la torre de guardia, la cual tenía la parte de arriba derruida, me pusieron un cuchillo en el cuello.

—Suelta las armas y dime donde está Drakeblood. —Era la voz de un hombre mayor, pero había alguien más allí porque podía ver el reflejo de un metal debajo de la trampilla de la torre.

Solté las espadas con cuidado, no estaba en posición de hacer ninguna tontería, ni siquiera sabía si había más gente.

—No sé a quién te refieres. —Ya era mala suerte que esta gente estuviera buscando a ese tal Drakeblood justo cuando veníamos.

—Por tu acento no debes de ser de aquí, déjame decirte que en este lugar tener apellido es algo bastante llamativo, lo normal es tener solo nombre.

—Mira, no tengo ni idea de quién estás hablando, siento decirte que has pillado al tonto del grupo.

—¿Cómo te llamas?

—Axel.

—Pues he encontrado al indicado. —Sentí un golpe en la cabeza y después todo se fundió a negro, estaba bien jodido.

—¡Si hace falta, cogeremos los caballos y buscaremos alrededor! —Selina estaba fuera de sí, ¿por qué se había escapado Axel?

—Hermana, por favor, respira, igual se ha ido a cagar. —Intentó tranquilizarla Gelmin—. Algún contratiempo, unos lobos, se ha perdido, se ha podido caer...

—Gelmin, sabes muy bien como es Axel, si puede con un *élite* puede con una manada de lobos —contestó Selina.

—¡Se acerca un *prometero*! —gritó una de las personas que estaban arriba de la muralla.

—Qué coincidencia más oportuna —comentó Selina de manera sarcástica.

Nos dirigimos a la puerta esperando lo que iba a decir, entre todos mantuvimos las distancias, él no pasó por el arco de la entrada y nosotros no salimos.

—¡Traigo un mensaje de Kilendor, capitán de la primera línea de fuego de los *hijos del dragón*! —¿Qué pintaba Kilendor en nuestros asuntos? —. ¡El mensaje es el siguiente!

» ¡Mis fuentes me han informado de que tenéis a Drakeblood entre vosotros, siento tener que recurrir a esto, pero Drakeblood es muy importante para el futuro de nuestro territorio y de todo el mundo! ¡Para asegurarnos de que no intentáis nada, hemos capturado a Axel, os invito a venir a la arena de la capital, yo mismo os recibiré!

» ¡Insisto en que no tengo nada en contra de los *halcones de fuego*, pero si no colaboráis, tomaremos medidas!

El *prometero* término de leer y se marchó tan rápido como había venido. Selina nos ordenó prepararnos de inmediato, tocaba hacer un viaje a la capital de los *hijos del dragón*.

—¡Victoria, por favor, déjame ir con vosotros! —No paraba de suplicarme Ángela—. ¡No puedo estar aquí tranquila sabiendo que Axel está en peligro!

—Eso no lo decido yo. —No quería que viniera, se suponía que no íbamos a pelear. Pero tampoco quería ponerla en peligro, Selina justo pasó por mi lado en ese momento—. Selina, por favor, dile que no venga, a ver si así entra en razón.

—Puede venir, no vamos a pelear, así que no pasará nada. —Mientras que Ángela saltaba de alegría, yo me preguntaba en qué estaba pensando Selina.

—No estoy de acuerdo, pero tú eres la líder. —Dejé que Ángela se subiera a mi caballo y marchamos a la capital de los *hijos del dragón*.

Selina decidió que Fhilen y Carlia se quedaran en el campamento, antes de salir, Gelmin dijo que quería enviar un virote mensajero a su amiga.

Lo que nos faltaba, más problemas.

—Clade, he recibido un mensaje muy importante —informó Servil con una nota arrugada en la mano.

—¿Qué dice? —pregunté sin rodeos.

—Kilendor tiene a Axel y tu hija va para allá. —Estaba a punto de preguntarle dónde, pero él se adelantó—. En la arena que hay al lado de la capital del territorio de los *hijos del dragón*.

—No pienso perder el tiempo, no me prepares ningún caballo, voy más rápido corriendo, de paso dame la nota, quiero saber lo que pone con exactitud. —Dicho esto, agarré la nota, me di la vuelta y me marché lo más rápido que pude a la arena.

¿En qué rayos estaba pensando Kilendor, quería matar a Axel y a mi hija? El poder de Naelloper me iba a venir muy bien para ir allí en cuestión de minutos.

Intenté tranquilizarme y respirar. Me senté de espaldas a la verja e procuré calmarme. Los cabrones me habían quitado la espada y encima estaba sin camiseta, me dijeron: «los gladiadores no necesitan ni ropa, ni armaduras, da gracias que tienes pantalones».

Entonces escuché el sonido de la puerta que daba a mi celda, la misma voz que me puso el cuchillo en la garganta me habló.

—Tus amigos están a punto de llegar. —Eché un vistazo para esclarecer quién fue mi agresor, era un hombre mayor, justo en la cara de extremo a extremo le cruzaba una cicatriz con forma de garra y todo el lado izquierdo lo tenía quemado—. He mandado un *prometero* para asegurarme de que reciben el mensaje.

—¿Y a mí qué me cuentas? —contesté mientras me levantaba para intentar estar a su altura, pero me sacaba una cabeza.

—Mira, aunque la situación diga lo contrario, no somos enemigos, hablaré con tus compañeros y veré si esto resulta que ha sido solo un malentendido, pase lo que pase, darás un buen espectáculo a su majestad.

—¿Crees que soy tu maldito mono de feria? —dije enfadado, pocas cosas me enfadaban tanto como la gente que disfrutaba viendo cómo se mataban personas para su mero entretenimiento.

—No sé a qué te refieres con mono de feria, pero no. —Se apoyó en la pared que estaba enfrente de mi celda—. Ya que no eres de por aquí, te parecerá curioso lo de *prometero, ¿*no?

—¿Ahora quieres charlar? —pregunté ya cansado, no sabía de qué iba el tío—. La verdad es que sí, lo he escuchado tantas veces que ya no sé ni qué significa.

—Prometero era el guardaespaldas de dos magos que guiaron la revolución, como me imagino que ya sabrás. —En efecto, no me había descubierto nada nuevo—. Cuando murió, en su honor hicieron una gran estatua de bronce, la cual cayó hace poco con la llegada del rey Servil. Además de poner su nombre al dios de la protección y seguridad, también cambiaron a los mensajeros de los dioses por el nombre de *prometeros* y los juramentos también se llaman *prometeros*, un poco excesivo llamar tres cosas en su honor, si me preguntas.

—El tío se hizo la mar de famoso después de morir.

—La verdad es que se lo merecía, su historia es muy triste, al pobre no le salía nada bien y siempre estaba en segundo plano, por suerte, los dos magos a los que protegía también eran buenas personas y no dejaron que su sacrificio cayera en el olvido, sin él la rebelión no hubiera sido posible.

—Me encantaría escuchar su historia, aunque no es el momento.

—Y tanto, bueno, prepárate, en nada saldrás a la arena, yo voy a recibir a tus amigos, que les debe faltar poco.

Mientras que él salía de la sala, cuatro soldados con armaduras llenas de dragones por todas partes entraron armados con lanzas, estos debían ser los *hijos del dragón*.

Me sacaron de la celda a punta de lanza como a un animal y me llevaron a la parte baja de la arena, era como los coliseos romanos, el suelo cubierto de arena, jaulas con animales, hasta personas encerradas, una gran entrada por la que accedían los gladiadores y un montón de gente en las gradas gritando. Los soldados me empujaron dentro y cerraron las rejas detrás de mí, me crují los nudillos preparándome para lo que se venía, lo bueno era que esta vez estaba solo, ya no tenía por qué contenerme.

NACIDO EN LA GRIETA I

Al fin llegamos a la arena, justo como prometió Kilendor estaba delante de la entrada sin guardias a su alrededor, nosotros nos acercamos manteniendo una distancia de seguridad.

—¡Siento que nos tengamos que ver en estas circunstancias, Selina, pero no me queda otra! —Empezó a hablar Kilendor, era la primera vez que lo veía, había escuchado cosas sobre él, como que una vez se enfrentó él con otras dos personas al *mercenario dragón* y salieron vivos a duras penas, pero sobrevivieron al hombre más fuerte de este mundo. Su rostro reflejaba que no acabó muy bien parado, aunque seguía siendo increíble.

—Hace años nos dijiste que no podías apoyar a los *halcones de fuego* y ahora secuestras a los nuestros. ¡¿De qué vas?! —gritó Selina perdiendo los estribos, estaba bastante enfadada y no era de extrañar.

—Únicamente quiero a Drakeblood, he recibido un soplo de que está con vosotros, ¿es eso cierto, Selina? —Cuando escuchó eso, ella suspiró y negó con la cabeza.

—La madre que lo parió, ¿para esto secuestra a Axel? —dijo en un tono que solo nosotros pudimos escuchar—. ¡No sé quién narices es Drakeblood, así que devuélvenos a Axel!

—¡Mierda, parece que el soplo fue una mentira! Lo siento por las molestias, si no os importa entremos en la arena, allí hablaremos de cómo os lo puedo recompensar. Adelante, entrad, ¡Axel os espera! —Nosotros aceptamos su oferta a regañadientes, ya que no teníamos otra, a saber qué le podía hacer a Axel si no hacíamos nada.

—Este tío siempre ha sido un idiota con pocas luces... —Se puso a farfullar Selina.

Me di cuenta de que él se quedó mirando un buen rato a alguien en mi dirección, no podía ser, ¿miraba a Ángela?

Cuando empecé a mover el caballo para dejarlo en la entrada de la arena, sentí que la niña estaba temblando.

—¿Qué te pasa, Ángela? —pregunté agarrando sus manos, las cuales estaban frías en extremo.

—No quiero entrar allí, no quiero seguir a ese hombre, ¡por favor, Victoria, me quiero ir, no quiero seguir! —Estaba temblando como nunca, a mí se me encogió el corazón y empecé a plantearme muchas preguntas, pero no era el momento de dudar, Axel podía estar en peligro.

—Cielo, lo siento, pero no podemos volver atrás ahora, recuerda los entrenamientos con Axel sobre calmarte y controlarte, piensa que él puede estar en peligro. —No estaba segura de que eso fuera a funcionar, no dejaba de ser una niña por mucho que Axel la estuviera entrenando de maravilla.

Para mi sorpresa, ella empezó a respirar hondo y poco a poco se empezó a tranquilizar, le sonreí y sin soltar su mano, seguimos al resto

Kilendor iba por los pasillos de la arena y subimos varias escaleras hasta llegar a un palco, allí nos esperaba una escena que no me habría imaginado jamás.

Estaba Axel sin camiseta en medio de la arena. Sus puños, codos, rodillas y pies estaban cubiertos de sangre.

Un montón de cadáveres de personas y animales, como lobos y tigres, yacían alrededor suyo, ya no quería seguir mirando.

—Joder... —Blasfemó Kilendor nada más ver la escena—. Jamás me imaginé algo así, ¡¿por qué no le habéis parado cuando visteis que los estaba masacrando?! —le gritó a un guardia que se encontraba en el palco.

—¡Perdón, señor, pero el rey nos ordenó que no paráramos! —respondió el soldado poniéndose firme.

—Ya hablaré con él, mirar esto no es lo que... —Una gran explosión nos sobresaltó a todos, el muro de la arena estalló en mil pedazos levantando una gran humareda—. Tenía esperanza de que no viniera tan pronto.

—¡¿Quién?! —La pregunta de Selina era estúpida, todos sabíamos quién era, el único capaz de entrar así en un sitio como este como si nada.

—Clade, el *mercenario dragón*. —Kilendor desenvainó sus armas—. No tenéis por qué pelear, pero proteged a la niña, no viene a por Axel, sino a por ella, os acompañaré para asegurarnos de que no la encuentre, sin embargo, si nos pilla, estamos muertos.

—No sé quién me preocupa más, si Clade o Axel —comentó Kinita, y Selina asintió—. Por fuera parece más o menos normal, pero esconde muchos secretos, además que todas esas cicatrices cuentan una historia más larga que la que nos contó.

A mí también me llamó la atención la primera vez que le vi el torso, cuando le escuché el día que se estaba bañando, tenía muchas cicatrices, algunas como si le hubieran clavado flechas, cortes en la espalda, en el pecho y la más curiosa, una gran cicatriz atravesando su vientre. No cabía duda de que Axel era mucho más de lo que todos pensábamos y parecía que él había pasado ya por un infierno.

Clavé mi mirada en el *mercenario dragón*, él se limitó a examinarme y acto seguido tiró su arma a la arena y se quitó los guantes de metal junto con algunas placas de armadura que llevaba, pero se dejó su camisa blanca puesta. Parecía que quería pelear en igualdad de condiciones.

NACIDO EN LA GRIETA I

—Puede que no seas mi objetivo, pero verte de esta manera cambia en gran medida mi percepción sobre ti, sin lugar a duda me vas a divertir bastante. —Se crujió los nudillos y el cuello mientras daba pequeños pasos lentos hacia mí.

—¿Y cuál es tu objetivo, si me permites preguntar? —No era algo que solía hacer en combate, pero no sabía porqué sentía como una conexión con él, su mirada era la viva imagen de la muerte, el sufrimiento se podía ver a través de sus ojos, pero también se notaba que era alguien que luchaba por algo, tenía alguna motivación más allá de la violencia.

—Mi hija, Ángela Drakeblood.

NACIDO EN LA GRIETA I

NACIDO EN LA GRIETA I

CAPÍTULO 9
HOY NO ES EL DIA

De camino a la arena empecé a recordar cómo había llegado hasta este punto, empezando por aquella noche que lo perdí todo...

—¡Clade, salva a Ángela!

Esas fueron las últimas palabras de Xilina mientras los perros terminaban de devorarla. Yo no había movido un solo dedo para ayudarla, estaba paralizado, incapaz de moverme. ¿No se suponía que yo era la persona más poderosa de los cuatro reinos? ¿Como fue posible que no pude salvar a mi mujer de unos perros? Era como si Gherman se hubiera esforzado en hacer que mi peor pesadilla se hiciera realidad.

Fue entonces cuando tuve la condenada mala suerte de que justo Kilendor y su equipo, mis viejos compañeros, entraran en mi casa.

Ellos miraban horrorizados la escena mientras yo no sabía que hacer, ¿cómo se lo iba a explicar? ¡Maldito Gherman! Ese cabrón era un titiritero de primera y me conocía mejor que yo mismo.

—¡Clade, malnacido, voy a matarte! —Nada más escuchar el grito de Kilendor salí corriendo con mi pequeña Ángela en los brazos. No quería pelear contra ellos, pero no les iba a permitir que le pusieran las manos encima a la pequeña, era lo último que me quedaba de Xilina.

Salí por la puerta trasera y seguí corriendo hasta llegar al bosque de los dragones, un bosque de cenizas con árboles gigantes sin ramas u hojas, que siempre estaba cubierto de niebla. Continué corriendo hasta llegar al centro del bosque donde dejé a Ángela metida en el falso tocón que guardaba mis tesoros, ahora con el último tesoro que me quedaba, mi hija.

Pero debía darme prisa, la pequeña tenía un par de heridas y como se le infectaran, tendríamos problemas.

—¡Al fin has dejado de correr, cobarde! —gritó Kilendor, a su lado se pusieron mis antiguos compañeros, Bogdan y María.

—Por favor, chicos, hoy ya he perdido demasiado, no... —Intentaba razonar, pero era imposible, ellos sabían lo que habían visto, no podía convencerles de lo contrario.

—¡Cállate, Clade! —ordenó María al desenvainar sus dos espadas—. Has hecho que unos perros se coman a tu mujer, ¡desgraciado! ¿Lo de vivir una vida tranquila en el retiro era una burda mentira que le metiste en la cabeza?

No lo era, no era una mentira, yo quería vivir una vida tranquila con mi mujer y mi hija, pero no, Gherman quería experimentar con mi sangre. ¡Joder, si quería matar a todos los dragones era por algo!

¿Por qué el mundo era así conmigo, porqué cuando al fin iba a poder descansar pasaba algo para que tuviera que seguir luchando? Estaba harto de pelear, no quería seguir. Pero no podía rendirme y menos cuando mi mujer acababa de morir y mi hija tenía un futuro incierto.

—Ya habéis visto lo que le he hecho a mi mujer, ahora iros antes de que os haga lo mismo. —Pensaba que la amenaza funcionaría, por el contrario, eso solo consiguió enfadarles más. Después de eso pensaban que era un monstruo, justo lo que me llamó la líder de los exiliados, un maldito monstruo.

Desenvainé mi espada y miré mi reflejo en el filo. Era la primera vez que iba a luchar sin una sonrisa en mi rostro, la primera vez que iba a pelear con el semblante pétreo.

Todos ellos se abalanzaron hacia mí usando sus poderes dragón, pero era inútil, no podían ni rozarme. En medio del combate se me fue la mano, usé la garra dragón y le dejé una bonita marca en la cara a Kilendor, maté sin querer a Bogdan cuando desvié un ataque de María, que acabó atravesando su vientre. Pensaba que iban a parar, pero no.

María y Kilendor seguían en pie con ganas de pelear, suspiré y tomé la iniciativa esa vez. A María le rompí la muñeca derecha y a Kilendor le lancé un aliento de fuego. Apunté a su pecho, pero el muy idiota intento anticiparse a mis movimientos y se acabó quemando parte de la cara. Aún querían pelear, pero estaban demasiado malheridos como para seguirme el ritmo, así que saqué a mi hija del tocón, ella se les quedó mirando por un momento.

Sin perder más el tiempo me fui corriendo a la mansión de la arquería élfica, donde había un lago que curaba cualquier herida. La persona que entraba en este perdía cinco años de memoria, pero daba igual, Ángela apenas tenía unas semanas, no le pasaría nada.

Al llegar esa misma noche, a una velocidad que ni siquiera un dragón sería capaz de alcanzar, las matriarcas de la mansión me negaron la entrada, dijeron que esa niña tenía sangre de dragón, sangre impura, no querían que intoxicara el lago con su sucia sangre.

No iba a permitir que nadie hablara así de mí y aún menos de mi hija, volví atrás y dejé a Ángela en un agujero que había en la copa de un árbol. Utilicé el poder del dragón de piedra para asegurarme de que no le pasara nada y me dirigí a la mansión. Volví para arrasar hasta los cimientos esa estúpida casa, la quemé y maté a su gente, esta iba a ser la última vez que alguien nos llamaba monstruos.

Al acabar, iría a recoger a mi niña, pero justo cuando me giré para irme, vi a una niña corriendo con un arco llorando sin consuelo. Ella, al verme, se quedó paralizada.

Nacido en la Grieta I

—Pobre chiquilla —dije mientras me arrodillaba ante ella, clavé mis ojos draconianos en su mirada de desesperación, la mirada de una niña que lo acababa de perder todo, estaba paralizada por el miedo, seguro que se pensaba que la iba a matar.

—Me recuerdas a mí, se supone que no iba a dejar supervivientes, pero me das pena, tú no tienes la culpa de esto.

Me giré y me marché a por mi hija. Me la llevé hasta el lago, la dejé allí, esperé a que se le curaran las heridas y la volví a agarrar para llevarla al único lugar seguro que conocía, la fortaleza de los *hijos del dragón*.

La puse en una cuna y les dejé una nota explicando la situación.

Ella es Ángela Drakeblood, mi hija, no la culpéis por mis acciones porque si lo hacéis, os mataré a todos. Al tener sangre mía envejecerá con lentitud. Tendréis que usar el poder prohibido de dragón psíquico para borrarle la memoria, sino empezará a atar cabos y no le conviene. La dejo aquí porque es el lugar más seguro que conozco, si en algún momento deja de serlo, me la llevaré.

Firmado,

Clade Drakeblood, el último mercenario dragón.

P.D. Si veis a Gherman decidle que pienso encontrarle y cuando lo haga, sufrirá más que yo.

Para mí el tiempo pasó muy lento, los días parecían semanas y las semanas meses. Lo único que aliviaba el vacío de mi corazón era ver a Ángela, aunque fuera de lejos.

Hicieron lo que les dije, pero a Ángela no la entrenaban, solo le daban comida y la criaban, empezó a crecer y dejó de ser un bebé. Justo como les dije, al compartir mi sangre crecía a la misma velocidad que los dragones, a este ritmo podría vivir ciento cincuenta años con facilidad.

Siguió pasando el tiempo, después de dejar a Ángela perdí la cabeza, volví a mi trabajo de mercenario y mi primer objetivo fue la maga Karlina, no iba a permitir que ella siguiera viviendo una vida siendo considerada una heroína después de lo que me hizo.

Después de ella acabé con todos los dragones restantes, incluido Calmeher, el cual ya sabía que todo esto iba a pasar y se alegró de que fuera yo quien le diese muerte.

Tenía que encontrar a Gherman, no pensaba dejarle vivir un día más, pero el cabrón era una rata astuta, sabía cómo esconderse. No tenía ni una sola pista de donde estaba, por lo que seguí vagando sin rumbo por los cuatro territorios.

Hasta que un día di con su hijo, Grock. El chico no era en realidad su hijo, fue un niño creado a través de su sangre. Me enteré de ello de casualidad.

Gherman lo mandaría infiltrarse a la ya extinta guardia de las manos invertidas, unos guerreros de élite que utilizaban un espadón con ambas manos, pero cada una mirando a una dirección, una técnica muy curiosa que se basaba en el factor sorpresa. Muy práctica no era o al menos a mi parecer.

El chico era inteligente, pero no tenía ninguna habilidad para el combate, aunque era siempre el último en todas las pruebas, no se rendía. Quería hacer sentir a su padre orgulloso de él y el día que se convirtiera en caballero de las manos invertidas, Gherman volvería a por él. El colgante con una piedra negra que llevaba colgado le avisaría. Seguro que ese malnacido tendría un plan secreto, él no hacía nada por las buenas, siempre buscaba su propio beneficio.

Lo entrené física y mentalmente, pero Grock tuvo muy mala suerte, se enamoró de uno de sus compañeros. Los descubrieron, mataron a su novio colgándolo en un patíbulo frente a todos y entonces el colgante con una piedra negra empezó a brillar.

Grock se escapó y mató con sus propias manos al resto de los guardias, acabando con lo que quedaba de las manos invertidas, apenas hubo supervivientes. El colgante hizo que toda la fortaleza se llenara de los espíritus de sus antiguos compañeros. El chico se encerró en la sala del trono del comandante, donde pasó el resto de sus días junto al fantasma de su novio.

Lo malo era que perdí la oportunidad de encontrar a Gherman, pero en parte me alegraba que Grock al fin pudiera descansar. De vez en cuando aparecía alguno que intentaba robarle el colgante, aunque quien llegaba no era más que otro fantasma atraído por la codicia a la ahora conocida fortaleza de los espectros. Pero merecía la pena arriesgarse, ese colgante tenía un gran poder que nadie entendía más que Gherman, cada día aparecían nuevas leyendas sobre el collar.

Un día, cuando volví a ver como estaba Ángela, no la vi. Mejor dicho, encontré a una niña a la que hacían pasar por Ángela. Cuando pregunté por ella me dijeron que Gherman se la había llevado. Estaba tan destrozado que ni pensé que me podían haber mentido, sin más ganas de vivir volví a mi antigua casa y agarre mi espada listo para suicidarme. Sin embargo, mi alma de luchador me lo impidió, no podía hacer algo así, aunque tampoco sabía cómo encontrar a Gherman.

Por alguna razón, desde que volví a mi casa me sentí más acompañado que nunca, mi estúpida cabeza quiso pensar que era el espíritu de mi mujer, pero eso era una tontería.

De manera habitual me sentaba en el tocón del bosque de cenizas. Un día apareció Servil solo, por aquel entonces tendría unos dieciséis años.

—Eres Clade, ¿verdad? —Alcé la mirada, lo vi con una sonrisa chulesca y relajado, al principio pensaba que era otro hombre que venía a por mí.

—Sí y tú eres otro idiota que quiere matarme.

—No, quiero tu ayuda. —Me sorprendió aquello, era algo nuevo y estaba dispuesto a escuchar que me tenía que decir—. Si te conviertes en mi guardaespaldas te daré, no solo riquezas, te diré todo lo que sepa sobre Gherman, tendrás libertad completa, no estarás atado a mí.

—Está bien. —Ni me lo pensé, aquel trato era perfecto, aquello me daba por fin un objetivo y un rumbo en la vida. Aunque aún no conocía cómo era Servil en realidad.

—¿Así de fácil?

—Sí, es lo que tiene cuando estás desesperado, pero no pienses que por eso me la vas a poder jugar con facilidad.

—No te preocupes, soy un hombre de palabra, mi nombre es Servil, por cierto, y seré el que le devuelva su gloria al *reino azul*.

Acepté su trato y me convertí en su guardaespaldas, él siempre que podía me pasaba información sobre dónde se encontraba Gherman. Nunca estaba en ninguno de esos sitios, pero sí hubo indicios de su estancia.

Un día encontré información sobre Ángela, por lo visto los hijos del dragón pudieron sacarla de la fortaleza antes de que Gherman se la llevase. Pero me lo ocultaron y ya les avisé de lo que ocurriría si eso pasaba.

Servil me recomendó ir con cuidado, ya que no sabíamos donde la tenían o lo que podían hacer con tal de chantajearme. Tenía razón, no era el momento de precipitarse.

Pasó el tiempo y al fin Servil descubrió donde se encontraba Ángela. Desde que se la llevaron no le habían borrado la memoria y, por lo visto, llevaba allí trece años. Tenía una vida más o menos normal en un pueblo.

Sus padres eran antiguos *mercenarios del dragón*, algunos de los que consiguieron esconderse de mí, hasta tenían la marca en el cuello, por lo que le habían contado los espías.

Le dije a Servil que mandase a tres soldados para llevársela y así aprovechar el factor sorpresa, ya que estaban desentrenados. También que no se confiaran, que fueran implacables contra ellos. Quería ir yo mismo, pero estaba algo nervioso por ese chico de la espada azulada, ansiaba poder medirme con él de nuevo, sobre todo después de que matara a un élite.

Algo salió mal, solo dos de ellos regresaron, nos contaron que unos rebeldes les atacaron, uno murió en la misma vivienda. ¡Lo que faltaba! Decidí realizar mi pequeña visita y de paso me cobraría algo de venganza. Ya les avisé de lo que pasaría si me mentían.

La rata alada nos decía cuando no iba a estar Axel en la guarida, pero tampoco quería arriesgarme. Ese chico me podía causar problemas. Si incluíamos que tenían a una hija de Helia y que Ángela podía despertar sus poderes de dragón en cualquier momento, era algo a lo que no me arriesgaría.

No obstante, cada día me impacientaba más y más, cuando vino a la corte yo estaba fuera de mí, pero me gustó como se la jugó a Servil, pagaría por ver de nuevo la cara que se le quedó.

Entonces no podía atacar porque la hija de Servil estaba en su campamento, yo respeté su decisión y decidí no ir, era evidente que para llevarme a Ángela tendría que ser por encima de su cadáver, el espía nos había dicho que tenían una buena relación.

En la última nota nos dijo que intentaría que se fuera, aunque si no lo conseguía, habría otra oportunidad pronto. Él le informó a Kilendor donde estaba Ángela y le dijo que el mejor objetivo era Axel. Les dijo que si no cooperaba, se lo llevaran a su territorio y Ángela iría a por él, iba a tenerla en bandeja de plata.

El idiota de Kilendor lo hizo, se notaba que estaba desesperado por jugármela y estaba bastante seguro de que este sabía que era una trampa, por muy estúpido que fuera Kilendor.

Era una gran oportunidad para llevarme a Ángela y ver de lo que era capaz Axel.

—Si te la quieres llevar, será por encima de mi cadáver. —No iba a permitir que se llevara a la niña, por muy hija suya que fuera—. ¿Por qué no estabas con ella cuando intentaron asesinarla?

—Buen intento, pero no voy a caer en eso, yo mandé que la capturaran. —¿Capturarla? ¡Pero si iban a matarla!

Antes de poder preguntarle, él corrió hacia mí para atacarme, pero esta vez estaríamos en igualdad de condiciones, no pensaba controlarme.

Sus golpes eran muy fuertes e incesantes, los que bloqueaba porque no podía esquivar, dolían bastante, pero le haría falta algo mucho más contundente si quería derrotarme.

Poco a poco me acostumbré a su velocidad y empecé a poder contraatacar, aunque él conseguía esquivarme con facilidad.

Al final me dejó una ventana abierta tras depositar todas sus fuerzas en un golpe que pensaba que me iba a dar seguro, conseguí zafarme y golpearlo en la cara con todas mis fuerzas.

Él retrocedió y miró la sangre que le goteaba por la nariz, yo aproveché para agarrar aire, el combate me estaba dejando exhausto.

—Enhorabuena, Axel, eres el primero que consigue golpearme en muchos años. —No pude evitar sonreír triunfante, aunque era solo un golpe, era suficiente para demostrar que era un rival digno—. Ya solo falta que consigas sobrevivir treinta segundos.

—¿De qué estás hablando? —¿No estaba luchando en serio?

En un parpadeo llegó a mí y me agarró por los hombros para darle impulso al rodillazo que me proporciono en la boca del estómago.

Sentí un dolor que solo se podía comparar a cuando Sombra me abrió el vientre con sus cuchillas. Caí al suelo y escupí un poco de sangre, la cabeza me daba vueltas y me temblaban las piernas. Pero me levanté y me puse en guardia de nuevo. Aunque parecía que quería seguir luchando, quería parar, el dolor que sentía era insostenible, ese rodillazo tenía mucha más fuerza que la de un hombre.

—Me gusta tu espíritu, Axel. —Clade bajó la guardia confiado—. Es admirable, pero no puedo perder más tiempo contigo.

Clade empezó a correr hacia las gradas y se marchó del coliseo, no me había dado cuenta de que todo el mundo se había ido. Intenté seguirle, pero un pinchazo en la columna vertebral me cortó la respiración. Caí de rodillas y sentí el familiar sabor del hierro en la boca.

Era probable que tuviera las tripas destrozadas y seguramente algún otro órgano reventado, aquella fuerza no era normal. «Así que no estaba peleando en serio desde el principio...», pensé. Ese tal Clade era increíble, parecía que tenía otro objetivo antes de irme de este mundo. Una cascada de sangre brotó de mi boca y todo se volvió oscuro, parecía que este era el fin.

—Eres un idiota, mira que enfrentarte cara a cara. —Escuchaba la voz de Helia a lo lejos, pero no podía responder—. Por cierto, ha venido una amiga para darte ánimos.

—Axel, mi niño. —¡Era la voz de mi madre! —. Ya te dije que siempre te protegería.

—Mamá... —Era lo único que podía decir en mi estado mientras las lágrimas empezaban a caer por mis mejillas.

—Estoy tan orgullosa de ti, tu padre hizo un gran trabajo cuidándote.

Empecé a sentir el fuego, ese fuego, pero esta vez no me dolía, simplemente sentía que estaba ahí, me daba fuerzas.

—Has heredado el instinto asesino de tu padre y mis poderes, no te rindas aún, aférrate a la vida, ¡que tu llama queme a tus enemigos, hijo mío, tú eres el único capaz de cambiar las profecías de los dioses!

Poco a poco me fui levantando, sentí el fuego cubrir todo mi cuerpo, pero esta vez las llamas no eran rojas, sino de color azul. Ya no dolía, ya no me quemaba, era parte de mí. Con una velocidad que jamás había experimentado, subí a la parte de arriba del coliseo y desde allí vi a Clade persiguiendo a varias personas que escapaban a caballo. Me imaginé que serían Ángela, Selina, Victoria, Ingelm y no sabía si Gelmin o Kinita estarían con ellos. En todo caso creí ver un caballo de más.

—A ver si puedes sobrevivir treinta segundos ahora —dije para mí mismo.

Extendí mis alas de fuego y empecé a descender, una vez toqué el suelo salí disparado en la dirección en la que estaban, no pensaba lo que estaba haciendo, mis movimientos salían solos, eran instintivos. Entonces, cuando llegué adonde se encontraban, vi que Clade apuntaba con su espada a Victoria, la cual abrazaba a Ángela e intentaba alejarse de él a rastras

—¡Estás muerto, cabrón! —exclamé furioso de manera inconsciente.

Él se giró al escucharme y le propiné un golpe. Le agarré de los hombros para darme impulso y le di un rodillazo en el estómago, igual que él me había hecho, pero esto no iba a acabar así.

Lo tomé del cuello de la camisa y lo lancé al árbol más cercano, su cuerpo se estampó contra el tronco. Mientras él gruñía e intentaba recuperarse, lo pateé, haciéndolo partir el tronco y atravesar el árbol, chocando con el de atrás. El tronco cayó en mi dirección, pero lo calciné con un chasquido de dedos, no sabía cómo estaba haciendo todo esto, pero me sentí unido a ese poder, era como si lo pudiera dominar desde siempre.

Clade se incorporó mientras jadeaba, se agarró el abdomen y se limpió la sangre que le brotaba del labio, pero parecía que estaba disfrutando, tenía una amplia sonrisa dibujada en su rostro magullado.

—Chicos, salid de aquí —dije sin girarme, bajo ningún concepto debía darle la espalda a Clade, supe que me habían obedecido sin rechistar porque nada más decirlo, escuché el galope de caballos.

—Has hecho bien, Axel, venga, vamos a arrasar este bosque con nuestro fuego. —Se limpió la sangre del labio y se lanzó a por mí, aunque esta vez podía igualar su velocidad.

Ahora sí que estábamos al mismo nivel, ahora era un combate igualado. Él ni se inmutó por mi fuego, lo cual era normal, era el *mercenario dragón*.

Por momentos aumentábamos la intensidad del combate, para él era cada vez más divertido, a la par que yo me enfadaba más, quería borrarle esa estúpida sonrisa de loco de su cara.

Sin darme cuenta estábamos calcinando el bosque. Sin embargo, volví a sentir aquella mano en mi hombro. Parecía que la pelea no tenía fin, ninguno de los dos nos cansábamos, sino que estábamos más motivados que nunca.

Hasta que Clade se detuvo de repente. Con precaución, yo le imité, pero no bajé la guardia.

—Echaba de menos esto, al fin una pelea con emoción y encima no tengo porqué contenerme.

Le sonreí, sabía cómo se sentía, desde que llegué aquí tuve que hacer lo mismo por si acaso la liaba y asustaba o dañaba a alguien sin querer. En la arena no había tenido ningún rival a mi altura, pero ahora me sentía más vivo que nunca—. Tú también, ¿verdad? También lo sientes.

—Sí, por mucho que no quiera admitirlo, tienes razón, sienta bien dejar de controlarse. —Sin lugar a duda, Clade era una persona bastante curiosa—. ¿Te has parado solo para decirme esto?

Él desvió su mirada arriba, posándola en el cielo, yo miré también, pero solo vi el color anaranjado del atardecer.

—Ángela estará a salvo contigo, ya no me tengo que preocupar por eso. —Clavó sus ojos en mí y me sonrió, pero su mirada era triste—. ¿Por qué la vida nos juega malas pasadas, Axel?

No me esperaba una pregunta así, era una pregunta simple y clara, aunque de difícil respuesta.

—¿Por qué la vida pone sus mayores dificultades a los mejores guerreros? —Parecía que hablaba consigo mismo—. Solo quiero retirarme, colgar mi espada y mirar el atardecer todos los días hasta el fin de mi vida y lo haré solo, ya que el mundo decidió que mi esposa debía morir, pero le prometí que no dejaría de luchar, por eso morir en combate es mi única opción

—Por eso tienes tanto interés en mí. —Ya lo entendía.

—Tu leyenda, la parte escrita en dragón, dice que tú tienes el alma del fénix que alzó su vuelo por encima de las nubes y que con tu espada de color azul, teñirás de rojo las alas del último dragón, creo que lo deja bastante claro.

—Según la leyenda seré yo quien te dé muerte, Clade, tal vez podamos cambiar el destino.

—Tú no tienes por qué hacerlo, vivirás setenta años, si es que no mueres en batalla, y te reunirás con los tuyos. —Se notaba que Clade estaba enfadado, pero no conmigo, sino con el mundo—. Yo, por mi parte, tendría que esperar más de doscientos años para llegar a una avanzada edad y puede que viva hasta cuatrocientos, ¿tengo que esperar tanto para reunirme con mi difunta esposa?

—Ya veo... —En cierto modo me daba pena, Clade no se dedicaba a matar gente por dinero o fama, lo hacía para poder encontrar alguien que fuera capaz de matarle, era algo que jamás había visto—. Tienes mis respetos, Clade, te daré la muerte que te mereces.

Él sonrió con amargura y miró el sol, que estaba empezando a esconderse entre las montañas.

—No tengo ninguna duda, pero hoy no, no es el día, aún no estás preparado y yo tampoco, todavía tengo un cabo suelto que solucionar antes de morir.

Tras decirme eso se despidió y se fue corriendo. No lo seguí, él tenía razón, aún no estaba preparado.

Volví a la arena y empecé a buscar mi espada, mi camisa y la cota de cuero que casi siempre llevaba.

Recordaba que estaba justo en frente de mi celda, a no ser que la hubieran movido. Al intentar entrar en la sala donde estaban las celdas, había dos guardias, uno de ellos me apuntó con la lanza con manos temblorosas mientras que el otro estaba paralizado sin saber qué hacer.

—¡No des un paso más! —gritó tartamudeando por el miedo.

Yo me limité a seguir avanzando sin mirarle, no se atreverían a atacarme, ambos habían presenciado mi combate en la arena y sabían que estaba muy por encima de ellos. Así que, con normalidad, pasé entre los dos y me puse mi equipo de nuevo.

Salí y me fui a la parte alta del coliseo para sentarme en el borde. Ni siquiera me había fijado en que las llamas ya no estaban. Bajé la mirada y vi los cuerpos, preguntas y arrepentimiento empezaron a llenar mi cabeza.

Acababa de matar a más de veinte personas y animales con mis puños y no me ha temblado el pulso ni un solo instante. Sin contar a los otros muchos soldados que había matado antes como si nada.

Toda mi vida tuve que asesinar monstruos y raras veces a alguna persona, pero ahora había cambiado y apenas me había dado cuenta. Tenía que matar a otros humanos como yo, Clade era el objetivo principal, pero no quería hacerlo, más bien me gustaría que fuera libre y que viviera su vida en paz, aunque él deseaba morir en combate...

No tenía ganas de seguir matando humanos o al menos necesitaba sentir algo cuando acababa con ellos, pero parecía normal para mí. No debería ser así, me estaba transformando en un monstruo.

Luego existía lo de la leyenda, que cumplía sin querer hacerlo.

Ojalá tuviera a Yasuda para decirme qué estaba bien, qué estaba mal y qué era lo que debía hacer, sentía que necesitaba un guía.

—Mamá, ¿estás ahí? —pregunté al aire en busca de la respuesta de mi madre para confirmar que lo que escuché, no fue producto de mi imaginación.

—Ella no te va a responder —dijo Helia sentándose a mi lado—. Únicamente se puede escuchar y ver a los espectros cuando estás al borde de la muerte.

—Ya veo. —Me dolía, daría lo que fuera por hablar con ella o verla solo un mero instante, aunque fueran diez segundos más.

—Pero es curioso, ella... —Se calló antes de continuar—. Déjalo, es imposible.

—¿El qué? —Tras su comentario tenía mucha curiosidad por saber qué quería decir.

—Nada, una tontería que se me había cruzado por la cabeza. Por cierto, Axel, ¿has pensado qué le dirás al resto cuando los veas?

No me lo había planteado, seguramente me habrían visto cubierto de sangre después de matar a puño limpio a muchos de los contrincantes que me habían lanzado. Me dejé llevar, debí controlarme, muchos de ellos no tenían la culpa de que les echaran a la arena para ir a por mí. Por eso me dijo Elena que me controlara hasta que no encontrara el equilibrio, de lo contrario me arrepentiría, tenía razón, como de costumbre.

—Axel, ¿sabes? Yo estoy muerta, aunque mi alma esté en tu cuerpo, como bien sabes, puedo ver los espíritus. —No sabía a qué venía eso—. Los espíritus se atan a personas queridas, mientras que otros se atan a personas que odian tanto que quieren verlos morir y sufrir, estos últimos solo están para atormentarlos en sus últimos momentos.

—¿Y cuántos espíritus ves? —Estaba seguro de que había muchos que me odiaban, en especial los del primer campamento de los *halcones de fuego.*

—Uno, el de tu madre. —No podía ser, era imposible que solo estuviera mi madre, tenía que haber cientos de espectros de personas que había matado. ¿Y dónde estaba mi padre?

—Me estás tomando el pelo.

—Axel, piénsalo, un soldado, si no lo matas tú, lo hará otro en cualquier momento. Su destino es encontrar la muerte en combate, no van a guardarte rencor

» Las personas del antiguo campamento de los *halcones de fuego* tampoco, porque no fuiste tú quien guio a la guardia al campamento y no creo que te hayan seguido hasta aquí los espíritus de otros mundos.

Tenía sentido, en realidad todo eso me había ayudado bastante a aligerar mi carga, pero un nombre se me pasó por la cabeza.

—Lawter... —Él sí que tenía todas las papeletas para odiarme, murió porque quiso ayudarnos y nosotros fuimos tan cobardes de no contarle las consecuencias de ello—. Él es el único que me arrepiento de no haber podido salvar, no se merecía morir y fue por nuestra culpa.

—Fue culpa de Servil y de sus leyes. —Aunque tuviera razón, seguí sintiendo el peso de su muerte—. Es la razón por la que no te odia, seguro que, si volviera atrás en el tiempo, volvería a ayudaros.

—¿Por qué estás haciendo esto, Helia? —No entendía por qué intentaba hacer que me sintiera mejor, no iba a funcionar.

—Para hacerte ver que no eres el monstruo que crees que eres, siento lo mismo que tú, oigo lo que piensas. —Eso era bastante curioso, ni yo mismo sabía lo que pensaba en ciertos momentos—. Hay dos tipos de asesinos, los que matan por placer y los que lo hacen para ayudar a otros, si tu objetivo es ayudar a las personas, no eres un monstruo. ¿Acaso crees que te vas a convertir en Clade?

—A lo mejor es mi destino...

—¡¿Desde cuándo crees en el destino, idiota?! —Hablaba como si me conociera de toda la vida, como Yasuda—. ¡Eres un hipócrita! ¿No odiabas a esa clase de personas? ¡Deja de hacerte la víctima de una maldita vez y levanta la cabeza con orgullo, compórtate como un hombre!

Tenía razón, puede que en esos tres años hubiera avanzado en combate y fuera más fuerte que nunca, pero seguía siendo un niño, era hora de dejar eso atrás, ya bastaba de arrepentimientos, no podía hacer nada para cambiarlo. Pero sí que podía moldear mi futuro y una leyenda no me iba a decir lo que debía hacer. Si tenía que cumplirla, la cumpliría, pero no porque estuviera escrito, sino porque era lo que creía que debía hacer.

Elena tenía razón, no fui capaz de controlar mi fuerza porque aún no sabía qué era lo que la retenía. Me dejé llevar cuando no debía y cuando tuve que hacerlo, no lo hice. Tenía miedo de perder el control y eso era lo que me evitaba llegar a mi máximo potencial, demasiado miedo como para intentar aprender a controlarlo.

—Tienes razón, Helia. —Me levanté y observé la luna llena alzarse encima del bosque calcinado—. ¡Soy un dramático, pero ya basta de llorar por el pasado y preguntarme si lo que hago está bien o mal! ¡Voy a ser yo mismo!

—Eso es, ¡envíale el mensaje al resto del mundo, que tus enemigos tiemblen al escuchar tu voz!

—¡Que se preparen, todos se enterarán de quién soy!

—¡Así me gusta, tu madre te está mirando con orgullo ahora mismo!

—Helia. —No sabía por qué lo estaba haciendo, pero me había ayudado bastante—. Tú puedes leer mis pensamientos, ¿verdad?

—No, solo a través de tus recuerdos, pensaba que nadie podía cambiar mi punto de vista, pero tú, a través de tus recuerdos y de tus actos, me has hecho ver la vida de una manera distinta. Ver el mundo desde los ojos de otra persona es una experiencia increíble, gracias, ayudarte ahora es mi forma de devolverte el favor.

—Gracias, Helia.

—Menos mal que le hicimos caso —dije apreciando la destrucción del combate entre Axel y Clade.

Esperamos hasta que vimos que el fuego del bosque se apagó para montarnos de nuevo en los caballos y buscar a Axel.

—Victoria —me llamó Ángela preocupada—, ¿crees que Axel estará bien?

—Sí, estoy segura. —La verdad era que no, únicamente Kilendor y una compañera suya, ya fallecida, consiguieron escapar de Clade y decían que fue porque él les perdonó la vida por ser sus viejos compañeros.

—Kilendor, es hora de que nos digas de qué va todo esto, tu sabías que esto iba a pasar. —Selina yendo al grano, como siempre.

—Ángela es la hija de Clade, su nombre completo es Ángela Drakeblood. —Lo que dijo nos dejó en shock a todos, sobre todo a la niña—. Al ser su hija y tener sangre de dragón, vivirá más tiempo que nosotros, no tantos como Clade porque es mestiza, aunque podrá vivir alrededor de cientocincuenta años.

—Ya suponía que Ángela era esa tal Drakeblood, esas marcas en sus padres han estado rondando por mi mente desde que la encontramos. Kilendor, sus padres eran *hijos del dragón*, ¿verdad? —¿Selina lo suponía? De verdad que su mente iba más allá de mi entendimiento.

—No, eran *mercenarios dragón* que consiguieron escapar de Clade, pero no ibas mal encaminada —respondió Kilendor

—A ver, aclárame algo, ¿cuándo nació Ángela? Porque no creo que Clade la tuviera hace trece años. —Pilló de imprevisto a Kilendor, que se puso a contar con los dedos.

—Un mes antes de que Clade arrasara la mansión en la que vivía Helia.

—¿Estás diciendo que Ángela tiene unos 40 años? —preguntó Ingelm sorprendido.

—Sí, gracias al poder del dragón psíquico le borramos la mente pasado un tiempo, hasta que un día decidimos sacarla de donde estaba para que pudiera vivir su vida normal junto con dos *mercenarios dragón* supervivientes, nos confiamos porque Clade dejó de visitarla.

—¿Y este mandó matarla cuando se enteró? —interrogó Selina confusa.

Su pregunta tenía sentido, ¿para qué querría Clade matar a su hija?

—Eso será más bien una jugada de Servil, pues si Clade se enterase de que han matado a su hija y le enseñaran el cadáver, su furia sería incontrolable y acabaría con quien Servil dijera que es el asesino.

—Eso suena a algo que Servil haría. —Selina tenía razón, Servil era capaz de matar a una niña para acabar con sus enemigos.

—Entonces, ¿toda mi vida ha sido una mentira? —Le agarré las manos a Ángela y la abracé.

—No te equivoques, Ángela, no ha sido una mentira, tu vida empezó hace poco cuando Axel te salvó, entonces fue cuando empezaste a vivir como querías —dije intentando tranquilizarla.

—Tienes razón, pero eso significa que he perdido una gran cantidad de mi vida.

—Esto... —Empecé a pensar en la primera excusa que se me viniera a la cabeza—. Eso lo hacen con todos los mestizos de los *mercenarios dragón*, no hay otra opción.

—Entiendo...

Aunque sonreía, sonaba triste, no estaba preparada para escuchar algo así y yo tampoco.

Lo único que quería era bajarme del caballo y pegarle una paliza a Kilendor por soltarlo como si nada.

—¡Mirad, es Axel! —Todos alzamos la mirada cuando Selina lo avistó en la parte más alta del coliseo, saludándonos.

Este se tiró y desplegó un par de alas de fuego, cayendo con suavidad en el suelo. Todos nos bajamos de los caballos menos Kilendor, que estaba sorprendido, seguramente por el hecho de que Axel se había enfrentado a Clade y estaba vivo.

—¡Axel, estás bien! —gritó Ángela, siendo la primera en llegar para abrazarlo, este la estrechó entre sus brazos de vuelta y nos miró sonriente, parecía distinto, tenía un brillo más vivo en los ojos.

—Me alegro tanto de que estés bien. —Me acerqué para besarle y estrecharle con fuerza entre mis brazos, hasta un par de lágrimas llegaron a brotar de mi rostro—. Me temía lo peor.

—¿Dónde está Clade, Axel? —preguntó Gelmin y a Axel le cambió el semblante, pero antes de que lo acusara, le susurré al oído.

Tranquilo, ha sido Kilendor quién ha dicho su nombre. —Él se calmó al escuchar mis palabras.

—Se ha ido y no volverá a por Ángela, dice que ella está a salvo conmigo, me indicó que quería saldar unas cuentas pendientes. —Eso quería decir que Clade y Axel habían hablado.

—Entiendo... —Gelmin parecía preocupado, no como el resto, que estábamos contentos porque Axel se encontrara bien.

—Por cierto, luego hablaremos de algo sobre Ángela, ahora volvamos a la fortaleza para celebrar que hemos sobrevivido a Clade. —A todos nos gustó la idea de Selina, pero cuando esta se dio la vuelta para ir a los caballos, Kilendor la detuvo.

—Espera, no puedo dejar que te vayas así —dijo bajándose de su montura—. ¡Yo, Kilendor, líder y responsable del grupo de primera línea de fuego de los *hijos del dragón*, prestaré mis servicios y mis soldados a los *halcones de fuego* siempre que les sea necesario! *Prometero* que cumpliré cualquier orden que vos, Selina, líder de los *halcones de fuego*, me deis!

Hizo un *prometero* militar, juntó su dedo índice y el pulgar y los colocó en su pecho, apuntando a su corazón, mientras que su otra mano realizaba un saludo militar.

—Puedes descansar, Kilendor, ¿seguro que tus superiores estarán de acuerdo? —cuestionó Selina.

—No, pero mis soldados me seguirán hasta el mismísimo infierno, por algo somos la primera línea de fuego. Allí mandan a los soldados que quieren que mueran, como yo, y soy su única luz de esperanza, el único que les recuerda porque luchan. —Ambos se miraron por unos segundos que parecían eternos.

—Es un placer tenerte de nuestro lado, Kilendor, te llamaré cuando sea necesario. —Selina le dio la mano y se montó en su caballo—. Vamos, todos en la fortaleza estarán preocupados, si es que no han abandonado ya.

Aproveché el camino para contarle a Axel lo que ocurría con Ángela, le dolió, aunque ya sabía que era hija de Clade. Al terminar de escuchar la historia, nos habló sobre la conversación que había tenido con Clade.

—El fénix que alzó el vuelo por encima de las nubes por primera vez... —repitió Selina pensativa—. Esto tenemos que hablarlo con Carlia, ella seguro que sabe algo.

Al llegar a la fortaleza todos se alegraron de que volviéramos con vida, como era de esperar tenían muchas preguntas.

—¡Ya sé que os alegráis de vernos, pero ya os contaremos la historia después porque no sé vosotros, pero a mí me hace falta una buena jarra de cerveza!

Gritos de alegría y risas se escucharon por todo el lugar. La fortaleza ya era más o menos habitable, pero ese día dormimos en las tiendas. Al día siguiente ya haríamos que se pudiera descansar en el interior.

Esa noche fue la primera que vi a Axel beber, ya sabía que él bebía a veces, por lo poco que me había contado.

—Hacía tiempo que no estábamos tan animados —indicó Carlia.

—La moral está más alta que nunca —respondí mientras no le quitaba el ojo de encima a Axel, que estaba más borracho que nadie, en ese momento contaba su pelea contra Clade.

—Selina me ha contado lo de Ángela y me dijo que había otra cosa de la que quería hablar, pero que mejor lo dejaba para mañana, ¿tú sabes algo, Victoria? —Me imaginé que Selina se refería a la frase del fénix.

—Sí, Clade y Axel hablaron, este nos contó que lo que estaba escrito en el idioma dragón en la leyenda de la espada azulada, era algo como: «el fénix que alzó el vuelo por encima de las nubes por primera vez».

—No tiene sentido, no puede ser. —No sabía si estaba preocupada, sorprendida o asustada—. Tengo que revisar mis libros.

Carlia se levantó y se marchó a su tienda de inmediato, yo iba a seguirla, sin embargo, no serviría de nada, así que me quedé donde estaba.

—Victoria, ¡mi amor! ¿Alguna vez te he dicho lo mucho que te quiero? —gritó Axel abrazándome por la espalda, me sobresalté y estuve a punto de pegarle hasta que vi que era él.

—¡Axel, joder, no me des esos sustos! —solté mientras me levantaba con rapidez, él cayó de bruces contra el suelo—. Madre mía, creo que es hora de que te vayas a la cama.

—¡Como diría Slayer, solo un borracho se iría tan pronto a la cama! —exclamó alzando una jarra vacía de la que intentó beber—. Mierda, me quedé sin gasolina.

¿Gasolina, Slayer, de qué estaba hablando?

—Vale, Axel, hora de irte a dormir. —Lo agarré del brazo y me lo pasé por encima para ayudarlo a caminar.

—Victoria, eres un auténtico ángel. —Vi como movía la mano como apartando a alguien y de pronto gritó—. ¡Cállate, idiota!

—¿A quién le hablas, Axel? —No había nadie alrededor, no sabía a quién le estaba hablando.

—A tu abuela. —Se me había olvidado que ella estaba en su cabeza—. Menos mal que no puedes escuchar lo que está diciendo ahora mismo, parece que la borrachera también la ha pillado ella.

Lo que faltaba, encima tenía a mi abuela borracha en su cabeza, me gustaría saber qué le estaba diciendo.

—¿Y qué te dice? ¿Qué te comportes como un hombre y te muevas por tu propio pie o que en sus tiempos ella bebía más? —Sería algo que diría mi abuela.

—Créeme, no querrías saberlo —contestó con seriedad—. Es como tener a un demonio hablando todo el rato.

Al fin llegamos a la tienda y lo dejé en la cama, pero entonces a él le entró una arcada, con rapidez fui a por una cubeta y se la di justo a tiempo.

—La fiesta se acabó para mí.

Volvió a vomitar, yo suspiré y fui a por otro recipiente, pero al volver ya estaba con la cabeza casi metida en el cubo, no sabía si se había dormido o estaba inconsciente, la cuestión era que tenía los ojos cerrados.

Le agarré la cabeza y se la apoyé de lado en la almohada para que no se ahogara.

—Que duermas bien. —Le di un beso en la frente y le dejé el cubo vacío.

Me dispuse a irme a mi tienda a dormir, junto con la marcha de Axel, la fiesta había terminado, un montón de personas se encontraban en pésimo estado, repartidos en el suelo por todo el lugar.

—Victoria. —Era la dulce voz de Ángela llamándome desde su tienda—. No puedo dormir, estoy teniendo pesadillas.

Cuando me acerqué, me di cuenta de que estaba temblando y no era de frío.

—Si quieres, puedo contarte una historia. —Ella asintió, yo me metí en la tienda.

La pequeña se tumbó en el montón de paja que utilizaba de cama y yo la arropé con una manta que tenía. Me senté a su lado y le pasé la mano por la cara.

—¿Cuál es tu historia favorita? —Todos los niños tenían un cuento favorito, no creía que Ángela fuera una excepción.

NACIDO EN LA GRIETA I

—La de Prometero, pero esa ya me la sé de memoria, quiero escuchar una nueva.

La propuesta me pilló de imprevisto, yo era pésima para contar historias, empecé a pensar en una que se le pudiera contar a una niña, entonces se me ocurrió algo que igual le podría gustar.

—Érase una vez una paloma dorada que nació en una familia de quebrantahuesos, los quebrantahuesos la criaron como si fuera hija suya, la enseñaron a volar y alimentarse y cuando la paloma ya era mayor, los quebrantahuesos le dijeron que tenía que hacerse una carroñera para seguir viviendo con ellos.

» La paloma no quería ser una carroñera, quería volar libre. Aunque tampoco quería alejarse de su familia, pero tenía que tomar una decisión. Entonces decidió que se alejaría de su familia y volaría a dónde la llevara el viento.

» Por el camino se encontró con un águila, un arrendajo y una golondrina. Pese a ser distintos tipos de aves, le propusieron a la paloma acompañarlos en su viaje y ella, de buen grado, decidió seguirles. Junto con ellas conoció a otras aves, un pequeño periquito y un joven halcón, y poco a poco la paloma se sintió como en casa, sintió que su hogar era adonde iban las otras aves, pero en el fondo quería hacer...

Ángela estaba ya dormida, le di un beso en la frente antes de dejar el cuento a mitad.

—Las paces con su familia.

Me quedé pensando un rato, ¿realmente quería hacer las paces con mi familia? Fui a levantarme, pero ella me agarró la mano, por lo que decidí quedarme hasta que me soltara. Al final, di dos cabezadas y me dormí allí, sentada a su lado.

CAPÍTULO 10
CENA FAMILIAR

Fue abrir los ojos y sentir un dolor de cabeza que hacía tiempo que no tenía, escuchaba los ronquidos de la gente de fuera y eso era equivalente a un terremoto en mi cabeza.

Tenía una resaca monumental.

—Te has lucido. —La voz de Helia retumbaba en todo mi ser.

—Cállate o al menos habla más bajo. —Me senté en la cama, la poca luz que se filtraba por la entrada me molestaba—. Encima no tengo gafas de sol.

—Joder, ¿sabes la de años que hacía que no tomaba alcohol? —comentó Helia.

—No lo sé, pero se nota que estabas fina, la de barbaridades que me dijiste —le reproché, acordándome de todo lo que me dijo y que me gustaría olvidar.

—¡Ya lo sé, no me lo eches más en cara!

—¡Madre mía, me va a explotar la cabeza!

Después de un rato, por fin decidí levantarme y salir, aparte de que el sol parecía una bomba cegadora, el sitio era un caos de picheles, jarras, barriles y borrachos.

Miré un momento a la entrada de la fortaleza pensando que había mucho trabajo que hacer. Entonces vi a Selina en la entrada con una sartén y una cuchara de madera.

—¡Arriba todo el mundo, ya! —gritó a pleno pulmón golpeando con fuerza la cuchara contra la sartén—. ¡Levantaos, vagos, si ayer pudisteis beber, hoy podéis trabajar!

¿Cómo podía estar tan bien después de lo de anoche? Todo el mundo se empezó a levantar como si les persiguiera el diablo, no sabían qué estaba pasando. Solo Carlia, Victoria y Ángela se levantaron bien y me sorprendió que estas dos últimas salieran de la misma tienda.

Carlia y Selina estuvieron un rato hablando, yo aproveché para beber un poco de agua y mojarme la cabeza, tenía que cortarme el pelo y afeitarme la poca barba que me había salido.

Me giré buscando a Selina para preguntarle qué tenía planeado, pero me encontré de bruces con Carlia.

—Necesito que vengas conmigo, Axel. —Asentí, pero no entendí el porqué, Carlia tenía un inicio de ojeras y se la notaba cansada.

Al llegar a su tienda tenía una mesa llena de libros y papeles apilados.

—¿Qué pasa, Carlia? —pregunté confuso.

—Me han dicho más o menos qué te dijo el *mercenario dragón*, pero quiero que me lo digas con tus palabras. —Me pilló por sorpresa, encima de la resaca tenía que hacer memoria.

—Dijo que yo tengo el alma del fénix que alzó el vuelo por encima de las nubes por primera vez y que, con mi espada de color azul, teñiré de rojo las alas del último dragón. —Creo que lo repetí a la perfección.

—Mierda, mis sospechas son ciertas. —Ella se apoyó en la mesa con un suspiro casi de desesperación—. ¿Conoces la historia de la primera ascendida?

Yo me limité a negar con la cabeza.

—Verás, antes de decirte nada, debes conocer la historia de la primera ascendida, así que siéntate. —Busqué una silla para hacer lo que me decía, parecía que esto iba para largo—. La primera ascendida fue la primera persona en ascender a la ciudad de los dioses.

» En la era de oscuridad, desesperados por acabar con el mal que les acechaba, les rogaron ayuda a los dioses. Estos decían que no podían mediar en sus asuntos, ya que iba en contra de su pacto de no interferir. Por ello la gente pensó que, si alguien conseguía subir a la ciudad de los dioses, podía convencerlos para que les ayudaran. Para ello era necesario que, a través de un ritual, su cuerpo muriese para que su alma ascendiese. Se requiere de un hechizo muy difícil de crear, se necesitan más de cinco magos experimentados, expertos en cualquier tipo de magia.

» El nombre de la mujer es desconocido, pero recibe el apodo de fénix. Y si tú tienes el alma del fénix, solo hay dos opciones: la primera es que, por alguna razón, tengas sangre de fénix o, la más probable, que seas descendiente directo.

No supe cómo reaccionar a esa información, esto me creó más preguntas, pero al menos ya sabía algo de mi madre.

—Te lo agradezco de verdad, Carlia. —Ella se levantó para darme la mano, pero yo la abracé—. Te has tomado muchas molestias para decirme esto, muchas gracias.

—No hay de qué, por algo mi trabajo es tener toda la información posible y compartirla.

Se lo agradecí una última vez y ella se puso a recoger todos los libros y papeles que tenía.

—Axel, no te hagas falsas esperanzas, sigue habiendo una probabilidad de que no sea tu madre. —Era consciente de ello, pero que existiera aquella posibilidad me alegraba.

—Tranquila, no me hago ilusiones, solo me alegro de que exista esa opción de saber quién era mi madre. —Abandoné la tienda y me encontré con Victoria de frente.

—Axel, he hablado con Selina, me ha dado permiso para ir a ver a mi familia y a ti también, si me quieres acompañar. —Estaba nervioso, Ilelia había cambiado, pero sabiendo como era al principio, me daba miedo conocer a su familia.

—Por supuesto que te acompaño, aunque me duele un poco la cabeza por la resaca, aun así iré. —En verdad me estaba matando, sin embargo, haría el esfuerzo.

—¡Genial! —gritó entusiasmada, lo que hizo que me encogiera por el dolor—. Perdón. Vamos, ya he preparado los caballos y le he dicho a Kinita que cuide de Ángela mientras estamos fuera.

—Bien, vamos. —Nos despedimos de todo el mundo y nos marchamos a la mansión donde vivían las descendientes de Helia, el antiguo hogar de Victoria.

—No te lo pienso repetir —contesté con firmeza.

Ninguna de las ofertas que me pudiera hacer me interesaban, si seguía sus órdenes era por Ángela y para encontrar a Gherman y ya no me hacía falta protegerla. Yo lo encontraría por mis medios, Servil había demostrado su incompetencia para ello.

—Vale —dijo Servil con un suspiro—, no insistiré más, Clade, siempre tendrás la puerta de mi castillo abierta.

—Soy consciente de ello.

Era cierto que Servil y yo no nos llevábamos, pero confiábamos ciegamente el uno en el otro, ambos sabíamos que jamás nos traicionaríamos.

Espera, Axel me dijo que iban a matar a Ángela, no podía ser, ¡desgraciado!

—Servil, ¿qué orden diste a tus soldados cuando les mandasteis a por Ángela? —Nada más hacer la pregunta, a Servil le cambió la cara y a mí la ira me empezó a consumir—. Servil, ¡¿qué les ordenaste?!

—¿Qué te han contado y quién? —Estaba intentando sacar su última baza, una parte de mí quiso pensar que Axel me mintió. Pero realmente no lo hizo, solo que Servil no barajó la posibilidad de que me pusiera a hablar con él.

—Axel, él es ahora el que cuida de Ángela y me ha contado que, cuando se encontró con mi hija, tus soldados iban a matarla, así que dime, Servil, ¿qué excusa tienes? —Sus reacciones lo delataban y él lo sabía.

—¿Qué quieres que te diga, Clade? —No lo sabía, quería que me demostrase que Axel se equivocaba—. Te puedo prometer que esta es la única vez que te he traicionado, pero el riesgo merecía la pena.

» Cometí un error, lo admito, aunque ya no puedo hacer nada para remediarlo, si quieres matarme, acepto con agrado mi castigo, Alva será mi heredera.

Eché mano a mi espada, pero no pude moverla, ¿por qué? Él intentó matar a mi hija, lo único que me importaba en este mundo, ¿por qué no era capaz de mover la mano?

No estaba dudando, quería matarlo, ¿qué me pasaba?

En un momento de lucidez recordé los hechizos experimentales de la maga de sangre.

—Alva, quita tu magia ahora mismo o tú también morirás.

Estaba usando su magia de sangre experimental, este era una especie de hechizo que paralizaba a todo el mundo en una sala, menos a ella, o algo así, no presté mucha atención cuando lo enseñó, la magia siempre me pareció aburrida.

—Lo siento, Clade, no puedo permitir que mates a Servil. —Alva se puso justo enfrente de él—. Tampoco voy a intentar convencerte, solo déjame preguntarte, ¿qué esperabas de él?

Deposité toda mi confianza en una persona que había escrito su historia con sangre y traiciones, fui un idiota por fiarme de sus palabras.

—Sé que eso no te va a detener, pero al menos te hará cuestionarte si merece la pena matarme a mí también.

Pensaba que no iba en serio, sin embargo, se plantó en medio de Servil para hacer de escudo humano. Eso cambiaba las cosas, Alva era de las pocas personas que me caían bien de este reino y la única de la corte que tenía un futuro brillante. No sé por qué se puso en medio. Sí que era verdad que ella dependía mucho de los contactos y tratos de Servil para realizar su magia experimental, por lo que si él moría, sería un problema para ella, incluso si tomara el trono en su lugar. De hecho, eso le quitaría tiempo para poder experimentar.

En ocasiones me daba miedo como Servil manejaba los hilos, por eso había dicho que Alva sería su heredera, cabronazo inteligente, mira que le gustaba jugar con la gente.

Al final, el hechizo de Alva se desvaneció y yo me limité a darme la vuelta y marcharme, no sin antes dedicarle unas bonitas palabras a Servil.

—¡A todos los tiranos les llega la hora! —Iba siendo hora de empezar a visitar a dos viejos amigos, los únicos que no me querían matar.

Llegamos a la mansión de Helia y justo antes de llamar a las verjas de la entrada, Victoria me indicó que esperara.

—Empezaba a pensar que jamás volvería a ver este sitio —dijo Helia admirando el recinto—. Está igual a como lo recuerdo.

—¿Eso es bueno o malo? —pregunté, al parecer Victoria no me escuchó, pero Helia sí.

—Malo para ti y para Victoria también, no te preocupes, siempre está la baza de que yo estoy en tu cabeza. —Prefería no tener que dar explicaciones sobre porqué la tenía en mi interior—. Encima tienes la suerte de que yo les enseñé idioma común en vez de idioma alto. Dios, siempre he odiado el idioma alto, me parece demasiado complejo y lleno de palabras innecesarias.

Al poco rato volvió Victoria indicando que podíamos pasar.

—Vale, Axel, escúchame con atención —dijo ella en voz baja mientras entrábamos al recinto y andábamos hacia la mansión—. Aunque tengamos la sorpresa de mi abuela, me gustaría que no lo desvelásemos hasta que sea realmente necesario, quiero intentar solucionar esto por las buenas.

—Tú mandas, es tu familia, yo estoy aquí para apoyarte. — Poco pintaba en esa discusión familiar, no llevábamos mucho tiempo juntos y ya iba a conocer a su familia, no me esperaba así nuestra primera escapada juntos.

—También prepárate para miradas de desprecio y nombres despectivos.

Mis nervios se iban a poner a prueba. Sabiendo lo que sabía de las hijas de Helia, iba a ser una noche larga.

Llegamos a la entrada donde esperaba una mujer con un vestido muy llamativo, violeta y con flores verdes estampadas, y pendientes y joyas de serpientes. Estaba muy maquillada y llevaba su pelo rojizo recogido con una peineta.

—Al fin te dignas a volver, Victoria. —Tras sus bonitas palabras de bienvenida me dedicó una mirada de desprecio, no fue hasta que estábamos cerca de ella cuando me di cuenta de lo alta que era, me sorprendió, sobre todo porque Victoria no era así, era un poco más baja que yo—. Veo que traes a un perro contigo.

Ya empezaba, anda que había tardado en faltarme al respeto.

—No es ningún perro, madre, él es mi pareja —me defendió Victoria, pero su madre me miró aún peor.

—Esto es caer demasiado bajo, sobre todo para una descendiente de Helia, ¡emparejarte con un hombre! ¿En qué estabas pensando? —Victoria se limitó a suspirar, parecía que la relación con su familia no iba a mejorar—. Si por lo menos me hubieras traído a una nieta, podría pasarlo por alto, pero no, eres decepcionante...

Victoria agachó la cabeza con una mirada triste, tuve que morderme la lengua, estaba a punto de decirle de todo.

—No esperes que le demos un trato especial, será tratado como al resto. —Ella se giró para entrar en la mansión.

—¡No, madre, no lo vais a tratar como a un perro, sino me marcho para no volver! —gritó Victoria desafiante.

—Adelante, hazlo, a mí me das exactamente igual. —Se produjo una enorme tensión entre las dos, pero me interpuse mirando a Victoria.

—Oye, no te preocupes por mí, tengo mucha paciencia o eso creo. —Intenté calmarla antes de que aquello pasara a mayores.

—Pero yo no sé si tengo mucha paciencia. —Aquello era un factor a tener en cuenta, aunque le pidiera que no se preocupara por mí, lo haría.

—Victoria, puedes hacerlo, si en algún momento crees que no puedes más, usaremos a Helia —susurré para que su madre no se enterara, esta asintió y, ya más tranquila, empezó a seguir a su madre.

Entramos en la mansión, la cual era lujosa en extremo, había cuadros de Helia y decoración relacionada con la arquería y las serpientes, seguimos avanzando por largos pasillos de marfil con una moqueta roja hasta llegar a un gran comedor, donde había en el centro una mesa enorme llena de candelabros y comida. Sentadas en ella había quince mujeres de diferentes edades, eso sí, ninguna llegaba a sobrepasar los sesenta. La más joven debía tener la edad de Victoria. Al entrar todas se giraron, al verme hubo caras de odio, asco y curiosidad.

—¡Hermana, has vuelto! —gritó una de las jóvenes, entonces me vio y le cambió la cara de felicidad a una de repulsión—. Y con un invitado.

Me sentí incómodo y amenazado, estaba en una sala en la que la única mujer que no me odiaba era mi novia. Si le contaba aquello a Slayer y Tina se iban a estar riendo de mí hasta el fin de mis días.

—Axel, cuando me vaya a sentar, retírame la silla para ayudarme, sabes cómo, ¿no? —Sabía de lo que estaba hablando, alguna vez lo había visto en películas, por lo que asentí con la cabeza—. Ni se te ocurra tener contacto visual con ninguna de ellas, siéntate en aquella pared y espérame. Y si te hablan, no respondas si no te autorizan a hacerlo.

—Entendido. —Eran cosas simples, pero humillantes.

Ella se desplazó hasta el centro de la mesa y yo hice lo que me pidió, separé la silla y la acerqué para que tomara asiento. Cuando lo hizo, me marché a la pared justo detrás de ella y me senté a esperarla.

Pude observar que había otros dos hombres sentados en las paredes, pero estaban lejos de mí. Una cosa que me llamó la atención era el número de descendientes de Helia, aparte, sus colores de pelo no eran normales y no creía que en esta época hubieran descubierto el tinte.

¿Quince descendientes no eran muchas? Porque la madre de todas ellas era Helia. Pude contar hasta tres madres, que estarían en sus cuarenta y cincuenta, el resto no pasaban de los treinta.

Estaban lejos de mí, a unos cinco metros, por lo que tenía que concentrarme para escuchar la conversación y no podía mirar al resto de las hermanas de Victoria.

—Bueno, hermana, parece que lo tienes bien domesticado, ¿ya te ha brindado una hija? —No podía verle la cara, pero seguro que Victoria se aguantaba las ganas de mandarlas a la mierda.

—No está domesticado, pero tenéis suerte de que es un santo y accede a seguir vuestras estúpidas normas y no, no me ha dado ninguna hija. —A ver, lo de un santo era un poco exagerado.

Todas se empezaron a reír de ella, ¡qué asco me daba aquella escena! Preferí cerrar los ojos y agachar la cabeza para intentar escuchar mejor y evitar que se desviara mi mirada.

—Hermana, por favor, ¿un santo, has perdido la cabeza? —Ella dijo algo más en un susurro y, por lo tanto, no pude escucharlo—. Es la primera vez que cenas con nosotras desde que te fuiste y vaya impresión estás dando, Victoria, con la de arqueras y nobles hermosas que hay por el mundo, podrías haber seguido mi ejemplo.

Las quince no eran familia, también estaban sus parejas.

—Igual si no me hubieseis prohibido seguir a ningún dios porque los mercenarios no tienen creencias… —Se pudieron escuchar cuchicheos entre ellas.

—Victoria, hija, que diría tu abuela ahora mismo —se lamentó una de las madres.

Ella se mantuvo callada un par de segundos.

—Sé lo que opina mi abuela, he hablado con ella. —Parecía que la paciencia de Victoria había llegado a su límite.

—¿De qué estás hablando? —Todas estaban expectantes de lo que iba a decir y ella se limitó a señalarme.

—Él tiene dentro el alma de Helia, adelante, preguntarle cualquier cosa que solo sabría la abuela.

Su madre se me acercó con rapidez, me levanté mirando al suelo, siguiendo las reglas que había dictado Victoria.

—Pude ver lo que le hiciste a tus tres hijos junto a mi hermana Ghila, ¿qué le hiciste a cada uno de ellos?

Mientras formulaba la pregunta, Helia me miraba triste. Yo esperé hasta que ella me dio permiso para hablar.

—Siento que tengas que escuchar esto, Axel —dijo antes de responder y yo repetir lo que ella decía—. Al primero lo tiré a los perros, al segundo lo lancé al mar de los monstruos y al tercero lo lancé a un río.

—Dios mío... —murmuré cuando terminé de repetir lo que dijo, aquello era demasiado, incluso para alguien como ella.

—¿Como es posible que poseas el alma de mi madre? —Ella se giró mirando a la mesa y asintió, todas sabían lo que significaba y se quedaron en *shock* sin creerse el hecho de que yo tenía el alma de Helia.

Yo les conté la historia lo mejor que pude, sin dejar ningún detalle suelto.

—Ya veo... ¿Y mi madre esta de tu lado?

—Desde que está conmigo ella ve mis memorias y yo las suyas, algo que le ha hecho ver las cosas desde un punto de vista distinto y cambiar su manera de pensar, tener una mente más abierta, de hecho, ella me ha ayudado bastante, incluso nos llevamos bien.

—Tampoco te pases. —Bufó Helia antes de desaparecer de nuevo.

—Puede que sea hora de cambiar las tradiciones, si mi madre ha cambiado, es por algo, no sé qué tienes, pero si la misma Helia está de tu lado. nosotras también. —Se giró y se acercó a Victoria—. Siento todo lo que te he dicho, hija mía, sé que me he comportado de una forma muy dura y cruel. Te he hecho pensar que no me importas. Pero eso lo hacía para no parecer débil, para no dejar que mis hermanas e hijas me perdieran el respeto, tal y como me enseñó mi madre, pero tú realmente me importas. Si no te nombramos ya heredera del arco de Helia, es porque tus ideas se desviaban de la ruta que una vez marcó mi madre. Si ella está conforme, yo te nombró heredera de su arco, ¿alguien tiene algo que objetar?

—No, madre, ella siempre ha sido la mejor arquera de la familia. —Esa fue la única respuesta que hubo.

—Axel, quiero que alces la voz —dijo Helia a punto de hablar, yo llamé la atención del resto y repetí su discurso—. Es hora de que las descendientes de Helia cambien sus tradiciones, si no cambiamos, grandes arqueras de la familia. como Victoria, se marcharan también. Eso no es lo que quiero yo ni vosotras, la familia se debe mantener unida. ¡A partir de hoy las reglas quedan derogadas!

Se quedaron un rato pensativas hasta que por fin una de las madres alzó la voz.

—Aunque no me gusta la idea, habrá que hacer el esfuerzo, ¡eso se aplica a todas vosotras también! —Todas aceptaron resignadas—. Que este banquete inicie una nueva etapa.

Nos sentamos a cenar, incluidos los otros hombres que había en la pared, al principio se notaba que el ambiente era tenso, pero poco a poco todos nos fuimos soltando, el alcohol ayudó bastante, aunque yo no bebí. Empezamos a mantener conversaciones, sin embargo, las diferencias aún eran destacables.

Yo compartí mis historias desde que llegué aquí y Victoria igual. Sirvieron un vino que tenía pinta de ser muy caro, solo tomé un poco para probarlo. También me contaron que eran tres hijas de Helia y siete nietas. Las otras cinco eran parejas de estas, me pareció una familia grande, no conocí a mis abuelos y no tenía hermanos, por eso me pareció una burrada.

—Si hace dos días me hubiesen dicho que esto iba a pasar, no me lo hubiera creído —comentó una de las hermanas—. Eres de lo más curioso, Axel, pero promete que te encargarás del *mercenario dragón*, él fue quien mató a la familia de mi abuela.

—Lo mataré, no será fácil, pero lo haré.

—¡Así se habla! —gritó Victoria borracha—. ¡Que sepáis que Axel es la persona más fuerte de este mundo y de cualquier otro, se ha enfrentado al *mercenario dragón* y porque escapó, si no lo hubiera enterrado!

Habría jurado que Victoria no bebía alcohol, ¿cómo estaba así de borracha? Cuando miré su copa vi que la tenía llena de vino, parecía que lo que no le gustaba era la cerveza.

—Madre mía, ahora sé cómo te sentiste tú el otro día. — Suspiré recordando mi borrachera.

—¡Shhh! —Me puso el dedo en los labios o eso intentó, ya que no tuvo muy claro donde estaban y casi me metió el dedo en el ojo—. Sé lo que estás pensando ahora mismo: «Victoria, estás muy borracha, deberías irte a la cama». ¿Y sabes qué?

Esperé la respuesta, pero ella siguió sin responder, igual lo que quería era que le preguntara yo.

—¿Qué?

—¡Que tienes toda la maldita razón, ya va siendo hora de irnos a la cama! —Ella se levantó a duras penas, apresurada, y se despidió de sus hermanas y madres, las pocas que quedaban conscientes.

Me levanté para acompañarla, no obstante, una de sus madres se interpuso, esta era más baja y tenía una cicatriz en el cuello, además de estar menos arreglada y portar menos joyas.

—¿Te importa si te robo a Axel un momento? —interrogó a Victoria.

—¡Sin problemas, madre, pero no te lo lleves por mucho tiempo, que le tengo una sorpresa preparada! —Se fue zigzagueando, apoyándose en las paredes—. Por cierto, mi habitación está arriba, la primera a la derecha, ya sabes, para cuando te vayas a dormir.

Ella me guiñó un ojo antes de desaparecer por la esquina del pasillo, la otra madre se sentó de nuevo en una mesa apartada y yo hice lo mismo enfrente de ella.

—Me llamo Ghila. —Nos dimos un apretón de manos y ella sacó un barril de cerveza de debajo de la mesa—. Victoria ha dicho antes que bebías como una esponja y si no has bebido vino es porque eres de los míos.

—Bueno, no es que me vuelva loco la cerveza, pero no me importa beber de vez en cuando —confesé mientras me llenaba la copa.

—A decir verdad, te he traído para no tener que beber sola.

Yasuda estaría gritando porque habíamos puesto cerveza en una copa de vino. Sin pensar, se me ocurrió una pregunta.

—¿Son todas hermanas o más bien primas? —No creía que las siete fueran de la misma madre, más teniendo en cuenta que llamaban madre a las tres hijas de Helia.

—Les decimos que son hermanas, pero muchas son primas, yo tuve tres, Frelina tuvo dos, una de ellas Victoria, y Liha, la menor de nosotras, otras dos.

Bebimos otra copa.

—Si no te importa, no voy a beber mucho. Ayer ya tuve una buena fiesta —confesé mientras llenaba mi copa.

—No te preocupes, como dijo una vez el padre de mi hermana pequeña: «Bebo poco, no porque no me guste, al contrario, porque me encanta».

—Buena frase. —En realidad no me gustaba, pero quería ser amable—. Parecía un buen hombre.

—Su nombre era Lev, le apodaban la cuerda negra. Él fue el único hombre capaz de conquistar el corazón de Helia.

Hicimos una pausa para beber un trago y ella continuo hablando.

—Hablando de conquistar corazones, dime Axel, ¿qué es lo que le ves a Victoria?

—La verdad, no lo sé con exactitud. —Lo que sentía por Victoria era extraño y muy repentino—. Simplemente la amo, la amo con locura y ya está, así de simple.

—Ya veo... —Bebimos otra copa—. ¿Crees que ella podría decir lo mismo?

—Sí. —No dudé ni un instante—. Solo que te dirá que hay algo dentro de mí que no le gusta, ni a ella, ni a mí.

Suspiré hondo, sabiendo que aún no había enterrado del todo esa parte, pero estaba en ello. Los cambios no ocurrían de la noche a la mañana.

—Eres un buen tipo, Axel —admitió con una sonrisa en su rostro—. Me alegro de que Victoria y Helia te eligieran, si has conseguido que cambie su parecer es porque debes ser realmente especial.

—Supongo... —Esa palabra siempre la había odiado, siempre había dicho que la gente no nacía especial, se volvía especial.

—Me voy al sobre —solté mientras me levantaba.

—¿Qué quiere decir eso? —Claro, no pensé que fuera una frase de mi mundo.

—Significa que me voy a dormir. —Ella me deseó buenas noches y me fui arriba a la habitación de Victoria, como ella me señaló, al llegar me empecé a reír intentando no despertarla.

Estaba durmiendo con la cabeza y los brazos apoyados en el borde de la cama y el resto del cuerpo en el suelo. La cogí en brazos, la dejé en el colchón y la arropé.

Al darme la vuelta ella me agarró de la mano y se puso a murmurar mi nombre, le besé la mano y me fui al otro lado de la cama para dormir.

—¡Despertar, joder, despertar! —Despertamos de manera súbita y nos encontramos con una hermana en la habitación.

—¿Qué pasa? —preguntó Victoria sobresaltada.

—Escuchadme bien, Servil está aquí y os está buscando, así que más os vale que salgáis corriendo. —La noticia fue muy repentina, no obstante, el instinto de supervivencia se activó al instante. Ambos nos levantamos y empezamos a prepararnos, entonces me di cuenta de algo.

—¡Mierda! —No pude evitar gritar—. ¡Mi espada está en el comedor!

—¡No me jodas, están hablando allí, maldito inútil! —Teníamos que pensar rápido un plan—. Vale, tengo una idea, voy a entrar y diré que me he dejado en el comedor algo de anoche. Cojo tu equipamiento, rezamos para que no me presten atención y os marcháis corriendo.

—No me gusta la idea, pero es la única que tenemos —coincidí con Victoria.

Nacido en la grieta I

Raudos la seguimos hasta la puerta del comedor, nos pegamos a la pared todo lo que pudimos para que no se nos viera al abrir la puerta.

—Siento interrumpir, madre, pero dejé mi espada aquí anoche y no puedo entrenar sin ella —dijo mientras entraba despacio en la habitación, Ghila era inteligente y se imaginó de que se trataba.

—Adelante, hija, te castigaré después, interrumpir de esta manera una reunión tan importante es vergonzoso e indigno de una descendiente de Helia. —Ghila sonó tan convincente y severa que seguro que Servil se lo tragó.

—Perdón, madre.

Se escucharon sus pasos a lo largo del comedor mientras una tensión y un silencio incómodo inundaban la sala, se oyó como volvió a la puerta y como empezó a girar el pomo para abrirla.

—¿Te importa si le echo un ojo a esa espada? —preguntó Servil justo antes de que saliera—. Si no te importa, claro, me resulta curioso que una familia de arqueras entrene con espadas.

—¡Corred! —exclamó la hermana de Victoria mientras salía por la puerta con mi espada envainada.

Cuando la cruzó, una lanza le atravesó el abdomen de lado a lado y la ensartó en el suelo.

—Perdón, mi rey, he reaccionado tarde. —Menos mal que reaccionó tarde, casi no le dio tiempo a abrir la puerta.

Agarré mi espada, la desenvainé a la par que examinaba que aún tenía arena en el zurrón.

Victoria se desplomó en el suelo, se puso de rodillas junto al cuerpo de su hermana, que estaba agonizando.

—Victoria... —Gimoteó con la sangre emanando de su boca—. Lo siento...

Cerró los ojos y exhaló su último aliento de vida, Victoria levantó el rostro de su hermana y dejó un beso en su frente.

—Descansa, hermana. —Se puso a llorar, al igual que su madre, que miraba con horror la escena.

No debía precipitarme, al lado del rey estaba Alva, la maga de sangre, con el mismo atuendo que llevaba el día del discurso de Servil. Y Komandlach, el comandante de la *élite*. Era un hombre alto y muy musculoso enfundado en una portentosa armadura azul decorada con leones. Llevaba a la espalda tres lanzas y en su mano derecha un gran martillo.

—¡Victoria, huye! —ordenó Ghila mientras se abalanzaba hacia Servil con un cuchillo en la mano.

Él la esquivó con facilidad y la redujo en el suelo, pese a que ella parecía ser más fuerte que él. La agarró de las manos con un solo brazo y colocó una rodilla en su espalda, con la otra mano sacó un cuchillo que tenía en la parte trasera del cinturón.

—Dime, Axel —dijo poniendo el cuchillo en la nuca de Ghila—, ¿vas a permitirme matar a otro miembro de la familia de Victoria?

Yo la miré, seguía llorando la muerte de su hermana. no había escuchado ni el grito de su madre pidiéndole que huyera.

—Deja que se vaya, si me quieres a mí, aquí me tienes. —Intentar negociar con Servil era inútil, no se mostraba muy dispuesto a ello.

—Deja que me lo piense... —Aquella sonrisa, aquella maldita sonrisa—. ¡No!

Le clavó el cuchillo justo en la nuca, Victoria se giró, vio la escena y gritó de forma desgarradora. Yo solo no podía con ellos, pero junto a Victoria tenía posibilidades.

Antes de que pudiera reaccionar, ella cargó hacia delante y disparó un arco de luz hecho de magia.

—¡Estás muerto, Servil! —exclamó disparando la flecha hacia este, pero antes de que pudiera impactarle, un muro, en apariencia de sangre coagulada, salió de la nada para detener la flecha.

El hombre de la armadura azul movió su brazo para coger una de las lanzas que tenía a la espalda.

—¡Victoria, cuidado! —grité mientras corría para ponerme delante de ella, pero estaba en un estado descontrolado y volvió a tensar el arco mágico, esta vez apuntando a Alva.

Disparó a la vez que el hombre de la armadura empezó a arrojar su lanza, entonces Alva chasqueó los dedos y el mundo se detuvo.

Yo estaba aún detrás de Victoria y veía la lanza ir hacia ella, volaba a cámara lenta, al igual que la flecha que iba hacia Alva.

—Me encanta este hechizo —comentó Alva andando por la sala con tranquilidad—. Una pena que los magos de sangre únicamente podamos lanzar un hechizo a la vez, sino vosotros dos estaríais ya muertos.

Tenía razón, el muro de sangre había desaparecido después de lanzar aquel hechizo. Pensé que a Victoria le daría tiempo a reaccionar e intentar esquivar la lanza. Menos mal, porque a mí no me daba tiempo a desviarla.

—Esto va a ser divertido, mi rey, puede marcharse, ya nos encargamos nosotros, ¿verdad, Komandlach? —Ella le quitó una de sus lanzas.

Volvió a chasquear los dedos y el tiempo se reanudó, como ya pensaba, no llegué a desviar la lanza y Victoria no logró esquivarla del todo y se le clavó en el hombro izquierdo.

Nuestros dos rivales se pusieron en guardia, Alva le hizo un hechizo a la lanza y esta se cubrió de sangre a la vez que Komandlach blandió su martillo con ambas manos, dispuesto a usar toda su fuerza.

—¿Puedes pelear, Victoria? —pregunté mientras se sacaba la lanza del hombro y volvía a empuñar su arco mágico.

—Sí, pero me han dado en mi brazo bueno. —No había caído hasta ese momento en que era zurda, tensaba el arco con la mano izquierda—. Da igual, vamos a partirles en dos.

Servil salió de la sala con un hechizo parecido al de Ingelm, por lo que nos quedamos solos contra Alva y Komandlach.

—Alguna de mis hermanas debe haber escuchado algo, si les retenemos lo suficiente llegarán en nuestra ayuda. —Basarnos en un plan esperando ayuda no era lo más sensato.

—Sí, pero supongamos que tus hermanas no van a venir, tendremos que pelear a vida o muerte. —Eché un vistazo a nuestros dos rivales, no iba a poder atravesar la armadura de Komandlach, pero quizás la magia de Victoria sí podría. Además, combatir cuerpo a cuerpo contra él sería inútil—. Yo voy a por Alva, tú a por Komandlach.

No hizo falta decirle nada más, de inmediato fuimos a por nuestro oponente.

Alva era muy ágil y rápida, esquivaba mis ataques como si nada y encima su lanza no se rompió al impactar con mi espada. En parte me sorprendió, no aparentaba estar hecha de un material especial, sería el recubrimiento de sangre que le había puesto.

Contraatacaba poco, pero cuando lo hacía, eran momentos muy concretos en los que daba gracias al entrenamiento exhaustivo de los desvíos arriesgados junto a Elena. Una técnica para desviar el ataque del rival poniendo toda tu fuerza en golpear su arma con la tuya, lo cual me exponía si fallaba, pero si lo conseguía, mi rival se vería incapaz de seguir atacando. Era algo peligroso, ya que si lo utilizabas en el momento equivocado o lo hacías de manera errónea, podías acabar mal. Por suerte yo ya lo tenía dominado.

—¡Eres un luchador de lo más curioso, Axel, jamás he visto un estilo de pelea como el tuyo! —gritó Alva mientras esquivaba una patada—. ¡Diría que eres un idiota que se la juega en cada movimiento, pero parece que no lo dejas al azar, sabes lo que haces! ¡Hacía tiempo que no combatía a este nivel!

Mi mirada se desvió al combate de Victoria, ella estaba dominando la situación sin problemas.

Komandlach era más ágil de lo que parecía, aquella armadura tenía pinta de ser muy pesada, aunque él se movía bastante rápido blandiendo su martillo como si nada, con una gran fuerza. Aun así, no era rival para la agilidad y precisión de Victoria, ninguna flecha podía penetrar la armadura, pero sí desestabilizarlo con unas flechas que provocaban choques de una fuerza considerable.

Alva poco a poco me estaba ganando terreno, les pilló el truco a mis desvíos y consiguió asestar un par de patadas a mi torso, por lo que era la hora de sacar mi as bajo la manga.

Después de recibir un ataque suyo, me giré y me puse de espaldas a ella, exponiéndome. Tal y como pensé, tomó la oportunidad, metí mano en mi zurrón, cogí un buen puñado de arena y, cuando escuché que se estaba acercando, me volví y se la lancé. Ella se cubrió los ojos y empezó a atacar de manera descontrolada y a moverse hacia atrás, llegando a golpear su espalda con la de Komandlach, cayendo después del choque. Apenas pudo abrir un ojo, pero le sirvió para ver que me abalanzaba sobre ella con la espada apuntando a su cabeza. Soltó la lanza y deshizo el hechizo de esta para crear un pilar de sangre, que me empujó un par de metros atrás.

—¡Juegas sucio! —Bufó Alva intentando quitarse la arena de los ojos y la boca.

—Para jugar sucio hacen falta reglas, si querías un combate reglamentario, haberlo dicho antes. —En ningún momento eso había sido una pelea justa y se perdió todo el respeto cuando mataron a la hermana de Victoria por la espalda, no iba a darles un trato especial.

Su compañero, cuando vio que ella se chocó con su espalda, guio la pelea a otro lugar de la habitación para alejarse de nosotros. Ella retrocedió un par de pasos, todavía lavándose los ojos y por fin abriendo ambos.

Volví a abalanzarme sobre ella, aunque me detuve en seco al recibir un gran aguijonazo de dolor en el pie izquierdo.

—¿Jamás te han enseñado que hay que mirar por donde pisas? —se burló Alva con un tono de resquemor—. ¿No gritas?

Tenía una espina de sangre atravesando el pie, sentía un gran dolor, pero no pensaba gritar, como me decía Yasuda: «no muestres debilidad a tu oponente»

Me limité a sacar la espina del pie, me había hecho un buen boquete, no podía apoyarlo. Si me atacaba, estaba muerto.

—¡Tranquilo, me aseguraré de que chilles como un cochinillo!

Cargó hacia mí con la lanza de frente, a punto de asestar el golpe de gracia, pensaba desviarlo, era la única manera de salir vivo de esta.

Pero perdí el equilibrio y caí al suelo mientras ella siguió aproximándose. Tenía alguna posibilidad de evitarlo, pero debía tener una precisión perfecta, más me valía no equivocarme. Por detrás pude escuchar a Victoria gritar mi nombre con desesperación, no podía fallarle.

Justo antes de que el ataque llegara a mí, Victoria desvió el ataque golpeando la lanza contra el suelo con su arco, forzando a Alva a frenar en seco.

—Vaya, vaya, parece que la florecilla tiene espinas. —Se burló Alva mientras intercambiaba miradas de ira con Victoria.

—Dame las gracias, acabo de salvaros, si llegas a matar a Axel, haría que os retorcierais de agonía mientras os obligo a suplicar a gritos que os mate.

Por una parte, las palabras de Victoria me reconfortaron, por otra me provocaron un escalofrío, estaba claro que ella tenía mucho poder que aún no había presenciado.

Me acordé de Komandlach y miré atrás. Este estaba atado con flechas brillantes como cuerdas que le rodeaban por todos lados, él intentaba moverse, pero no era capaz.

—Oh, ¿tan importante es para ti? —Siguió Alva mientras se movía lateralmente mientras que su lanza y el arco de Victoria chocaban, examinando a Victoria, me sentí un inútil por no poder ayudar—. Probaré una nueva magia para borrar la memoria y la usaré contra él, así cuando él muera y le mires como espectro desde el más allá, llorarás al ver que no te recuerda y por mucho que intentes recordáselo, no lo hará. ¿Qué te parece eso?

Victoria estaba fuera de sí, empezó a atacar a Alva con furia, la ira la tenía consumida, arremetía contra la maga de sangre con una fuerza y velocidad que solo Clade o yo podíamos alcanzar. Alva, al verse superada y que apenas podía defenderse de sus ataques, aprovechó un pequeño momento en el que Victoria no le golpeó para chasquear los dedos y parar el tiempo de nuevo. Después se arrodilló jadeando. Estaba magullada, se notaba que Victoria le había dado una buena paliza.

Pausada y con apenas fuerzas, Alva se dirigió a Komandlach y le puso una mano a la espalda.

—Lo siento, amigo, te he fallado, a ti, al rey y a mi amado, pero lo solucionaré. —Tras dedicarle esas últimas palabras, esta se marchó y al cabo de un buen rato, el tiempo se reanudó. Entonces, Victoria vino corriendo a ayudarme.

—¡Axel! ¿Estás bien?

¿Eso no debía preguntárselo yo? La había visto fuera de sí, si conseguía controlar esas emociones, podría llegar a mi nivel o al de Clade.

—Con un boquete en el pie, pero bien, has estado increíble. —Ella me ignoró por completo, ya que nada más decirle que estaba bien, se marchó a por Komandlach con una mirada que no me gustó nada.

Empezó a examinar la armadura y entonces descubrió como quitársela.

Empezó a hacerlo por los brazales mientras que las flechas le seguían reteniendo, yo la miraba sin entender bien qué quería hacer.

Ella creó una flecha mágica en su mano derecha y se la clavó en el antebrazo, Komandlach intentó retener un grito de dolor, pero no pudo.

—Pienso hacerte sufrir. A no ser que me des información valiosa. En ese caso, te daré una muerte rápida. —Mierda, sí que estaba fuera de control.

—¡Idiota, soy el comandante de la *élite*, ¿en serio crees que voy a hablar?! —Le clavó otra flecha en respuesta a su pregunta.

—No contaba con ello —le respondió, yo suspiré hondo viendo en el estado en el que se encontraba, no estaba seguro de querer presenciar aquello.

—Victoria, para, tú no eres así, no merece la pena torturarlo.

Ella me miró con lágrimas en los ojos, sabía cómo se sentía, igual que yo cuando me encontré al asesino de mi padre, sin embargo, esa no era la respuesta que había que dar.

La mano le empezó temblar, se notaba que estaba dudando, no sabía qué hacer, su cabeza le decía una cosa, pero su corazón otra.

—Eres lamentable, ¿en serio estás dudando? —Aquello era justo lo que le faltaba a Victoria, que Komandlach la provocara—. Los *halcones de fuego* dais una pena que no os podéis imaginar, si seguís vivos es porque la rata alada es otro ser lamentable que no es capaz de terminar el trabajo.

Victoria le golpeó en la cabeza con tal fuerza que su casco salió volando.

—Con rata alada te refieres a Gelmin, ¿verdad? —No obtuve respuesta, estaba claro que él era un soldado entrenado—. Claro que no vas a hablar. Bueno, diría que ha sido un placer, Komalache o como narices te llames, pero el placer va a ser todo mío.

—Lo mismo digo. —Esas fueron las últimas palabras de Komandlach antes de recibir una puñalada en la sien.

El silencio inundó la sala, Victoria estaba destrozada, ya no lloraba, se quedó de rodillas mirando al suelo, abatida. Yo quería levantarme y apoyarla, pero no podía moverme con el pie en aquel estado, me dolía una barbaridad y cada vez más. Aun así, intenté levantarme para abrazarla, aunque el dolor me hizo ceder al suelo de nuevo.

—¡Axel, no hagas esfuerzos! —gritó Victoria acercándose a mí para ayudarme. En cuanto estuvo a mi alcance la estreché entre mis brazos.

—Calla, tú necesitas más ayuda que yo ahora mismo.

—Gracias. —Me estrechó con fuerza mientras retenía sus lágrimas.

Al cabo de un rato aparecieron el resto de las hermanas y sus dos madres. Al instante la habitación se llenó de llantos y lamentos. Mientras Victoria les contaba la situación, ellas maldecían el hecho de haber tardado en llegar, estaban haciendo lo que les ordenó Ghila, les dijo que no molestaran durante la reunión. Pero al escuchar ruido de pelea, vacilaron antes de entrar.

—Han matado a una hermana y a una de nuestras madres, Servil no va a salir impune de esta —afirmó entre lágrimas una de las hermanas pequeñas—. ¡Victoria, nos uniremos a los *halcones de fuego* para vengarlas!

Todas estaban de acuerdo con esa idea, incluso Victoria, a mí en parte me parecía interesante el hecho de que se unieran a nosotros, eran arqueras entrenadas desde su nacimiento, pero, por otra parte, podrían causar algunos problemas por sus ideas.

Al regresar, pensaba encargarme de Gelmin.

—Vera, ¿puedes curar el pie de Axel? —preguntó Victoria.

Su hermana asintió y me curó el pie con magia, escocía y dolía más de lo que pensaba, aunque lo podía aguantar.

Aun así, el pie me seguía doliendo.

Llegamos a los caballos y antes de seguir, nos despedimos de las descendientes de Helia.

—De momento, nos quedaremos aquí, pero cuando os haga falta nuestra ayuda, no dudéis en avisarnos —informó Frelina abrazando a Victoria con fuerza.

—Por supuesto, madre, ahora que hemos hecho las paces, va a ser muy duro estar lejos de vosotras. —Victoria empezó a despedirse una por una, a la par que Frelina se acercó a mí.

—Axel, me gustaría hablar con mi madre. —Nada más decirlo, Helia apareció justo a mi lado, yo la miré y asentí en señal de que ya estaba aquí. Me preparé para repetir sus palabras—. Siento haberte dicho aquellas últimas palabras, todos los días me arrepiento de ello. Cuando me enteré de que habías muerto, yo perdí todas mis ganas de vivir, no sabía cómo seguir sin ti.

—Ya imagino, fueron palabras desde la rabia, no podías saber lo que iba a pasarme. Eres mi hija, estas más que perdonada.

—¿Por qué has tardado tanto en volver, madre? No ha sido por culpa de Axel, ¿verdad? —Soltó con una mirada amenazante.

—En parte sí, mi cuerpo objetivo era el de Victoria, pero para mi suerte, Axel se interpuso, si no lo hubiera hecho no habría visto lo equivocada que estaba y vosotras no habríais abierto los ojos y perdonado a Victoria. —Me sorprendieron las palabras de Helia, era la primera vez que hablaba desde la sinceridad absoluta—. Por favor, hija, haced el esfuerzo de cambiar las costumbres. A través de las memorias de Axel he sentido que estaba equivocada, sobre todo con el tema de los hombres. Pude ver de primera mano cómo en su mundo se gestaba este dilema, pero de manera contraria y viendo cómo se gestionó y los cambios que se hicieron, me he dado cuenta de que se puede cambiar.

—Entiendo, madre, me esforzaré en ello y, por cierto, Axel. —Me tendió la mano—. Gracias por cuidar de Victoria.

—Bueno, esta vez ha sido ella quien ha cuidado de mí —respondí con honestidad mientras nos dábamos un apretón de manos—, prometo que nos vengaremos de Servil y pondremos fin a su reinado.

—No dudo de ello, intentaré hablar con la reina de los altos para que os apoye también, pero de momento podéis contar con nuestros arcos.

Me despedí de ella y del resto y emprendimos el camino de vuelta a la fortaleza. Cuando eché la vista al frente, vi que Victoria llevaba otro arco distinto al que tenía.

—Ese arco es nuevo, ¿verdad? —pregunté dudando un poco, yo juraría que era distinto al que tenía antes, este era negro con decoración de serpientes rojas por toda su extensión.

NACIDO EN LA GRIETA I

—Sí, es el arco de mi abuela, me lo han dado mientras Vera te curaba la herida, ellas confían en mí. —Al hablar se le inflaba el pecho de orgullo—. No voy a decepcionarlas.

—De eso estoy seguro, ¿tú que piensas, Helia? —pregunté para saber lo que pensaba sobre que Victoria heredara su arco.

—Creo que es la indicada, tiene una habilidad excepcional. —Yo se lo transmití.

—Eso me reconforta mucho y Axel, gracias por acompañarme. Si hubiera ido sola, igual anoche habría dormido en el bosque.

—No hay de qué, es lo mínimo que puedo hacer.

—No, no tenías porqué venir y lo has hecho, muchas gracias.

—Vale, pero deja de agradecerme tanto, que me siento incómodo.

—¿De verdad? —Ella puso una sonrisa pícara en su rostro—. ¿Te he dicho ya lo mucho que te lo agradezco?

—De verdad —suspiré mientras me reía entre dientes—, ni pienses en compensarme, no lo aceptaré.

—Y yo que pensaba regalarte un caballo blanco... —bromeó.

El camino de regreso lo hicimos más tranquilos, tomamos otra ruta poco conocida para que no nos llegarán posibles emboscadas por culpa de Gelmin.

Nos detuvimos en un par de pueblos para descansar y comprar algo de comida. Allí vivían los altos, eran muy parecidos a los del *reino azul*, pero a ellos les gustaban mucho las florituras. Todas las puertas, pomos, columnas, todo tenía decoraciones de animales.

La noche que acampamos en el exterior escuchamos un caballo galopar en nuestra dirección. El corazón se me paró por un instante, sin embargo, me puse en marcha de inmediato.

Desperté a Victoria, esta escuchó el sonido y se puso alerta también. Ambos nos quedamos agazapados entre los arbustos esperando ver quién se dirigía hacia nosotros.

El galopar se detuvo y oímos pisadas dirigiéndose hacia nosotros, Victoria preparó una flecha, lista para acabar con quien quisiera que fuera. Yo me preparé para abalanzarme sobre nuestro perseguidor, poniendo todo mi cuerpo en tensión.

—Victoria, soy Mancinella y conmigo está Belladona. —Ella bajó el arco, pero se mostró preocupada.

—¿Qué hacéis vosotras aquí? —preguntó dirigiéndose hacia ellas—. ¿Cómo nos habéis encontrado?

—¿Te has olvidado de que tengo magia de alteración en vez de magia de combate? —dijo la mayor de las dos—. Belladona cabalgaba mientras yo utilizaba el hechizo de rastreo y estamos aquí porque nos queremos unir a los *halcones de fuego*, no podemos esperar a la acción, como hará el resto de nuestras hermanas.

Victoria suspiró y se dio la vuelta.

—Pues a dormir, mañana entraremos en el territorio azul y pronto llegaremos a la fortaleza, ya conocéis a Axel. Axel, la pequeña con el pelo violeta y blanco es Belladona y la del pelo verde es Mancinella.

Esta última se parecía bastante a Helia y no solo era por su color de pelo, pues tenían casi la misma cara.

Las saludé y ellas me devolvieron el saludo con alegría, pero de una manera un tanto forzada.

Ellas desarrollaron sus sacos de dormir y se pusieron al lado de las ascuas de la hoguera.

—¿Alguien de la familia sabe que estáis aquí? —Ellas negaron con la cabeza a la pregunta de Victoria—. Genial. Por favor, no quiero enterrar a otra hermana.

—No te preocupes, no va a pasar. —Intentó tranquilizarla Belladona.

Pero no lo hizo, seguro que no durmió en toda la noche.

Todavía no despuntaba el alba cuando empezamos a preparar nuestros caballos.

—Es la primera vez que voy a estar en el *reino azul*, alguna vez he estado en el territorio de los *exiliados*, pero jamás en el *azul*. —Los ojos de Belladona brillaban al decir esas palabras.

—Te va a encantar —dije.

—¿Tú eres de aquí, Axel? —preguntó en respuesta Belladona.

—Bueno, es una larga historia, pero digamos que sí —mentí a medias, para no tener que estar dando explicaciones.

—Bueno, tenemos tiempo para escuchar esa historia —comentó Mancinella mirándome de reojo.

—Vale, allá vamos, ¿por dónde empiezo?

En el camino me di cuenta de que Belladona era muy curiosa y enérgica. Mancinella era más tranquila y paciente. Ambas mostraron mucho interés en mi historia.

Después de pasarme todo el camino narrando mis vivencias, al fin llegamos a la fortaleza, todo el mundo estaba contento, pero faltaban unas cuantas personas, entre ellas Ingelm y Selina, que se habían ido de misión.

Lo primero que hice nada más llegar fue buscar a Gelmin y lo observé preparando un virote mensajero, esa era la oportunidad perfecta, bajé del caballo y fui directo a él.

—¡Rata alada! —De manera inconsciente se giró, delatándose—. ¡Lo sabía!

—Mierda... —se quejó en voz baja—, ¿por qué gritas eso, Axel?

—¡No disimules, desgraciado, no voy a ser discreto, basta de mentiras, Gelmin! —Me encaré a él hasta que nos separó menos de un metro de distancia, extendí mi mano para que me entregara la nota del virote que aún no había cargado—. ¡Dámela!

—Axel, ¿qué estás haciendo? —Era la voz de Carlia, estaba detrás de mí, pero no podía responderle en ese momento.

—Gelmin, no te lo voy a repetir, dame la nota —insistí amenazador por última vez.

—¿La quieres? —dijo Gelmin mientras cargaba el virote—, ¡tómala!

Él intentó dispararme, pero lo esquivé con facilidad.

Al girarme unas gotas de sangre me salpicaron con fuerza la cara, las entrañas se me encogieron viendo aquella imagen.

Le había dado en el corazón a Carlia. Esta tardó un par de segundos antes de desplomarse y fallecer.

Le di un puñetazo a Gelmin, del cual casi cae inconsciente, y le agarré de la camisa.

—¿Por qué? —grité de frustración.

Necesitaba saber por qué había traicionado a su hermana y a sus amigos o al menos eso pensaba que era, un amigo.

—¡Los *halcones de fuego* deberían haber muerto el día que atacaron el antiguo campamento, solo tenía que sobrevivir yo junto a Ingelm y Selina, pero tú tuviste que llegar para salvar a los heridos, a Carlia y a Fhilen! —Gelmin exclamaba triste y frustrado, lloraba mientras me miraba con cara de loco—. ¡Esta lucha es inútil! Es imposible matar a Servil, los *halcones de fuego* no pueden hacerlo, por eso acepté la oferta que me hicieron los gemelos Fremlio y Granciso.

» A cambio de espiar para ellos y acabar con los *halcones*, nos iban a dar una vida de lujos a mí y a mis hermanos. ¡Pero tuviste que matar al blindado! ¡Solo tenías que morir y todo habría salido según lo planeado!

—Me pregunto si tus hermanos estarán de acuerdo con lo que estás diciendo. —Le agarré de ambos brazos para llevarlo al calabozo de la fortaleza—. ¿Estabas dispuesto a sacrificar y matar a todos los que hicieran falta para apartar a tus hermanos de sus sueños?

—¡No sabes ni la mitad, seguro que tú también harías eso por los que te importan! —Empezábamos con las lecciones morales, ¡de verdad! Odiaba esa clase de cosas.

—¿Sabes la cantidad de veces que he escuchado esa frase como justificación de algo terrible? —interrogué recordando las historias que me contaban Yasuda, Slayer y Tina de gente a la que habían matado y todos decían algo parecido—. Piensa o dime lo que quieras, la moral es algo ambiguo, lo que para ti está justificado, a mí me resulta repulsivo, sobre todo porque querías arrebatarles a tus hermanos su sueño a cambio de una vida acomodada —No me apuntabas a mí, ¿verdad? —Señalé a Carlia con la barbilla, el disparo había sido demasiado preciso como para que me apuntará a mí.

—Sí y no, pensaba que así me dejarías ir para intentar socorrerla y si te daba a ti, seguro que no me ibas a seguir, pero no pensé que no la ayudarías. —Un disparo a la desesperada, si no le hubiera dado directamente al corazón, sí que hubiera ido, sin embargo, el cabrón había sido infalible.

Nacido en la grieta I

La gente empezó a acudir donde estábamos, empezaron a hacerse cargo del cuerpo de Carlia con una manta, entre llantos y lamentos, ella era un pozo de sabiduría. Gracias a ella aprendí el idioma y gran parte de la historia de ese mundo, además de conocer que mi madre era la primera ascendida, la iba a echar mucho de menos.

Empecé a llevarme a Gelmin al calabozo. Las llaves estaban justo en la entrada, las agarré y le quité los virotes que tenía y cualquier cosa que pudiera usar, acto seguido lo metí en la cárcel y cerré la puerta.

Él se sentó, rendido, ya se acabó, pero entonces había otro problema, Selina e Ingelm.

NACIDO EN LA GRIETA I

CAPÍTULO 11
ULTIMO VIROTE DE GELMIN

La nota estaba empapada en sangre, pero por suerte aún era legible. Tan solo informaba de mi vuelta, una nota breve, aunque útil, escrita de manera muy apresurada. Seguro que la escribió nada más vernos en el muro.

A la mañana siguiente llegaron Selina e Ingelm junto con un puñado de soldados, un par de ellos heridos, y una carreta llena de armas.

—¡Ha sido todo un éxito! —gritó Selina triunfal—. ¡Han sido superados por completo! No se esperaban que les rodeáramos, no hemos tenido ni una sola baja. Además de armas había un soldado con información sobre el próximo movimiento de Servil.

Selina se dio cuenta del ambiente sombrío que había en la fortaleza, avancé para darle las malas noticias, ella bajó de su caballo y se acercó a mí sonriendo, pero extrañada por el ambiente.

—¡Vamos, todo va mejor que nunca! —Yo no podía ni siquiera fingir una sonrisa, iba a ser muy complicado—. ¿Qué pasa?

Saqué la nota empapada en la sangre de Carlia y se la di, Selina la agarró sin entender muy bien lo que estaba pasando y la leyó, se quedó en *shock*, dejándola caer en el suelo.

—Es la letra de Gelmin... —murmuró con la mirada perdida, le costaba creer que su propio hermano era un espía—. ¿Por qué está empapada en sangre?

—Se la disparó a Carlia, en un principio quería dispararme a mí, pero esquivé el virote y le dio a ella en el corazón, murió al instante. —Le puse una mano en el hombro mientras le informaba de la manera más calmada posible—. Lo siento mucho, Selina.

Ingelm, que estaba detrás, se sentó en el suelo, también descolocado.

—Mi propio hermano... —susurró.

—¿Dónde está? —preguntó Selina.

—En el calabozo, te acompaño, no puedo dejarte ir sola, no en este estado. —Mejor decirle la razón por la que no podía dejarla ir sola, no sabía qué haría cuando lo viera.

—Lo entiendo —admitió antes de seguirme.

Ingelm, en cambio, se quedó dónde estaba, sin fuerzas para poder moverse.

Al llegar, Gelmin ni levantó la cabeza, Selina se acercó todo lo que pudo a los barrotes e intentó retener las lágrimas, pero no lo consiguió.

—¿Por qué? —Esas fueron las únicas palabras que salieron de su boca y fueron suficientes para tocar el corazón de Gelmin, que se puso a llorar también.

—¡Porque quería una buena vida para los tres! ¡Toda la vida escapando, robando para vivir y para pagar la escuela de magia a Ingelm, todo para que lo tiréis por la borda por el estúpido sueño de los *halcones de fuego*! —No era capaz de mirar a su hermana a la cara—. ¡Ojalá Carlia no se hubiera cruzado con nosotros aquel día!

—¡He escuchado suficiente, Gelmin! ¡Yo, Selina, líder de los *halcones de fuego*, ordeno tu ejecución para esta misma tarde! —El corazón se me detuvo, no había necesidad de llegar a ese extremo, Gelmin ya estaba detenido.

—Selina, piensa con claridad, estás tomando decisiones precipitadas, dale un par de vueltas esta noche y mañana toma una decisión. —Intenté hacerla entrar en razón.

—¡Ya he tomado una decisión! ¿Dime algo, Gelmin? —exclamó dándome la espalda—. ¿Cuánto tiempo llevas mandando notas? ¿Alguna maldita vez me has dicho la verdad?

—Nunca te he mentido, ya te dije que enviaba las notas a una chica que me gustaba de la ciudad, Alva es quien las recibe, la única persona que en realidad se ha preocupado por mí. —Selina golpeó los barrotes en cuanto escuchó aquellas palabras.

—¡Desgraciado! ¿Cuántas cosas he hecho por ti? Dime, ¿cuántas?

Podría dejarlos solos, pero a ese paso Selina abriría la puerta y lo mataría con sus propias manos.

—¿Y cuántas veces has estado cuando te necesitaba? —grito Gelmin levantándose para encararla —. ¡Siempre haciendo cosas por Ingelm mientras que yo hacía las tareas más peligrosas porque tú no podías, ya que tenías que cuidar de él! ¡Si no fuera por Alva, yo y seguro que vosotros dos, estaríamos muertos, deberíais darle las gracias!

—¿Qué tiene que ver Alva en todo esto? —interrogó Selina sin gritar, algo más tranquila.

—Oh, ahora te preocupas, muy bien, hermana. ¿Quieres saber lo que pinta Alva en todo esto? —Por el tono que estaba empleando Gelmin se notaba que era algo que tenía guardado por mucho tiempo—. ¡Déjame contarte lo que pasó cuando me dejaste abandonado a mi suerte!

» Un día fuimos a robar a la casa de unos nobles, cuando yo tenía dieciséis años, tú veintiuno e Ingelm catorce, ¿lo recuerdas? Tú decías que apenas tenía seguridad, que la habías estado vigilando. Yo insistí en dejar a Ingelm fuera, como de costumbre, pero no, tú querías que él viniera.

» Entramos por la ventana del tercer piso a través del campanario que había al lado. Aquella mansión me daba escalofríos, animales disecados y huesos por todas partes, pero a ti te daba igual. Seguimos adelante agarrando todo lo que había de valor, hasta que abrí la puerta de una habitación y me encontré de bruces con un guardia que me agarró del brazo. Tú gritaste que volverías a por mí después de dejar a Ingelm y os marchasteis. Por suerte, el guardia era un títere de magia de sangre hecho por Alva.

» Conseguí razonar con ella y accedió a soltarme, le conté mi situación y ella a mí la suya. Nos compadecimos de manera mutua, ella me dejo ir y me entrego un puñado de suministros. Desde entonces, iba a verla regularmente y cuando me iba, ella me daba comida para vosotros.

» Entonces fue cuando apareció Carlia con la mierda de los *halcones de fuego* y a ti te encantó. Cuando se lo dije a Alva, ella ya era parte de la corte del rey y dos meses después fue cuando se presentaron los gemelos en la última cita que tuvimos Alva y yo. Si no hubiera sido por ella, esos dos me habrían matado y luego habrían ido a por vosotros. Consiguió detenerlos para que no lo hicieran y se le ocurrió que yo podía ser un espía con el truco de los virotes mensajeros, les podría pasar información con facilidad.

» Alva dijo que mis hermanos y yo íbamos a acceder a ayudarles, en realidad mintió, pero fue para protegeros, ella sabía que, por mucho que os guardara rencor, no iba a dejaros morir. Antes de marcharme, fui a verla y soñamos con una vida acomodada. Tú, Ingelm y yo como nobles viviendo una vida larga y desahogada. Me casaría con Alva y sería una vida de ensueño.

» El día del discurso del rey, Clade mataría a Carlia y a los dos soldados que nos acompañaban y a vosotros dos os meterían en la cárcel por un tiempo hasta que fuera noble y pudiera sacaros.

—Por eso yo no planeo toda mi vida, planeo a corto plazo y el resto lo voy improvisando, así si sucede un gran cambio, no me fastidia el resto de mi vida.

No sé por qué se lo dije, me salió solo, planearse toda la vida de manera meticulosa era inútil, nunca sabías por donde te iba a salir. Como una vez me dijo mi padre, la vida era lo más parecido a una montaña rusa.

—Que te jodan, Axel. —La voz de Gelmin era de desprecio, se notaba que ya no quería escuchar mi voz—. ¡Todo es culpa tuya!

—Créeme, Gelmin, esta es la decisión más difícil que he tenido que tomar, pero voy a mantenerla. —Parecía que Selina lo tenía muy claro—. Serás ejecutado esta misma tarde.

Selina se marchó y fui tras ella, creía que aún podía convencerla de que no lo hiciera.

—Selina, por favor... —Era la última vez que le iba a insistir.

—No, Axel, he tomado una decisión. —Una vez salimos, marchamos a la sala de reuniones, donde ella rompió a llorar. Agarró la silla donde se solía sentar Gelmin y la estampó contra la pared, rompiéndola en mil pedazos—. ¡Maldito idiota!

—Selina, tranquilízate, romperlo todo no va a solucionar las cosas. —Justo cuando fui a agarrarla para que dejara de romper el mobiliario, se sentó y hundió su rostro entre sus manos.

—¿Por qué es tan difícil saber lo que está bien y lo que no? —Yo me quedé callado, no sabía si esperaba una respuesta—. Todo el mundo piensa que soy una líder que sabe lo que hacer en todo momento, pero en realidad Carlia era de gran ayuda, muchas veces era mi voz de la razón, ahora que no está... No sé qué voy a hacer.

—Ya... —Ellas dos estaban muy unidas y por lo que había contado Gelmin, fue quien le habló de los *halcones de fuego*—. ¿Como te convertiste en la líder de los *halcones de fuego*?

Intentaba animarla, aunque igual recurrir a los recuerdos no era lo mejor en ese instante, aun así Selina suspiró y me respondió.

—Después de encontrarme con Carlia, la cual estaba buscando refugio para pasar una noche de lluvia. Era miembro de una rebelión y nos preguntó si nos queríamos unir. Aquella era la manera ideal de vengarse de la vida que me había tocado vivir, aquella era la venganza perfecta contra aquellos padres que nos abandonaron.

» Yo acepté el trato y con mis hermanos los acompañamos, al principio solo estaban ella, Fhilen y cuatro personas más, entre ellos Lev, quien me enseñó todo lo que sé sobre táctica. Era un arquero excepcional, por su edad, sus habilidades ya no eran como antaño, aunque era un gran maestro táctico, además de un arquero legendario.

» Tras un par de años, falleció por causas naturales, en su testamento escribió que yo sería la líder de los *halcones de fuego*. Así ocurrió y dos años después, apareciste tú.

—Joder, ¿reuniste el campamento y todo lo que vi en solo dos años?

—Carlia me ayudó mucho, pero en el último año al cargo de Lev conseguimos formar un grupo considerable, aunque no era ni la mitad de grande que el que teníamos cuando llegaste tú. —Ella se levantó para salir de la tienda—. Hora de preparar la ejecución.

Parecía que nada ni nadie le iba a hacer cambiar de idea. Preparó un tocón y una cesta para acabar con la vida de Gelmin, ella sería la mano ejecutora.

—Siento que tus hermanas tengan que presenciar esto en su segundo día aquí —dije a Victoria, que estaba justo a mi lado.

—No pasa nada, ya les he comentado la situación, Belladona está de acuerdo, pero Mancinella piensa que es una medida exagerada. —Coincidía con última, pero aun así la decisión la tenía que tomar Selina.

Entonces apareció Gelmin encadenado y siendo guiado a su muerte por su hermano Ingelm, que no pudo retener sus lágrimas. Lo puso en posición y Selina blandió el hacha.

—¿Últimas palabras, hermano? —preguntó su hermana antes de acabar con su vida.

—Decirle a Alva que siempre la he amado.

Tomó su muerte con una sonrisa en el rostro, yo aparté la mirada justo cuando iban a cortarle la cabeza, no quería ver aquella imagen.

De repente, me quedé sin respiración, me entró un escalofrío terrible, sabía lo que significaba eso. Le había pasado algo terrible a Gelmin. Tendría que haber entregado ya otro virote mensajero, pero no era el caso.

Debía asegurarme de informar bien al rey de mi fracaso ante la nieta de Helia y Axel, ya llevaba dos días de retraso.

Entré en la sala y realicé un *prometero* militar para saludar al rey como de costumbre.

—Me imagino que la ausencia de Komandlach se debe a que ha perecido. —Servil tan implacable como siempre—. Está bien, Alva, no esperaba que ninguno de los dos salierais con vida, ya has sobrepasado mis expectativas.

—Aun así, le he fallado, mi rey, a usted y a Komandlach. —Era la verdad y debía admitirlo.

—Con cualquier otro esto significaría un destierro, pero tú todavía puedes ser útil. —Sabía cuáles iban a ser las siguientes palabras—. A partir de ahora volverás a la torre donde estaba Helia y no saldrás de allí hasta que completes el proyecto que tienes, solo de esa manera podremos contactar con Gherman.

—Sí, mi rey, no le fallaré esta vez. —Me dirigí a la puerta, pero tenía que saber si había ocurrido algo con Gelmin—. Sé que no tengo ningún derecho a preguntar, pero ¿sabe algo de la rata alada?

—No, una de dos, o ha decidido dejar de informarnos o ha encontrado la muerte, que es lo más probable. —Preferí pensar en la primera opción, pero si era así, significaba que al final no podríamos estar juntos. Gelmin y Komadnlach eran las únicas personas que me habían tratado como a alguien más y no me querían por mi poder—. Puedes marcharte.

Si Gelmin había muerto, era porque uno de esos sucios rebeldes le había descubierto. Pensaba encontrar al responsable y provocarle la mayor cantidad de dolor posible antes de matarle.

Justo cuando crucé la puerta estaban los gemelos Fremlio y Granciso esperándome.

Siempre me habían resultado curiosos, pese a ser idénticos, uno era muy bajo y el otro bastante alto. Eso era lo único que los diferenciaba y menos mal, porque en el resto de las cosas eran iguales, hasta en el combate y en la manera de escribir y hablar.

—Ya sabes, lo típico —comentó Granciso encogiendo los hombros, eso significaba que me llevarían a través de un portal. Odiaba los portales, me daban náuseas. Además, ¿Servil no dijo que iba a librarse de estos dos idiotas?

—¿No podemos ir andando? —Ambos negaron con la cabeza—. ¡Dadme una razón!

—Tenemos una misión dentro de poco, así que no hay mucho tiempo —suspiré y accedí a usar el portal.

—¿Hace cuanto lo sabíais? —preguntó Selina, lo mejor iba a ser no mentirle.

—El día que Kinita contó lo que pasó cuando la saqué del castillo, Gelmin le dijo algo que la hizo sentir incómoda. También, mientras Kinita contaba la historia, él dijo: «vaya mentira». Lo hizo en tono bajo y solo lo escuché yo. —Creía que no me había dejado ningún detalle, esperaba que no se tomara demasiado mal el hecho de que no se lo hubiéramos dicho. No teníamos pruebas suficientes para decir que era un traidor.

—Si me lo hubierais dicho, yo habría actuado con cautela y habría buscado una mejor solución y ahora Carlia no estaría muerta. —Era posible que Selina tuviera razón, pero era muy fácil hablar a agua pasada.

—Entiendo lo que dices, aunque al tratarse de tu hermano tus actos podían ser impredecibles, no queríamos arriesgarnos a que te enfadaras e hicieras alguna estupidez, porque te recuerdo que la única prueba era mi palabra. —Conforme hablaba, ella me miraba como si estuviera a punto de estrangularme—. Selina, no me mires así, deja de buscar culpables a lo que ha pasado, nadie tiene la culpa de nada, ¿me entiendes?

Ella le pegó una patada a su silla y se plantó justo delante de mí mirándome con fijeza, tan cerca que podía sentir su aliento. Esa situación ya me la había planteado, no me moví ni pestañeé, me quedé sentado, observándola impasible.

—¡Si quieres decirme algo, me lo dices a la cara, Axel! ¿Tienes algún problema? —Ella intentaba intimidarme, pero solo había una persona en el mundo que podía hacerlo con eficacia y esa era Tina.

—Sí —respondí para sorpresa de todo el mundo—. Como líder no debes dejarte llevar por los sentimientos y de eso se encargaba Carlia. Ahora que no está, te va a tocar aprender a frenarlos, porque da igual lo brillante que seas si te dejas llevar por las emociones. Debes ser más fría y calculadora, las emociones descontroladas son un peligro, debes aprender a controlarlas o todos acabaremos mal.

Estaba claro que su cabeza era un caos, se fue para atrás y se sentó de nuevo, todo el mundo nos observaba con los ojos bien abiertos. Yo no pensaba tomar el puesto de Selina, ni me acercaba a su nivel de inteligencia, pero sí que podía intentar cubrir ese hueco que había dejado Carlia.

—¡Eres un cabrón! —se limitó a decir Selina, sonriendo—. Está bien, Axel, ¿crees que podrías ocupar el puesto de Carlia?

Yo asentí en respuesta.

Era posible que su cabeza estuviera al mismo nivel o superior que la de Servil, solo que él tenía más experiencia y menos escrúpulos. Sería digno de ver una batalla ente dos ejércitos comandados por ellos.

—Bueno, lo pasado, pasado está, ahora centrémonos en nuestro próximo movimiento, escuchad atentamente.

Selina agarró cinco hojas de papel y colocó cuatro de ellas en la mesa grande que estaba en un extremo de la habitación. Todos nos levantamos para mirar, las hojas eran retratos de Clade, Alva y dos personas más que eran idénticas. Tenían escrito en cada uno de los papeles «alto, bajo», imaginé que serían los gemelos que había mencionado Gelmin. Era raro porque no estaban en la corte cuando fui

—¿Qué es todo esto? —pregunté confuso.

—Estas son las cuatro personas que aún protegen a Servil, los más peligrosos al menos —continuó Selina—. Para matar a Clade necesitaremos el colgante de Grock, si bien Axel puede hacerle frente, necesitará un as bajo la manga para poder acabar con él.

Enseñó la quinta hoja, no tenía retrato, solo la silueta de una persona y un interrogante en el centro.

Tenía razón, con ese as bajo la manga me podía asegurar la victoria. Sin embargo, Clade ya no era parte de la corte, dijo que tenía que solucionar un cabo suelto y Servil no iba a formar parte de su plan.

—Creo que eso no será necesario, Clade me dijo que ahora Ángela está a salvo, tenía que ocuparse de algo antes de buscarme —comenté en voz alta.

—Será necesario. Clade, si hace falta, intervendrá para enfrentarse a ti, si eso ocurre tienes que estar preparado. — Selina tenía razón, Clade era capaz de hacer algo así para poder pelear conmigo—. Además, ese cabo suelto creo que se trata de Gherman, el mago de sangre, el creador de los *hijos del dragón* y no se sabe si también el de los *mercenarios dragón*.

—¿Pero Gherman nos interfiere para algo? —pregunté mientras recordaba lo que me dijo Carlia sobre la leyenda de la espada azulada, si hacía falta lo mataría, pero si no, no pensaba desviarme.

—No y en teoría no nos hace falta ir a por él bajo ningún concepto, no obstante, hay que tener ese factor en cuenta, porque puede que Gherman también esté buscando a Ángela, igual esa es la razón por la que Clade quería protegerla. —Las palabras de Selina me tranquilizaron—. Por suerte sé dónde encontrar a Alva o a los gemelos.

Se marchó al tablón con el mapa y remarcó la frontera del territorio de la noche eterna.

—Servil va a empezar atacando al reino que he marcado, lo sé por la nota que llevaba un soldado, que protegía el suministro de armas que atacamos el otro día. El papel dice que es el territorio más débil de todos, por lo que son una presa fácil —informó Selina mientras marcaba con un trozo de carbón cuatro puntos muy juntos cerca de la frontera—. Estas son las ciudades o más bien pueblos que puede atacar. Vendrán Alva o los gemelos Fremlio y Granciso, son batallas demasiado importantes como para dejarlas en manos de simples soldados, por lo que mandará mínimo a uno de esos tres, además de a varios *élites*.

» Pediré una auditoría con el rey del territorio, lo más probable es que nos rechace, con independencia de su respuesta nos quedaremos en las ciudades y esperaremos el ataque, solo vamos a interferir si vemos a uno de nuestros objetivos.

» Además, como cada uno estaremos en una ciudad, utilizaremos algo que le he visto a las hermanas de Victoria, una flecha que desprende humo de colores en el cielo. No es lo más discreto, pero por lo menos nos servirá para poder comunicarnos. Tengo que hablar con alguna de ellas para aprender cómo usarlas, ¿alguna pregunta?

Todos negamos con la cabeza, estaba claro como el agua.

—Bien, podéis volver a vuestros quehaceres. Axel, Victoria, sus hermanas e Ingelm me acompañaran a hablar con el rey para ayudarles con la defensa. —Tras las palabras de Selina, Kinita se levantó indignada.

—¡¿Por qué no voy yo?! —preguntó.

—Porque ellos te conocen y lo más seguro es que sabrán tus trucos, movimientos y cómo de fuerte eres. —Las palabras de Selina hicieron que Kinita se callara—. Además, ellos solo conocen a Axel y Victoria, por lo que tengo entendido, y ambos ya se han enfrentado a Alva y pueden ganarle en una pelea, ¿verdad?

Victoria y yo cruzamos miradas recordando lo mal parado que salí yo de nuestro encuentro con Alva y Komandlach, yo estaría muerto si no fuera por ella.

—Más o menos, si se guarda un as bajo la manga será un gran problema, pero ahora que me conozco la mayoría de sus trucos puedo ganarle —dije con confianza, ahora bien, como ella tuviera alguna sorpresa preparada me iba a causar problemas, pero si era necesario activaría el poder del fénix. No quería confiar en usarlo por si no ocurría como la última vez y volvía a acabar malherido.

—Suficiente para mí, bueno, ahora a descansar, mañana se avecina un día largo —dijo Selina disolviendo la reunión.

Esa noche no iba a haber fiesta, eso seguro. Todo el mundo estaba cabizbajo y con motivos, teníamos una rata y era una pieza importante, Gelmin era un excelente cazador y traía mucha comida. Por Ahora debíamos salir más de caza, pero nos apañaríamos.

La fortaleza estaba lista para rendir al máximo, tenía dos barracones de hasta veinte personas y habitaciones individuales para diez. De momento aún no teníamos los barracones llenos, pero podría ocurrir que viniera otro grupo de personas y, en ese caso, nos tocaría dejarlos acampar en el exterior. Cuando terminara la misión podríamos ampliar los límites del lugar para hacerlo más seguro.

—¡Axel! —gritó la voz de Ángela a lo lejos, miré y la vi jugando con otros dos niños de su edad, bueno, de su supuesta edad. No quería que viniera nadie con niños por lo que pudiera pasar, pero Selina insistió en que sería bueno, ya que pensaba que aquí estábamos seguros—. ¡Ven a jugar!

Me acerqué a donde estaban y los otros dos se me quedaron mirando atónitos.

—¿Él es Axel? —dijo un niño alucinado al verme.

—¡Mamá me ha contado que él fue el primero de la historia en matar a un *élite,* dice que es la persona más fuerte de los *halcones de fuego*! —No pude evitar sonreír, me sentía halagado—. ¡Ángela dice que la estás entrenando para que sea capaz de matar un *élite*! ¿Es eso cierto?

—Sí, la estoy entrenando y al paso que va, dentro de poco podrá enfrentarse a algún rival de verdad. —Lo del *élite* había sido una exageración de Ángela, pero era normal, quería impresionarlos—. En realidad, cualquiera de vosotros puede hacerlo con empeño y mucho entrenamiento.

Los dos me miraron con admiración.

—¡Nicolás, ya está la cena, Carlo, te llama tu madre! —gritó una mujer con un delantal manchado de harina.

—Ya la habéis escuchado, ¡venga, marchando! —Ellos se fueron con una amplia sonrisa con sus respectivos padres—. ¡Has hecho amigos, por lo que veo!

—Supongo, ya que tú no te quedas mucho por aquí... —Lo que decía era cierto, hacía tiempo que no teníamos un descanso.

—Lo sé, Ángela, pero no puedo estar aquí mucho, ya sabes que soy importante para los *halcones* y mañana me voy también en una misión, pero tienes a Kinita y a tus nuevos amigos.

—Sí, pero a ellos no les gusta entrenar, solo piensan en jugar. —Eso era lo normal en niños de su edad.

—Es normal, Ángela, no todos van a ser igual que tú, la mayoría prefiere pasárselo bien antes de trabajar, yo incluido, pero sé cuando toca trabajar y cuando es momento de pasarlo bien. —Tuve los ejemplos perfectos, Yasuda, que nunca paraba de trabajar y raras veces se relajaba, y Slayer, que solo se puso serio una vez y fue suficiente para saber de lo que era capaz—. Debes encontrar un equilibrio, yo lo he encontrado más o menos, a ti y a ellos aún os falta encontrar ese punto, es normal, sois unos críos.

—Bueno, en realidad soy mayor que tú —dijo Ángela bromeando.

—Ya, bueno, no hemos hablado de eso todavía. —Me sorprendí de que ella se lo tomara tan bien, que te dijeran que habían borrado tus recuerdos debía ser duro—. ¿Cómo te sientes al respecto, Ángela?

—No lo sé, me duele mucho. —La sonrisa le desapareció y miró con melancolía al suelo, se notaba el dolor en su rostro—. Fue tan repentino, para mí, mi vida empezó hace trece años, pensaba que era normal estar trece años en este cuerpo, ahora entiendo porque mis padres apenas me dejaban salir, no eran ni mis padres.

—Es normal, yo en este caso no te puedo ayudar, solo puedo apoyarte, te voy a pedir que no te ancles al pasado, recuerda que el presente y el futuro es lo que importa. Ahora tienes el control de tu propia vida, siempre estaré a tu lado, hermanita.

Su cara se iluminó cuando la llamé así, igual que a mí cuando Yasuda me lo llamó a mí. Se abalanzó a mis brazos y me abrazó con fuerza.

—¡Jamás pensé que tendría un hermano! —chilló Ángela—. ¡Eres el mejor, Axel, te *prometero* que siempre estaré a tu lado, hermano! Ojalá ese momento hubiera durado para siempre.

—Mira eso, rubita, parece que no ocupas todo su corazón —dijo la voz de Kinita detrás de mí.

—¿Rubita? —No se referiría a…—. No se lo dirás a Victoria, ¿verdad?

Terminé de abrazar a Ángela y me giré, y sí, en efecto, se lo estaba diciendo a Victoria.

—De verdad, Kinita, no tienes arreglo —dije con un suspiro, pero era buena chica, aquello fue más una broma que un comentario serio—. ¿Vas a poner motes a todo el mundo?

—Estoy en ello, he pensado en llamar a Ángela dragoncita, ¿te gusta, pequeña? —Yo no pude evitar reírme, era un mote muy cariñoso, incluso para mí.

—¡No te rías, Axel, me encanta! —Ángela me pegó en las costillas y se pasó de fuerte, aún no controlaba su fuerza, pero decidí sobreactuar un poco.

—¡Ah! Con esa fuerza eres más bien una dragona en vez de una dragoncita —bromeé tocándome donde me había pegado.

—¡Perdón! ¿Te he hecho daño? —Yo negué con la cabeza y quité la mueca de dolor de mi cara.

—Era broma, ¡pegas como un ratoncito! —Empecé a correr porque Ángela se enfadó y comenzó a perseguirme para pegarme.

—¿Y soy yo la que no tiene remedio? —dijo Kinita mientras corríamos en círculos entre risas.

Ojalá esa clase de momentos duraran para siempre, pero nunca era así.

Íbamos a la máxima velocidad que podían los caballos y descansábamos lo mínimo posible, así pasamos dos días hasta llegar a la capital de la noche eterna.

NACIDO EN LA GRIETA I

El reino hacía honor a su nombre, la única manera de saber si era de día o de noche eran las nubes que había encima de todo el territorio. De día estaban grises y cuando caía la noche eran por completo negras, tuvimos que utilizar la magia de Victoria y Belladona para poder iluminar el camino.

Nos encontramos con algunas criaturas a lo largo del viaje y fue suficiente para hacerme una idea de lo horrible que era ese lugar. Árboles muertos por todos lados, cruzamos dos ciudades que teníamos que proteger, las cuales estaban bastante cerca. Aquello parecía un montón de ruinas y la gente que vivía allí era extraña, todos utilizaban grandes túnicas rojas que les cubrían el cuerpo y la cara por entero.

Ese sitio me daba escalofríos, sobre todo el hecho de que la gente y las criaturas eran capaces de ver en la oscuridad, pero yo no. Eso hacía que me sintiera vulnerable.

Llegamos a la capital. Era una gran ciudad negra, con una gran torre oscura en el centro, al igual que en las otras parecía que estaba en ruinas y vivían también curiosos habitantes.

Dejamos los caballos en un establo cerca de la entrada, no me fiaba de que apareciera algún monstruo y se los comiese.

Conforme nos adentrábamos, todo el mundo se detenía a observarnos, no se les podía ver la cara, pero por la manera en la que se giraban y gruñían a nuestro paso se notaba, los sonidos que emitían no sonaban muy humanos.

Otro detalle era que la mayoría de la comida en los puestos de la calle estaba podrida.

Con la piel de gallina, al fin llegamos a la gran torre del centro de la ciudad. Selina golpeó la puerta tres veces.

—¡Soy Selina, líder de los *halcones de fuego*, pido una auditoría con su rey, pues me temo que soy mensajera de malas noticias respecto a sus ciudades en la frontera junto con el territorio azul! —Jamás había escuchado a Selina hablar de tal manera.

Ŋacido en la grieta I

La puerta se abrió sola y entramos. A los laterales había dos escaleras que subían hasta el segundo piso, que se encontraba demasiado alto. Justo enfrente de nosotros, un gran trono de cráneos humanos y otros huesos. Sentado en el un hombre gigante, de más de dos metros, una mitad de su rostro era solo la calavera, la otra mitad era como la de un humano normal, con la tez oscura y un ojo marrón, llevaba una portentosa armadura hecha de huesos y con símbolos dibujados en sangre.

Un pasillo de soldados con armaduras grises y con el yelmo en forma de calavera, hacían de esa una escena horripilante. Mi corazón iba a mil y sentía un sudor frío caer por mi espalda, mi instinto me decía que debía salir. Entonces eché un vistazo al resto. Victoria apretaba la mandíbula con fuerza y a Ingelm le temblaban las piernas. Seguimos avanzando con pasos firmes, intentando ocultar nuestro nerviosismo.

Antes del trono había tres grandes peldaños, Selina se detuvo en el primero y se arrodilló ante aquel hombre, el resto nos limitamos a imitarla.

—¡Rey Arturo, el renacido, rey de los nigromantes y los no muertos, gracias por permitirme estar en su presencia! —Me tuve que aguantar la risa después de que Selina nombrará al rey Arturo, mucho no se parecía al mismo de mi mundo.

—¿Qué mensaje traes? —interrogó Arturo con una voz inhumana, era como un susurro que salió de dentro de su alma, pero que sonaba alta para que el resto la escucháramos.

—Servil atacará una de sus cuatro ciudades fronterizas dentro de poco, nosotros ofrecemos ayuda de nuestros mejores hombres y ayuda técnica con un artilugio que nos permitirá comunicar qué ciudad atacarán y así llevar refuerzos cuanto antes. —Selina habló veloz, pero vocalizando a la perfección. Supuse que sería por lo nerviosa que se encontraba ante la presencia de aquel intimidante rey.

—Ya veo... —Arturo empezó a bajar los escalones hasta llegar al primer peldaño, quedando justo en frente de Selina—. Veréis, mi pueblo sabe defenderse, conocen magia de nigromancia que pueden usar con destreza. Además, mis hombres son los más letales de los cuatro reinos.

Eso no me lo esperaba, en una guerra esa magia sería un golpe maestro y letal, además, tenía una gran ventaja territorial. ¿Y si Servil no había medido bien su fuerza y había elegido mal a su víctima? No podía ser, a Servil no se le escapa nada, pero igual era algo que ningún reino sabía por el hecho de que este territorio estaba aislado.

Nosotros seguíamos vivos porque éramos expertos en combate y pudimos con las criaturas que nos atacaron.

—Siento haberle ofendido, señor, muchas gracias por permitirme pasar y dignarse a escuchar mi mensaje, sin embargo, recuerde que nosotros podemos ayudarle si lo desea. —Me daba la impresión de que nos iban a dar la patada.

—No os necesitamos, pero si lo deseáis, podéis quedaros. —Arturo se volvió a sentar tras dar su veredicto.

—Muchas gracias, rey Arturo. —Selina se levantó y se marchó, nosotros la seguimos, tampoco teníamos ganas de permanecer más tiempo en aquel lugar.

Nada más salir, Selina respiró hondo y se relajó.

—Ha salido mejor de lo que esperaba, ahora a volver con los caballos y a salir lo más rápido posible, antes de que llegue la noche y nos quedemos sin ver delante de nuestras narices. Vamos, rápido —dijo Selina ya marchando a paso ligero hacia nuestras monturas, por lo que no nos dio tiempo de poder hablar.

Subimos y fuimos lo más rápido posible, aún no había caído la noche, cuando lo hiciera necesitaríamos usar la luz mágica.

—Axcl dijo Ingolm, que estaba a mi lado—, ¿no tienes la sensación de que todo está saliendo demasiado bien?

Era cierto, todo estaba resultando según lo planeado y era extraño teniendo en cuenta nuestra suerte.

—Eso es porque Arturo nos va a tender una trampa junto con Servil. —Todos miramos a Selina atónitos—. El simple hecho de que sus habitantes no nos atacaran, significa que él esperaba nuestra llegada y yo no le avisé de que vendríamos.

—No puede ser, ¿tenemos otro espía? —preguntó Ingelm preocupado—. O igual no era Gelmin...

—No, Ingelm, te equivocas, ahora no tenemos ningún espía, la nota del carro era una trampa que pudo tender Servil gracias al último virote de Gelmin. —No estaba entendiendo a Selina—. Además, seguro que los gemelos nos vieron ir hacia el reino de la noche eterna y utilizaron su magia de desplazamiento para llegar allí antes que nosotros, Servil ya habló con Arturo incluso antes de conocer el resultado del ataque al carro de armas.

—¿Los gemelos tienen magia como la de Ingelm? —preguntó Victoria.

—¿Por qué iba Servil a aliarse con Arturo? —cuestionó a la vez Ingelm.

—Vayamos por partes —aclaró Selina con una calma que ya me hubiese gustado tener—. Ellos tienen la misma magia de desplazamiento que Ingelm, pero mucho más refinada. Ingelm no puede ir a un lugar que no conoce y gasta mucho poder mágico. Con saber a donde tienen que viajar, ellos pueden hacerlo, gastando menos poder mágico.

» Y el porqué, no lo sé con exactitud, pero creo que Servil se ha aliado con el reino de la noche eterna y los exiliados, es posible que piense que tenemos el territorio de los dragones y de los altos de nuestra parte, cosa que, en parte, es cierta. Seguro que les ha propuesto paz a cambio de acabar con nosotros, es Servil, cualquier cosa es posible.

—Me imagino que tienes un plan para hacer una contraemboscada —dije confiado, no creía que nos fuera a meter en la boca del lobo sin un plan.

—Sí, para empezar tenemos la suerte de que el sol todavía nos da luz, al ser territorio fronterizo, no está tan oscuro. —Se giró para mirar a Mancinella—. Y después tenemos un hechizo de Mancinella, ¿cómo se llamaba?

—El hechizo se llama mandrágora, como utilizo magia de interpretación me he traído un pergamino —explicó Mancinella.

—Bien, cuéntaselo al resto —ordenó Selina.

—¡Ya estoy harto de esperar! ¡¿Cuánto van a tardar?! —grité impaciente a mi hermano, estaba harto de esperar en ese campanario que se iba a caer en cualquier momento.

—Paciencia, hermano, valdrá la pena, Servil nos dará una buena recompensa por esto. —Por muy grande que fuera, no podía esperar a que llegara el objetivo sin hacer nada.

Escuchamos los graznidos de los cuervos vigía y aquello nos alertó para empezar a buscarlo, pues esa era la señal de que el objetivo había llegado.

—¡Mira, está ahí! —gritó mi hermano mientras señalaba un edificio.

Miré y lo vi, era el chico de la espada azulada. Se subió a un edificio con una cúpula de cobre medio rota y se quedó allí vigilando, el pobre esperaba un ataque de frente, menudo idiota.

—Vamos, hermano, démosle una grata sorpresa. —Me iba a lanzar a por él, pero mi hermano me detuvo, poniendo su mano enfrente mío.

—Espera, acuérdate de que él es capaz de matar a *élites*, además del rumor de lo que pasó en la arena. —Tenía razón, no debíamos confiarnos—. Una puñalada por la espalda será lo más sensato.

Yo asentí, empecé a bajar con cuidado y en silencio, poco a poco llegamos al edificio donde estaba nuestra presa, ambos subimos por detrás y nos acercamos a su espalda.

—¡Sorpresa! —grité mientras lo apuñalaba con mi espada curva por detrás, directamente al corazón, pero su cuerpo se desvaneció por completo—. ¿Qué?

Entonces, detrás de mí escuché un grito ahogado y vi a mi hermano siendo atravesado justo por el abdomen por la espada de Axel .

Con una patada quitó el cuerpo de su arma y lo remató en el suelo mientras él extendía su mano pidiéndome ayuda. Axel limpió la sangre del filo en su manga y me echó una mirada que atravesó mi alma.

Mi corazón empezó a latir de forma salvaje, sentí mucho miedo, mucho más que odio, quería salir corriendo, ¿no se suponía que Axel no sabía magia?

Empecé a hiperventilar mientras mi cabeza intentaba pensar algo, pero estaba bloqueado. No, estaba muerto.

¿Por qué cojones nos había enviado Servil? ¡No estábamos preparados, su mera presencia hacía que me sintiera insignificante y eso que no tenía poder mágico!

Axel se puso en guardia, yo tenía que hacer lo mismo, debía prepararme para el combate, pero no podía, no era capaz, ¿por qué tenía tanto miedo?

Ŋacido en la grieta I

Jamás había temido a alguien de esa manera, no sabía si era su presencia abrumadora, su mirada asesina o el hecho de que no sabíamos de lo que era capaz. Pero había algo en él que me tenía paralizado del terror.

Salió a por mí a una velocidad increíble, me quedé esperando a que me matase. Ni siquiera sentí su hoja atravesarme, solo la sensación y el sabor de la sangre en mi boca. Cerré los ojos, arrepintiéndome de todo. Había tantas cosas que me hubiera gustado cambiar, empezando por haber matado a Servil cuando tuve ocasión. Ese cabrón se había deshecho de nosotros.

Me esperaba más de dos mercenarios, pero sí que era verdad que el bajo se había quedado paralizado después de que matara a su hermano, ni siquiera se movió, parecía un cervatillo mirando las luces de un coche.

Sabía que tenía el factor sorpresa gracias al hechizo mandrágora, que

creaba una ilusión, bueno, en este caso múltiples. Creó una mía para las cuatro ciudades y dio la casualidad de que ellos habían atacado donde estaba yo. Menos mal que Selina dijo que estarían en el lugar más elevado, es decir, el campanario, porque si no habría ido allí de cabeza. También me sirvió posicionarme en su punto muerto y pillarlos por sorpresa.

Ahora tocaba hacerles la señal, agarró el arco, que había dejado en una esquina de la cúpula. Entonces, puse en la punta de la flecha la bolsa que me dieron, que era como una bengala que expulsaba varios colores, y la disparé al aire.

Pero algo pasó cuando la disparé, un ejército pequeño salió de las colinas y entró en el territorio oscurecido por la falta de luz, no los veía con claridad, pero estaba claro que eran estandartes del *reino azul*.

Cargaron hacia la ciudad en la que me encontraba, pero cuando fui a bajar, vi a un montón de personas de la ciudad mirándome con fijeza mientras algunos empezaban a subir al edificio en el que me encontraba, no podía ser que esta fuera una contraemboscada de la contraemboscada.

Tenía dos opciones: o abrirme paso haciendo una carnicería o utilizar el poder del fénix para salir volando. No me gustaba ninguna de las dos. No sabía si el poder del fénix sería igual que cuando peleé con Clade. Lo mejor era no arriesgarse y hacer una matanza.

—¿Por qué mierdas hay un ejército movilizándose hacia dónde ha lanzado Axel la señal? —pregunté a Selina bajando hacia el pueblo en el que se encontraba Axel.

—¡Tampoco sé qué está pasando, pero tenemos que correr para ayudarlo! —Si Selina no sabía lo que estaba pasando, era algo muy gordo.

Seguimos avanzando a toda velocidad hasta llegar al pueblo donde ya estaban mis hermanas, que se encontraban abriéndose paso entre esqueletos y habitantes. Las ayudamos, ellas se subieron a sus caballos y seguimos avanzando hasta donde estaba Axel, que era la población más al sur.

—¿Qué está pasando? —preguntó Mancinella alterada, pero nuestra respuesta no la iba a tranquilizar.

—¡Ni idea, solo cabalga y...! —Algo cayó con gran fuerza en medio de nuestra formación. Selina e Ingelm fueron los más afectados, mis hermanas y yo no recibimos el impacto grande, solo la onda expansiva, nuestros caballos se alteraron y caí al suelo.

Me levanté tensando el arco y mis hermanas hicieron lo mismo. Pasó un rato hasta que el humo se empezó a disipar y pudimos ver tres figuras entre la humareda.

El grito desgarrador de Selina fue lo que más nos alteró. Cuando todo el humo se disipó, vimos a Arturo con una gran espada que estaba clavada en el brazo derecho de Selina. A Ingelm le cayó el caballo encima, pensé que, como mínimo, le habría roto la pierna.

—He de decir que admiro a Servil —comentó Arturo mientras sacaba la espada y agarraba el brazo amputado de Selina—. Es un prodigio como su propio apodo indica: «Servil, el prodigio de la guerra». Pero tú, chica, has descubierto parte de nuestro plan. Esa trampa ha sido brillante y por ello te has ganado mi respeto, una pena que vayas a morir, pero tranquila, parte de tu carne vivirá conmigo, siéntete honrada.

Empezó a comerse el brazo poco a poco, nosotras no sabíamos qué hacer, mi corazón latía salvaje y escuchaba a mis hermanas hiperventilar y vi cómo les temblaban las manos. No era de extrañar, había escuchado muchas leyendas de Arturo, el rey renacido.

Él formó parte del grupo de compañeros de Gherman en la era de los dragones. Tras morir, renació como no muerto y así había vivido hasta ahora, se dice que su poder se compara al del mismísimo Gherman.

Y pude comprobar que era cierto lo que se decía sobre que comía la carne de aquellos que respetaba. Lo que no entendía era cómo narices había llegado, ¿volando?

—¿Por qué? —preguntó Selina apretando con fuerza la zona amputada para ralentizar la salida de la sangre.

—Porque estoy harto de vivir. La inmortalidad es un asco —contestó Arturo al acabar de comerse el brazo de Selina—. Solo un mago de sangre de gran poder puede darme lo que más ansío, la muerte, y Alva puede hacerlo.

—¿Te fías de la palabra de Servil? —interrogó Selina mientras intentaba alejarse a rastras—. Sabes cómo es, te la jugará de una manera u otra.

—Prefiero agarrarme a un clavo ardiendo que desconfiar y perder la oportunidad. Por muy ínfima que sea, la necesito.

Arturo nos echó una mirada y se colocó el casco con forma de calavera característico de su ejército.

—Os hacen falta diez personas más para darme pelea. No me hace falta ni la ayuda de mi dragón esqueleto para mataros. —Eso ya lo veríamos.

—¡Belladona, con Ingelm! —grité a la vez que nos coordinábamos las tres hermanas. Parecía que, a pesar del tiempo, aún nos acordábamos de las tácticas conjuntas.

Belladona, después de disparar, se fue corriendo a ayudar a Ingelm que estaba inconsciente.

Arturo esquivó con facilidad nuestras flechas, pese a tener una armadura pesada y ser tan grande. Y atacó a Selina, que pudo esquivar a duras penas su ataque, pero con el segundo golpe no pudo hacerlo y la golpeó en la cabeza con la mano izquierda. Selina cayó al suelo y de su cabeza empezaron a asomar gotas de sangre.

NACIDO EN LA GRIETA I

—¡Cúbreme, hermana! —grité a Mancinella mientras corría a por Arturo.

Le disparé una flecha que paró con la mano y le intenté golpear con el arco, no me daba miedo que se rompiera, la madera con la que estaba hecho provenía del bosque de ceniza, resistía más que el acero.

Conseguí asestarle un golpe, aunque para el segundo, él agarró mi arco y lo lanzó junto conmigo, salí volando metro y medio a gran velocidad, impactando con fuerza en el suelo.

Me levanté como pude, ya que la caída me había causado un increíble dolor en la espalda.

—¡Victoria! —gritó Belladona viniendo para auxiliarme—. ¡Ingelm ya está despierto, aunque con ambas piernas rotas, ahora déjame ayudarte!

—¡No, ayuda a Selina! —Ella era la que más peligro corría, por alguna razón parecía que Arturo iba a por ella.

Miré hacia donde estaba y vi que estaba mareada por el golpe y la amputación.

Lo sorprendente era que aún estuviera consciente. Cayó al suelo intentando escapar de Arturo y este la cogió del cuello con una mano y la alzó en el aire. Al levantar a Selina a la altura de sus ojos dejó sus pies colgando.

—¡Déjala, Arturo, por favor! —suplicó Ingelm desesperado, arrastrándose hacia él, su pierna derecha estaba casi del revés y su pie izquierdo completamente machacado—. ¡No le hagas daño, te lo suplico, para!

—De verdad, que patéticos que sois. —Arturo apretó más el cuello de Selina, que empezó a patear con fuerza, desesperada por coger aire—. Y si la mato, ¿qué harás?

—¡Te mataré! —Una luz empezó a brotar de la mano de Ingelm, mis hermanas y yo nos miramos. Estaba provocando una oleada de magia pura.

Ese tipo de poder era una de las cosas más misteriosas de este mundo, cualquier mago que intentara usarlo sin saber cómo, expulsaba un tipo aleatorio de magia de manera brutal y descontrolada.

El problema era que podía matar al canalizador, debíamos ayudarle.

—¡Ayudadme a darle poder mágico a Ingelm! —ordené a mis hermanas y empezamos a canalizar nuestro poder mágico hacia él.

—¡Muere, desgraciado! —gritó Ingelm antes de lanzar un torrente de magia pura, que al rato se convirtió en sangre.

Siguió utilizando magia pura mientras que yo notaba como se me agotaba el poder mágico con rapidez. Paré porque ya no podía más, mis hermanas pararon antes que yo. De pronto, una humareda se levantó entre nosotros y nos impidió ver que estaba sucediendo con Ingelm. Al retirarse poco a poco, vimos que había caído inconsciente.

Selina salió de allí como pudo y fue a por su hermano, que estaba inmóvil en el suelo.

—¡Hermano, despierta! —Lo zarandeó con su brazo izquierdo y después le tomó el pulso, su reacción nos lo dijo todo—. ¡Mierda, idiota!

El llanto desgarrador de Selina fue todo lo que se pudo escuchar. Ella acababa de perder al único familiar que le quedaba.

Al mirar donde estaba Arturo, vi su cuerpo inmóvil, parecía que el torrente de magia de sangre al fin le había dado lo que quería. Mis hermanas y yo nos percatamos de que le estaba pasando algo mientras Selina seguía llorando su pérdida.

—¡Fijaos, le está pasando algo! —indicó Mancinella señalándole.

Ŋacido en la grieta I

Sus pupilas e iris se estaban decolorando a la vez que su piel se estaba volviendo pálida, hasta su pelo empezó a decolorarse también.

—Selina... —murmuró la voz de Ingelm, estaba muy débil e intentaba tocar el rostro de su hermana, pero no podía levantar la mano—. ¿Qué pasa, porque no veo nada? ¿Estamos muertos, esto es la muerte?

Selina se quedó en shock, ¿qué acababa de pasar? Era tan irreal, creía que esto no había pasado jamás en la historia.

—No, hermano, aún estamos vivos. Victoria está aquí con nosotros y has conseguido matar a Arturo y salvarme. —Selina hablaba a su hermano haciendo un gran esfuerzo por no romper a llorar de nuevo—. No sé cómo, pero has vuelto a la vida.

—Pero... —Antes de que Ingelm pudiera continuar, Selina lo hizo callar.

—Tenemos que irnos cuanto antes de aquí, buscar vosotras a Axel, yo intentaré llevarme a Ingelm.

Entendía porqué lo hacía Selina, pero si se topaba con refuerzos del ejército o rezagados, no podría pasar la frontera, sería un riesgo innecesario.

—Selina, que mis hermanas te acompañen, yo iré sola a por Axel, no quiero que corramos riesgos. —Se quedó un tiempo pensando en mi propuesta.

—Está bien, confío en ti, Victoria —dijo y luego llamó a su caballo.

—¡No, hermana, al menos yo voy contigo! —me gritó Mancinella, a lo que negué con la cabeza.

—No, ve con Selina, yo estaré bien, te lo aseguro, ellos te necesitan. —Llamé a mi montura, que acudió enseguida, y marché en ayuda de Axel.

«Treinta y nueve, cuarenta y otro más, vale, ya no se acercan», conté mentalmente. Parecía que hacían falta cuarenta y un muertos para acojonar a tantos soldados.

Apenas daban pelea, eran torpes y bruscos, contra soldados tan poco entrenados podía cargarme a un pelotón de cinco sin despeinarme.

Podía ser que de esos cuarenta y uno se salvara alguno, ya que no me había centrado en matar, solo en dejarlos fuera de juego.

Había que sumar a los habitantes del territorio de la noche eterna, creía que habían sido unos doce.

Esa gente era muy similar a monstruos, no sabía el qué o quién los había transformado en esas cosas, humanoides con un cuello demasiado largo, unos dientes de rata y pezuñas de perro por manos. Además de saber magia de nigromancia.

Entre todo eso, la fatiga empezaba a notarse, si la pelea se alargaba más tendría que sacar el poder del fénix.

Por suerte, tras cargarme a estos últimos soldados, me habían dado un respiro, manteniendo las distancias. Me oculté en un edificio que tenía varias salidas por la planta de arriba y una única entrada, así los arqueros no me acribillarían y nadie podría entrar sin que lo viera.

¿Cómo les iría al resto? Esperaba que bien, yo era el objetivo, así que, a no ser que se metieran con el ejército, cosa que no creía que permitiera Selina, no pasaría nada.

NACIDO EN LA GRIETA I

Mi caballo estaría ya muy lejos, si es que no lo habían matado para que no escapara, me había encariñado con él, estaba pensando en llamarle Sardinilla.

—¡Sal de ahí, Axel, nuestros arqueros no te dispararán! —Su voz no me sonaba.

—¡¿Y quién me lo asegura?! —No iba a fiarme de la palabra de alguien que me quería ver muerto, eso estaba claro.

—¡Te *prometero* que no te van a disparar, tengamos una pelea en condiciones! —Otra vez esa palabra y seguro que estaba haciendo ese estúpido saludo también, juntando el dedo gordo e índice y presionándolos en tu pecho apuntando directamente al corazón, vaya ideas tenían. Debí preguntarle a Carlia que significaba el saludo. Dios, la echaba de menos.

—¡Está bien! —Me asomé con cautela y vi delante de mí cinco soldados de la *élite*, lo sabía porque llevaban su armadura roja y negra—. ¿Qué pasa, estáis ansiosos por morir?

Sabía que sería difícil, pero debía intentar meterme en su cabeza y hacerles sentir miedo. Hasta ese momento no me había enfrentado a más de uno.

Ellos empezaron a susurrar algo, en un instante me puse en guardia, preparándome para cualquier cosa que pudieran hacer y eso hizo que aprovecharan su ventaja numérica y empezaran a rodearme. Entonces, comencé a analizar las posibilidades.

No me atacarían uno a uno ni más de tres a la vez porque se estorbaban entre ellos, por lo que vendrían o tres o dos y el resto estarían preparados para cuando se abriera una ventana de ataque.

Ellos no esperaron más y se lanzaron

Un duelo se podía pelear de muchas maneras, pero cuando estabas en desventaja, ya no podías utilizar estrategias de duelo ni la fuerza bruta o ir a la defensiva o a la ofensiva. En desventaja se debía encontrar el equilibrio perfecto y bailar entre los enemigos, no había tiempo para recuperarte de un fallo, se debía calcular cada movimiento al milímetro. La sensación de las espadas rozándome, el polvo que se levantaba por el movimiento de mis pies, el tacto del acero chocando. Fluía con el combate, Slayer me dijo que eso se llamaba entrar en la zona, cuando una persona alcanzaba un punto álgido de concentración y rendimiento. En la zona, no piensas, te salen las cosas por instinto, era un sentimiento indescriptible. Fluía con ellos y cuando se abría una ventana, ¡zas!

—¡Mierda, me ha dado! —gritó el objetivo de mi tajo.

Le había cortado en el costado, no era demasiado profunda, pero se la iba a tener que tratar dejando el combate en el proceso.

—No os dais cuenta, no me habéis tocado aún. —Ellos ya estaban empezando a sudar mientras que yo estaba como nuevo, recordándoles que no me habían dado un golpe, era la mejor manera de meterme en su cabeza—. Vamos, ¿quién quiere ser el siguiente?

Nunca me gustaba burlarme, pero había que decir que era la mejor manera de sacar de quicio a alguien. Y eso lo podía ver en sus caras, dos de ellos empezaron a apretar los dientes, esos dos serían los objetivos más fáciles.

—¡Cállate, asesino! —dijo uno de ellos, lanzándose a por mí sin coordinarse con sus compañeros.

Metí mano al zurrón y, cuando estaba a mi alcance, le tiré la arena, al instante se cubrió la cara, me acerqué con rapidez y me puse detrás de él para apuñalarlo por la espalda.

Saqué mi espada de su cuerpo cuando escuché que mi objetivo había exhalado su último aliento y eché un vistazo al resto. Ya se podía palpar su nerviosismo, algunos lo ocultaban mejor que otros, pero todos estaban tensos. Les dediqué una sonrisa triunfal.

—¿Qué pasa, estáis cansados? —En respuesta a mi pregunta dieron un paso hacia atrás—. Sí lo estáis, ¿algún otro quiere atacarme solo o vendréis a por mí los tres a la vez?

No podía evitar sonreír en momentos así, ¿qué podía decir? Aprendí del mejor *trashtalker*, Slayer, la persona más insufrible con la que combatir. Él me enseñó cómo y cuándo meterme en la cabeza del rival. Y ver que surtía efecto, era satisfactorio.

Aun así, parecía que querían seguir peleando.

—Como volvamos con el rabo entre las piernas —dijo uno de ellos al resto—, el pánico se apoderará de los soldados y se retirarán.

—Lo sé, es todo o nada. —Eso era un ataque a la desesperada.

Los tres se lanzaron a la vez sin coordinarse, tan solo cargaron contra mí, lo cual fue muy sencillo de contraatacar, fue tan fácil como meter la mano a mi zurrón y eliminarlos uno a uno. Y así acabaron los tres muertos.

Eché un vistazo al fondo, donde estaban todos esperando, alerta, por si decidían disparar flechas. Un soldado se acercó montado a caballo y, conforme vio los cuerpos de los *élites* y a mí a su lado, dio media vuelta y se marchó a toda velocidad. Al cabo del rato todo el ejército empezó a movilizarse en retirada, marchándose por donde habían venido. Detrás de mí empecé a escuchar el galopar de un caballo, pero no había por qué alarmarse, sería alguno de mis compañeros.

Miré de reojo y vi la melena rubia de Victoria, confirmando que habíamos ganado, aunque tenía pinta de que había ocurrido un contratiempo.

—¿Y el resto, Victoria? —pregunté en cuanto frenó el caballo y se bajó.

—Ha habido problemas y graves, te lo contaré de camino. ¿Y tu yegua? —Me acababa de enterar de que no era un caballo.

—Creo que ha huido o la han matado en la emboscada. —Silbé para llamarla y, para mi sorpresa, acudió a mi llamada—. Cuando Selina dijo que estos caballos estaban entrenados, no me imaginaba que iba a ser hasta este punto. —Cuando llegó, le acaricie la melena y monté.

Avanzamos dando un rodeo para no toparnos con el ejército que se acababa de marchar, por el camino Victoria me puso al día. Y yo que pensaba que mi situación era mala.

Teníamos a Selina e Ingelm tocados, pero al menos Arturo estaba muerto.

—Por cierto, Axel —me llamó—, ¿qué has hecho para ahuyentar a todo un ejército y matar a cuatro *élites*? ¿Has usado tu poder otra vez?

—No, no me ha hecho falta, no sé cómo sonará. —Ni lo que iba a pensar sobre mí—. He matado a cuarenta y un soldados y a más de doce de los habitantes de la ciudad, he de decir que Arturo tenía razón, son peligrosos los cabrones. Y la guinda del pastel fue que maté a cuatro *élites* a la vez y herí a uno, eso ya hizo que cundiera el pánico entre las filas enemigas y se retiraran.

—Dios mío… —dijo Victoria con la mirada perdida al frente—. Y pensaba que ya había visto tu límite en el coliseo.

—Lo siento, debí haber huido en vez de matar a tanta gente. —No estaba avergonzado de mis acciones, pero debía disculparme por tener que mostrarme así, era el primero al que le gustaría no tener que hacerlo—. Quizás habría sido lo mejor.

—No te disculpes, hiciste lo que debías.

NACIDO EN LA GRIETA I

Arturo había muerto, eso era malo. Pero, por otro lado, los gemelos del infierno también estaban fuera de juego y eso era muy bueno. Esos dos idiotas ya no me eran de ayuda, eran demasiado caóticos e impredecibles. Gracias a sus ansias de dinero y fama, había podido manipularlos, también fue gracias a eso que salí con vida de nuestro encontronazo aquel día.

Komandlach, muerto. Alva, en la torre trabajando en sus dos proyectos, esperaba que terminara lo que le había pedido a tiempo y no se dejara llevar por lo otro.

Y tenía pinta de que la información del último virote de Gelmin fue sobre que iban a emboscar un carro de suministros de armas. Pero gracias a eso pude provocar la encerrona. El problema era que Axel excedía de forma increíble mis expectativas, había conseguido ahuyentar a parte de mi ejército.

Clade me dijo que cuando se envolvió en llamas era aún más fuerte, pero ni siquiera le hizo falta para matar a los cuatro *élites* y treinta y uno de mis soldados.

Sin embargo, algo que me preocupaba mucho era esa tal Selina, la líder de los *halcones de fuego*. Este último ataque la pilló por sorpresa, pero hasta ahora había conseguido mantener el ritmo, no se adelantaba a mí, aunque tampoco se quedaba atrás, cosa que jamás me había pasado, siempre había estado un paso por delante de mi rival.

Ahora bien, no podría anticipar la llegada de mi última pieza, él sería vital para mi victoria, pero también me arriesgaba a jugármela a todo o nada. Si él moría, yo estaba muerto, sus cuervos vigías eran lo único que me quedaba para conseguir información.

—¡Señor, tenemos un nuevo informe de los cuervos vigías! —Al fin llegaba, se habían tomado su tiempo—. ¡Dicen que los gemelos, Fremlio y Granciso, fueron engañados por una ilusión cuando atacaron! ¡Además, la líder de los *halcones de fuego* tiene ahora el brazo izquierdo amputado y su hermano Ingelm desprende magia pura, pero se le descontroló y se convirtió en magia de sangre, que fue la causa de muerte de Arturo!

Ni siquiera me di cuenta de que se había caído la copa de vino de mi mano, esa maldita Selina se había anticipado a mis movimientos, ¿cómo?

El hecho de que fueran engañados por una ilusión confirmaba mis sospechas y mis temores. Parecía que la nota que dejé en el carro de suministros no fue suficiente como para engañarla.

¿Qué le había hecho sospechar? Además, ¿Arturo no podía comunicarse con sus ciudadanos a través de la magia de nigromántica? ¿Y cómo es que no usó a su dragón esquelético? Tenía muchas preguntas que me tendrían que responder el resto de los cuervos vigías cuando llegaran, pero algo estaba claro.

Selina tenía una mente brillante, parecía que me iba a divertir. Ojalá poder jugar una partida de ajedrez con ella, sería maravilloso. Pero me conformaría con ganar la guerra, pues ya no era ninguna tonta rebelión.

Tenían a una figura que les inspiraba como Axel, un ejército fuerte que contaba con el apoyo de los *hijos del dragón* y las descendientes de Helia. Mi hija y Victoria podían ser peligrosas. Y a mí solo me quedaban tres piezas en el tablero, el resto eran peones. Tocaba aprovechar al máximo cada movimiento. Y respecto a Axel, aún me quedaba un truco para él, pensaba atacarle donde más le iba a doler, mi querido hermano.

Nacido en la grieta I

CAPÍTULO 12
UN VIEJO AMIGO

Decidimos tomar un descanso para que Selina se curara e Ingelm recuperase fuerzas, por suerte Mancinella conocía magia para tratar la herida de nuestra amiga. Además, era sorprendente que no se hubiera desangrado, por lo que nos había contado tardó un rato en hacerse el torniquete.

La peor noticia era que Ingelm se había quedado ciego.

También había aprovechado para enterarme de lo que le paso a Ingelm y aprender sobre tipos de magia.

Estaba la de desplazamiento, que era la que utilizaba Ingelm. Resultaba la magia más simple y la que se aprendía más rápido, pero también la que más poder mágico consumía, pues cuanto mayor era la distancia, más se debía consumir. Influían el tipo de portal, teletransportación, desplazamiento y número de personas, todo eso interfería en la dificultad del hechizo.

Después estaba la de combate, que en su mayoría se aplicaba a la creación de armas mágicas y era la que utilizaba Victoria. Una magia sencilla, pero eficaz, aunque tenía un problema, que gastaba poder mágico de manera constante. Se podía utilizar para aplicarla a un arma normal, y en escudos y armaduras para poder absorber impactos de hechizos.

La nigromántica era igual que en mi mundo, alzar muertos y crear esqueletos, además de que los hechizos solían ser enfermedades y provocaban necrosis en la carne.

La de interpretación era el tipo de magia que utilizaba Carlia. Esta necesitaba que el portador tuviera un libro o pergamino imbuido con hechizos descritos en este y con una palabra o frase que lo activara. De normal estaba en el idioma de los dragones, sus palabras no eran traducibles, además, eran difíciles de aprender. La mayor fortaleza de este tipo de magia era que podía usar hechizos de los otros tipos, pero requería más poder del normal.

Luego estaba la de alteración. Como su propio nombre indicaba, alteraba. Los hechizos más simples alteraban objetos, su forma o como se comportaban, era lo que utilizaba Gelmin en sus virotes mensajeros. Los hechizos más poderosos consumían grandes cantidades de poder, pero con eso se podía alterar la misma realidad o parar el tiempo, como hizo Alva, aunque ella era una maga de sangre, por lo que tenía entendido.

Por último la de sangre, también se llamaba de manera despectiva *magia del apocalipsis*, no me explicaron porqué. Por lo visto era la magia más poderosa y caótica, consumía gran cantidad de poder. Era super destructiva, creando y destruyendo sangre. Los magos más poderosos eran capaces de hacer explotar a una persona por dentro. Pero tenían mucho cuidado con ello, si el objetivo tenía una armadura con un hechizo o una sangre especial corriendo por sus venas, como por ejemplo Clade, que tenía sangre de dragón. En cualquiera de esos casos el hechizo rebotaba. Por eso muchos magos de sangre no se la jugaban a utilizarlos, ahora entendía por qué Alva no me mató al instante. Había que decir que el hecho de que te pudiera matar, sin que pudieras hacer nada para evitarlo, daba mucho miedo.

Todos los magos seguían un tipo de magia, sin embargo, había algunos que experimentaban mezclándolas, es decir, usaban hechizos de un tipo a través de la canalización del otro. Alva era una de ellas, utilizaba de sangre y alteración.

O al menos esa era la conclusión a la que había llegado después de la explicación que me dieron sobre los tipos de magia.

Tras una semana de descanso, aprovechamos para asentarnos un poco más en la fortaleza, la cual se apodada *nido de halcones*, nombre que se le había ocurrido a Kinita, como no.

Pasé más tiempo con Ángela, que había avanzado a grandes pasos en su entrenamiento, por lo que yo creía que ya era el momento de entregarle un arma. Para ello tenía que hablar con Fhilen, pero eso lo dejaría para otro día. De paso me corté el pelo como lo tenía antes, medio largo y rapado en el interior. Todo iba como la seda, ya que Gelmin no enviaba los virotes mensajeros.

Necesitaba ir a mi cuarto para afilar mi espada y al entrar, me encontré con Victoria de bruces.

—Oh, hola, me gusta tu nuevo peinado —dijo nerviosa.

—Gracias. —Yo miré alrededor, ¿qué hacía Victoria en mi cuarto? —. ¿Puedo preguntarte qué haces aquí?

—A ver... —Ese tono no era normal en ella—. Soy tu novia, ¿no puedo entrar en tu cuarto cuando quiera?

—Victoria, nunca hablas así, o estás muy nerviosa por algo o no eres tú. —En cuanto le respondí, ella suspiró y unas luces la envolvieron, entonces Belladona ocupó su lugar—. ¿Qué narices esperáis encontrar en mi cuarto?

—¡No sé, algo que nos confirme cuáles son tus verdaderas intenciones con mi hermana! ¡Admítelo, Axel, la abuela ya decía que los hombres no sois de fiar! —Me limité a suspirar, estaba de muy buen humor como para discutir.

—Lo que tú digas, Belladona, entiendo que te preocupes por tu hermana, pero acusarme a mí de lo que sea que se te esté pasando por la cabeza me parece excesivo.

—¡Te estoy vigilando, Axel, sacaré tus trapos sucios! —Se marchó mientras me hacía el típico gesto de «te estoy vigilando».

—Hace un tiempo me habría sentido orgullosa de ella, ahora me da pena el hecho de que no lo comprenda. —Me tumbé en la cama mientras Helia me hablaba, se me habían ido las ganas de afilar la espada—. ¿Axel, no crees que es momento de, ya sabes, pasar al siguiente paso con Victoria?

—Helia, si has visto mis recuerdos sabrás que volveré a mi mundo cuando termine aquí, no quiero hacerle más daño del que le voy a hacer. —Aún me acordaba de lo que me dijo Elena: «Mientras regreses, no será traición, por muy malas que sean las noticias».

—¿Y no te has planteado llevártela a tu mundo, al igual que Ángela también puede ir contigo?

—Sí, he pensado en ello, pero no lo veo viable. —Había muchos factores que lo hacían imposible, su desconocimiento del mundo, que les podría llevar a un choque cultural y, sobre todo, la existencia de armas de fuego. Entrené mucho para aprender a pelear contra gente armada y aun así, cada vez que me tocaba hacerlo, el corazón me iba a mil—. No sé...

—Piénsalo, Axel, el mayor daño que les puedes hacer es irte de su lado sin saber si podrás volver y sin preguntarles a ellas. —Helia tenía razón, quizás sería peor dejarlas aquí—. Siempre que estés a su lado estarán bien, hasta ahora os habéis cuidado los unos a los otros, además, seguro que tus amigos podrán protegerlas también, por lo que he visto en tus memorias, son muy fuertes.

—Las personas más fuertes que conozco... —Cerré los ojos sumergiéndome en recuerdos por un momento hasta que noté una presencia a mi lado.

—¿De quién hablas? —dijo la voz de Victoria, ella se subió a la cama y me miró con sus ojos azules brillando como nunca—. ¿De tus amigos del otro mundo?

—Sí. —Nunca dejaría de sorprenderme —. Estaba hablando con tu abuela y he pensado si, cuando acabe todo, ¿querrías venir conmigo?

A ella se le iluminó el rostro y me miró con una amplia sonrisa.

—¡Nada me gustaría más que ver ese mundo en el que puedes verlo todo a través de una ventana mágica!

—No me esperaba que te ilusionara tanto, no puedo esperar a que conozcas a mi hermano Yasuda, a *Slayer* y a Tina, te caerán genial. A ver, por donde empiezo, ellos son...

—Eso para otro momento, ahora quiero aprovechar el tiempo de descanso que tenemos. —Me puso un dedo en los labios para que me callara y, con energía, se levantó de la cama para dirigirse a la puerta, pero en vez de salir, miró a ambos lados y la cerró, ¿qué estaba haciendo? —. Bueno, si nos buscan, ya nos llamarán.

—¿De qué estás hablando?

Ella se limitó a girarse, sonreír y dejar caer su ropa, en este momento me acordé de lo que me intentó explicar Slayer y trague saliva. Debí escucharlo.

—Concéntrate, hermano, ahora que eres mago de sangre deberás aumentar tu poder mágico. —Le hablaba mientras sujetaba su mano izquierda, no pensaba soltarle en ningún momento hasta que no tuviera una forma de desplazarse por sí mismo.

—Noto cómo se está fortaleciendo, debí escucharte y seguir haciendo los ejercicios de la academia.

Por muy simples que fueran, le ayudarían a aumentar su poder mágico, le tocaría esforzarse más que nunca para poder utilizar los hechizos más simples sin caer inconsciente, de momento había podido curarse las piernas.

—Ahora no es momento para lamentarse, cuando te veas preparado, he cogido un par de libros de Carlia, referentes sobre magia de sangre, para ir entrenando.

—Sí, será lo mejor para ir familiarizándome. Cuando ya empiece a sentirme más suelto, podré empezar a experimentar un poco más, pero iré a mi ritmo, además, ahora estoy ciego, lo cual va a complicar las cosas.

—Para eso tengo una especie de solución. —El miró en la dirección donde estaba mi mano—. Mirando los hechizos que tenía Carlia, encontré uno llamado ojos de cuervo, por lo visto te permite ver a través de un cuervo que tú mismo creas. Te gastará una cantidad moderada de poder mágico de manera constante, pero podrás ver a través de él.

—Eso me será de mucha ayuda, hermana, gracias, no hace falta que estés aquí, de momento puedo entrenar solo.

—No pienso dejarte, ya he perdido a Gelmin y casi te pierdo a ti, si hace falta te llevaré de la mano hasta el día de mi muerte, pero no pienso soltarte hasta que te veas capaz de moverte sin necesidad de ayuda.

—Un poco exagerado, pero gracias, te miraría a los ojos si supiera donde están. —Ingelm estaba mirando más a la derecha que donde estaba yo, era una pena que hubiera perdido la vista, sin embargo, al menos seguía vivo.

—No te preocupes, pronto podrás verme, estoy segura de que entrenarás duro para ello. —Le agarré fuerte de la mano con la esperanza de que ocurriera pronto.

—¡Ha funcionado! —grité mientras miraba el espectro de Gelmin, en parte sentía una gran tristeza porque me confirmaba su muerte, pero al menos podríamos estar juntos—. ¡Lo he conseguido, puedo traer espectros al mundo de los vivos!

—Alva... —dijo confundido, intentando alcanzar mi rostro—. ¿Eres tú de verdad?

—¡Sí, Gelmin, he conseguido traer tu espectro al mundo de los vivos, ahora podremos estar juntos al fin! —Intenté agarrar su mano, pero la atravesé—. Más o menos.

—Alva, por favor, deja de seguir a Servil, no sé si será capaz de detenerles después de haber estado observando su última misión.

—Gelmin, ¿han sido ellos quienes te han matado? —Él se limitó a asentir con la cabeza—. ¿Quién fue?

—Selina...

—¿Tu propia hermana te ha matado?

—Sí, decidió ejecutarme por mis acciones. Escúchame, Alva, entiendo que estés enfadada y quieras matarla, pero no lo hagas, por favor, sigue siendo mi hermana y no quiero verte consumida por la ira, no lo hagas.

—Gelmin... —Sabía que no le iba a gustar—. Debo hacerlo, ya es tarde para que la ira no me consuma, han matado a Komandlach y también a ti, las únicas dos personas que me importaban en este mundo. Me lo han quitado todo, ahora pienso arrebatárselo yo a ellos.

—Haz lo que quieras, al menos estamos juntos, después de tanto tiempo. Una pena que tenga que ser de esta manera.

—Tranquilo, Gelmin, pronto estaremos juntos para toda la eternidad.

—¡Todo el mundo arriba, panda de vagos! —Odiaba y siempre iba a odiar, que Selina despertara a todo el mundo golpeando un maldito cazo, sartén o lo que fuera.

—¿No puede darnos ni un día de descanso? —exclamó Victoria mientras se tapaba los oídos con la almohada.

—No, se ve que no —suspiré y me levanté, empecé a prepararme para salir—. ¿Nos vemos en el desayuno?

Ya se había vuelto a dormir, la facilidad que tenía esta chica para dormir era casi preocupante. No era solo que fuera capaz de hacerlo en segundos, sino que lo hacía profundamente. De hecho, ya estaba roncando, bueno, no pasaba nada por dejarla en la cama un poco más.

Salí a desayunar, parte de la gente que se nos unió no eran soldados diestros, muchos eran gente normal con sus oficios, si bien había muchos soldados entre ellos, solo habían recibido la instrucción básica.

Empezaron a hacer pequeños cultivos y a criar pequeñas granjas de tres o cuatro animales. Todo marchaba de maravilla.

NACIDO EN LA GRIETA I

Hasta que vi a Selina e Ingelm, ella le estaba dando de beber con su único brazo y él comía el pan despacio. Titubeaba al morder el pan sin saber cuánto le quedaba.

—Iba a preguntar cómo lo llevas, pero mejor me callo —comenté mientras cogía un poco de comida, se me había quitado el hambre, aunque debía comer algo.

—Mejor —respondió Selina dándole de beber otra vez—. Por cierto, ¿cómo lleva Ángela lo de ser la hija de Clade?

—Bastante bien, sigue con la misma actitud de querer entrenar día sí y día también, así que está bien. —Aunque por dentro ya me dijo que le dolía—. Por lo menos ha hecho dos amigos.

—Eso es bueno. —Al terminar de beber, Ingelm se levantó y Selina también lo hizo con premura, cogiéndole la mano—. ¡No te muevas de esa manera sin avisar!

—¡Selina, por favor, no estés todo el rato encima de mí, tengo que aprender a vivir así a partir de ahora! —Ingelm invocó un palo de sangre y lo apoyó en el suelo—. Así podré tantear el camino.

—Parece que has empezado a aprender magia de sangre, ¿cómo vas con los entrenamientos? —pregunté, hasta ahora no le había visto hacer magia.

—Aún tengo que entrenar para poder hacer hechizos, pero de momento me sirve con hacer cosas sencillas.

—¿El poder mágico se entrena?

—Sí, es como un músculo, debes ir entrenando para aumentar tu fuerza y resistencia. —Eso no me lo habían contado, tampoco me lo había planteado.

—¿Y todo el mundo puede entrenar el poder mágico? —A lo mejor yo también podía y así aumentar mi repertorio de trucos.

—Sí, pero empezar es muy complicado, ¿te interesa? —Parecía que Ingelm me había calado.

—Bueno, no me importaría aprender un poco —admití.

—Si quieres, un día que estemos libres te enseño cómo empezar, luego el resto tendrás que hacerlo tú.

—¿Y qué tipo de magia me recomiendas?

—No puedo recomendarte ninguna, no sé cuál tendrás asignada.

—¿Cómo que asignada? —No recordaba que me dijeran nada de eso cuando me explicaron los distintos tipos de magia.

—Cada persona tiene una asignada, de manera que su poder mágico se canaliza en ese tipo de magia directamente. Suele depender del tipo de persona, su personalidad, la finalidad de su uso de la magia, muchos factores son los que afectan.

—Interesante, bueno, no te hago perder más el tiempo.

—Espera, Ingelm, déjame acompañarte al menos, así me aseguro de que no te pase nada. —Ingelm suspiró, pero accedió, supuse que para hacer callar a Selina.

Continué con el desayuno hasta que llegó Fhilen y se sentó a mi lado.

—Axel, voy a ir directo al grano, ya sabes que soy hombre de pocas palabras. —No le faltaba razón, Fhilen hablaba muy poco—. Tu espada no está preparada para chocar contra la de Grock, probablemente Grock la destrozaría con el mínimo roce.

Se me puso un nudo en la garganta recordando el día en el que Sombra me partió la espada en dos, esa imagen la tenía grabada en mi memoria.

—Entonces, no chocar espadas, anotado, ¿algo más?

—Sí, puedo reforzarla si quieres, pero si prefieres mantenerla como está te puedo hacer una nueva, así no pasará nada por chocarlas. —No me gustaba la idea de alterar más la espada de mi madre, pero tampoco quería utilizar otra espada. A decir verdad, ya casi ni era la espada de mi madre, esa desapareció el día que Sombra la partió por la mitad, ahora era la mía.

—Está bien. —Fui a dársela, pero me di cuenta de que no me la había llevado, tenía que estar en mi habitación—. Voy a por ella.

Terminé el desayuno de manera apresurada y me marché hacia mi cuarto, de paso preparé una bandeja con comida para llevársela a Victoria.

Al acercarme, empecé a escuchar voces que provenían de mi cuarto, la puerta estaba entreabierta y juraría que la había cerrado.

Diferencié las voces de Mancinella y Belladona, además de la de Victoria, parecía que discutían.

—¡Otra cosa así y te prometo que te arranco la lengua! —Esa era Victoria, ¿que habían dicho para que estuviera tan cabreada? —. ¿Por qué no miráis más allá de las tradiciones?

—¡Victoria, has perdido el rumbo desde que volviste del bosque hace años! —Esa era la voz de Mancinella—. ¿Qué pasó para que te pusieras con la tontería de la diosa de la vida?

—¿Quieres saber lo que pasó, hermana? ¡Muy bien! —No debía estar escuchando eso, pero no podía parar de hacerlo—. Mientras que a vosotras os ponían entrenamientos normales, a mí me ponían las pruebas más duras, decían que yo debía ser la heredera del arco de Helia porque era la más habilidosa. Siempre pensé que era un honor, pero un día me tiraron a un bosque, armada solo con mi arco y siendo consciente de que ese bosque era peligroso para una niña de dieciséis años que acababa de aprender a utilizar las flechas mágicas.

» Pasé dos días allí y a nadie de la familia pareció importarle, estuve al borde de la muerte. En mis últimos momentos vi a la diosa de la vida. Y ella fue la que me salvó de morir, desde ese día tuve claro que dejaría de seguir las tradiciones familiares.

El silencio reinó en la estancia, no me extrañaba que decidiera dejar a su familia atrás, casi la matan y todo porque querían que fuera la sucesora del arco de Helia.

—Victoria —dijo Belladona casi susurrando—, nosotras no lo sabíamos, ¿por qué no dijiste nada?

—Por miedo a las represalias de nuestras madres, tampoco quise decirlo en la cena para no empeorar la situación, yo tenía miedo a lo que pudiera pasar si decía que nuestras madres me abandonaron en un bosque como entrenamiento.

—Lo entiendo —admitió Mancinella—, si me hubiera enterado de que tú debías heredar el arco de Helia, todas las hermanas te hubiéramos envidiado y seguro que no te hubiéramos creído.

—Pienso hablar con nuestras madres y hermanas cuando volvamos, esto no se puede quedar así —comentó Belladona.

Yo sonreí al escuchar las palabras de Mancinella y Belladona, puede que hicieran las paces en su momento, pero pareció que realmente lo hicieron por el hecho de que yo tenía el alma de Helia dentro, en ese instante se estaban perdonando de corazón.

No sabía si entrar, mejor no, mejor me daba la vuelta y las dejaba a solas.

—Por cierto, no te he preguntado antes, ¿qué haces en el cuarto de Axel? —No sabía quién lo había preguntado, pero mejor me iba lo más rápido posible.

Al salir me topé con Ángela, que estaba entrando a las habitaciones de la fortaleza.

—Axel, justo a la persona que quería ver. ¿Qué haces con una bandeja con comida? —Miré la bandeja pensando en alguna excusa.

—Me la he encontrado en el pasillo, a alguien se le ha tenido que olvidar. ¿Por qué querías verme?

—Hay alguien que quiere verte.

—¿Quién?

—No me ha dicho como se llama, es un hombre de tu estatura, con barba frondosa y canosa, el pelo lo tiene muy despeinado y grasiento. —No podía ser él...

—¿Te ha pedido verme expresamente a mí? —Eso no me gustaba.

—Sí, dice que os conocéis de una vez que os visteis. —¿Cómo había llegado aquí?

—Ángela, ven con cuidado, quédate detrás de mí. —Ella me miró extrañada, pero no se detuvo e hizo caso.

—Vale, si ese idiota quiere matarte, se va a llevar una sorpresa. —Me gustaba que tuviera confianza, aunque tampoco tanta.

Llegamos a la parte de fuera, donde se acababan de hacer los muros exteriores y donde estaban las primeras granjas y cultivos. Fuimos a una tienda cerca de estos. Antes de entrar, Ángela me señaló que era esa tienda y se puso detrás de mí.

Nada más mover la cortina de la tienda y ver la silueta que estaba sentada delante de mí, se me detuvo el corazón.

—Padojara —murmuré mientras le miraba asombrado.

—Buen trabajo, Ángela. —La felicitó Padojara y acto seguido chasqueó los dedos, el tiempo a mi alrededor se paró, pero yo aún me podía mover—. Ya te lo advertí, Axel, sigues una ruta que se desvía de tu destino.

Entonces no fue un sueño, realmente lo vi, de verdad ocurrió.

—No te entendí entonces y no te entiendo ahora... —Su mera presencia me hacía sentir insignificante, no sabía porque—. ¿A qué te refieres y cómo narices has llegado aquí?

—Última advertencia, Axel, no te salgas del guion o al final acabarás muy mal. —Él se levantó y empezó a caminar hacia la salida, pero yo me puse en medio.

—¿Qué guion, de qué narices estás hablando? —No estaba entendiendo nada.

—Tú debes ser como los otros, no debes desviarte de tu ruta, a partir de ahora te estoy vigilando, más te vale no seguir por el camino por el que quieres ir, porque si lo haces, sufriremos tanto tú como yo. Ahora, si me permites. —Volvió a chasquear los dedos y desapareció, a la vez que el tiempo a mi alrededor se reanudó.

—¿Cómo sabes mi...? —Ángela miró alrededor confundida, buscando a Padojara—. ¿Dónde se ha metido?

—Ángela. —Aquello era lo último que me faltaba, un problema más del que preocuparme—. Si lo vuelves a ver, avísame de inmediato y ni se te ocurra acercarte a él.

—Por supuesto, ¿avisamos a Selina?

—No. —No le afectaba a Selina, solo a mí. Aunque no sabía cuáles eran sus intenciones ni lo que quería decir en realidad, ¿cómo qué no seguir el camino que estaba llevando? Entonces, ¿qué maldito camino voy a seguir? —. No le digas a nadie una palabra de esto, lo único que conseguirás será preocuparlos más de la cuenta, este hombre no es más que un viejo amigo, un mago demasiado bromista.

No me gustaba mentir, pero en ese caso sería lo mejor, ¿cómo narices había llegado a este mundo? La primera vez que lo vi, cuando casi mato a Sombra, ya me surgieron muchas preguntas. Después de lo ocurrido, tenía más. Lo que me dijo aquella vez me empezó a resonar en la cabeza de nuevo: «pareces un buen candidato, tienes el mismo destello en los ojos que los otros, tú llegarás al final, espero que no te salgas del guion como tus antecesores».

«Padojara, ¿quién eres?», pensé.

NACIDO EN LA GRIETA I

Al regresar, Victoria y sus hermanas estaban hablando con Fhilen y, en cuanto me vieron, Belladona y Mancinella me miraron de tal manera que parecía que me querían matar.

Aparté la mirada y me fui directo a mi habitación a por mi espada, no sin antes despedirme de Ángela, que se fue a jugar con sus amigos.

Saqué la espada de su vaina y le eché un vistazo antes de llevársela a Fhilen.

Al principio pensé que el hecho de tener una forma serpenteante cerca de la punta iba a ser un problema, pero no lo fue, aunque tampoco había sido una ventaja. La guarda tenía forma la forma de la cara de un águila, la empuñadura era de madre, en el pomo se apreciaba tres garras como las de la pata de un águila, y en medio de las tres un huevo. Además de su característico tono azulado en toda la hoja, el recazo estaba recto y tenia más completo a lo largo del gilo. El más completo era como una ranura en medio de la hoja, aparte de servir de decoración servía para aligerarla.

En el punto medio tenia florituras que al acabar desembocaban en la punta de la espada que hacia eses hasta llegar ha la punta.

Desde que la vi por primera vez, me enamoré de esta arma y pensar que pertenecía a mi madre, hacía que no quisiera utilizar ninguna otra.

Paseé mi mano por el filo, era capaz de leer la inscripción. El lema de la familia de Servil: «manchada con sangre roja, azul y negra».

Inspiré hondo y la volví a meter en la vaina para ir a entregársela a Fhilen. La vaina también perteneció a mi madre, roja con decoraciones de plumas negras.

—Aquí está, Fhilen. —Él agarró la espada con ambas manos con sumo cuidado.

—La trataré como si fuera una hoja de papel, Axel, te aseguro que no le pasará nada. —Por lo que tenía entendido, Fhilen era un gran maestro herrero, me fiaba de él.

—Eso lo doy por hecho, Fhilen, haz los cambios que veas convenientes. —Él asintió y se marchó para trabajar en ella.

Miré como se marchaba y, mientras le observaba, sentí como una mirada me perforaba la cabeza. Al girarme pude ver a Belladona y Mancinella.

—Bueno... —dijo Victoria notando la tensión en el ambiente—, ¿alguien quiere comer algo más?

No me atrevía a responder ni a decir nada, me sentía como un cervatillo entre lobos.

—¿Y bien, no vas a responder a tu queridísima novia? —interrogó Belladona amenazante.

—Yo... —No tenía tanta confianza con ellas como para hablar de eso y tampoco sabía cómo reaccionarían—.¿Por qué estáis enfadadas?

—Oh, por nada, pero te juro que, como mi hermana aparezca preñada, tu cadáver ni se encontrará. —Y seguro que Mancinella no lo decía en broma.

—¡Hey, tampoco te pases, Mancinella, no voy a aparecer preñada! —No debería, al menos—. Y aun así la última palabra la tengo yo, no vosotras.

—Creo que para esta pelea familiar prefiero no estar presente —comenté mientras me alejaba despacio hacia atrás.

—Mejor, nos vemos luego, Axel. —Se despidió Victoria y menos mal, nunca me habían gustado esa clase de discusiones, ya lo pasé mal el día de la cena.

Aprovechando el momento, decidí ir adonde empezó Carlia a hacer su biblioteca, Ingelm entrenaba allí e iba a aprovechar para ver si empezaba a aprender magia.

Al entrar, lo vi sentado encima de un gran escritorio, estaba solo, en parte me sorprendió verlo sin Selina.

—Ingelm, soy Axel. —Observé la aún inacabada biblioteca, la estábamos reponiendo muy lento porque solo él sabía cómo clasificar los libros—. La verdad es que está cogiendo forma.

—Toma asiento, termino de entrenar y estoy contigo. —Cogí una silla que estaba cerca y me senté a su lado, pero a una distancia prudente.

En la palma de su mano tenía una esfera roja que rotaba mientras flotaba.

—¿Así es como se entrena la magia? —pregunté, mirando con curiosidad lo que realizaba.

—Se canaliza un hechizo para ir agotando tu poder mágico de manera constante, también se puede entrenar utilizando hechizos poderosos varias veces para cansarlo con rapidez, pero aumentando su fuerza. Para hacerte una idea, se entrena igual que un músculo. —Jamás había pensado que la magia se entrenaba así—. Por desgracia no tengo mucho poder mágico, hace años que dejé de entrenarlo, pero tenía lo justo y necesario para hacer y crear portales y ya ves como acababa después de realizarlos.

—Ya, todavía recuerdo cuando casi mueres por hacer un portal para que escapáramos, si no fuera por ti, seguro que habríamos muerto a manos de Clade. —Esa fue la primera vez que vi a Ingelm hacer magia y casi la última—. Han pasado tantas cosas en tan poco tiempo, que parece que fue hace años.

—Sí... De esa salí vivo por poco. —Hizo desaparecer la esfera y creó un bastón de sangre antes de levantarse y empezar a andar, utilizándolo para tantear la zona y no tropezarse—. Antes de que digas nada, no, no me hace falta ayuda. He conseguido hacerme un mapa mental de la biblioteca, he marcado las estanterías con puntos para saber qué fila y columna es.

—¿Aquí tenéis braille? —Por la cara que puso, entendí que no—. Es una forma de escritura que tienen los ciegos de mi mundo para poder leer y escribir, aunque nunca he conocido un ciego, me hablaron de ello.

—No, al menos no que yo sepa, tampoco he conocido nunca a un ciego. —El bastón de Ingelm chocó con una estantería y él empezó a examinar el lateral—. Fila dos, columna tres. Vale, dos filas más.

Avanzamos dos filas más y él me señaló la estantería.

—En esta estantería debe haber un libro de magia para principiantes, se titula «La magia y sus secretos». No sé dónde lo colocaría Selina, te va a tocar buscar. Léelo y cuando termines, búscame para empezar a entrenar.

—Genial... —La estantería era la más llena de todas, tenía un montón de libros y pergaminos.

—Espero que no haya muchos libros. —Ingelm se marchó, hora de empezar a buscar.

A un extremo de la estantería, que era de unos cuatro metros, había una escalera corredera como las que había visto en algunas películas, jamás pensé que iba a utilizar una, la verdad.

Siempre que se busque algo hay que recordar una de las reglas más importantes, estará en el último lugar en el que vayas a mirar, así que mejor empezar por la parte de arriba.

Y después de un buen rato lo encontré. «La magia y sus secretos». Al sacarlo de la estantería y bajar, me pasé un escalón y me apoyé en la estantería para evitar caerme. Al hacerlo, la hice temblar y los libros y pergaminos empezaron a caerse. Intenté sujetarme a la desesperada, sin embargo, un libro enorme me cayó en la cara haciendo que perdiera el equilibrio. Ahogando un grito, me fui al suelo, el golpe me hizo gruñir de dolor y, para colmo, fui enterrado por un montón de libros.

—¡Ingelm, Ingelm, puedes venir! —Algo me daba que se había ido—. ¡Ingelm, ven, necesito una ayudita, Ingelm!

—¡Es verdad, no me acordaba de eso! —gritó entre risas Selina—. ¿Cómo pude olvidar que Carlia intentó cazar un conejo con un libro?

—¡Lo recordé hace poco, cuando soñé con ello! —Me alegraba ver a Ingelm feliz otra vez, hacía tiempo que ni siquiera sonreía—. Aún me pregunto porque me dejó como heredero de todos sus libros en el testamento.

—Pues creo que eres el único que se lo pregunta, te creía más espabilado, hermano —bromeó Selina llenándose otro pichel de vino—. Sois mis nuevas mejores amigas, este vino es maravilloso.

Mis hermanas estaban forzando una sonrisa y he de admitir que yo también. Quería matar a Selina, nos habían enseñado a tener clase y poner vino de calidad de esa manera en un pichel, hacía que algo dentro de mí ardiera.

—Es una de las especialidades de nuestra familia, aparte de la arquería. —Razón no le faltaba a Mancinella, el vino era la segunda cosa más importante—. Aunque si utilizaras una copa sería mejor...

—¿Por? —preguntó Selina después de beberse el pichel de una sentada, eso ya si que no, no pensaba permitir que alguien bebiera vino de esa manera.

—¡Selina, así no! —grité quitando la botella de vino de su alcance—. ¡Eso no!

Selina me miraba sin entender qué pasaba e Ingelm se alteró.

—Lo siento, pero no puedo permitir el sacrilegio de beberse el vino así. —Selina se limitó a mirarme y reírse a carcajadas.

—¡Perdón, Victoria, no sabía que eras tan fina! —Le di la botella de vino a Mancinella mientras Selina se disculpaba.

—Guárdala y pon un papel que diga «prohibido que Selina lo toque». —Ella asintió y se la llevó—. Con otras cosas no tengo problema, pero con el vino no, ese es mi límite, Selina, lo siento por haber actuado así.

—Déjalo, te entiendo perfectamente, yo no soporto cuando la gente no cuida su armamento, antes llegaba a quitarles las armas personales porque no las cuidaban.

—Sí, yo he presenciado varias veces eso —afirmó Ingelm asintiendo—. La gente piensa que es broma, pero Selina lo hace en serio y no les devuelve el arma hasta que no hacen un *prometero* de que la van a cuidar.

—Todos tenemos nuestras manías, así que no te disculpes por ello. Por cierto, ¿dónde está Axel? —Selina tenía razón, no estaba, cosa rara.

—Igual le he metido tanto miedo, que se ha ido —respondió Belladona con ironía.

—Estaba buscando un libro en la biblioteca, uno de iniciación de magia, aunque ya debería haber vuelto, creo. ¿Cuánta luz hay? —Estaba a punto de responder con sarcasmo hasta que recordé que Ingelm estaba ciego.

—Está cayendo el sol, la oscuridad está a pocos minutos de caer —le informó Belladona asomándose a la ventana del comedor.

—Creo que debería estar aquí ya... —comentó Ingelm un poco preocupado.

—Puedo ir a buscarlo. —Todos saltamos de nuestras sillas menos Ingelm, ¿desde cuándo estaba aquí Kinita?

—¡Kinita, joder, no des esos sustos! —reprochó Selina buscándola con la mirada, aunque no estaba en la habitación—. ¿Cuánto hace que estás aquí?

—He estado aquí todo el rato, pero nunca miráis al techo. —Todos alzamos la vista y vimos una hamaca en la parte de arriba, casi pegada al techo de la sala, atada a dos piquetas—. Prefiero dormir aquí arriba antes que en una cama, me resulta más cómodo.

—Bueno bien, puedes buscar a Axel, pero la próxima vez avisa de que estas aquí —le dijo Selina y en cuanto lo escuchó Kinita empezó a marchar.

—Espera, Kinita, te acompaño. —Ella no me respondió, pero interpreté su silencio como un sí—. Por cierto, Kinita, has estado muy desaparecida estos días.

Ella seguía sin responderme, creía que estaba enfadada, ¿pero por qué?

—¿Qué te pasa? —pregunté poniéndome a su altura e intentando mirarla a la cara—. Estás más callada de lo normal, ya sabes que puedes contarme lo que quieras.

—Esto no puedo contártelo, yo... —Intentó mirarme a la cara, sin embargo, desvió la mirada de inmediato—. No estoy enfadada, es solo que...

Llegamos a la biblioteca y, antes de que le pudiera preguntar cualquier cosa, empezamos a escuchar gritos de Axel, o más bien una canción de desesperación.

—¡Voy a morir aquí enterrado en libros! ¡Genial! ¡Esto es increíble! —Seguimos su voz hasta que encontramos una pila de libros y pergaminos.

NACIDO EN LA GRIETA I

Kinita y yo nos miramos un momento antes de empezar a reírnos, me daba pena por Axel, pero es que el momento era demasiado surrealista.

—¡Os estoy escuchando, dejar de reíros de mí y sacadme! —gritó Axel enfadado.

—Debes admitir que la situación es de lo más cómica —respondió Kinita antes de empezar a quitar libros de encima de él—. ¿Estás bien?

Axel consiguió salir después de un rato excavando, con un libro en la mano.

—Por suerte, sí, pero llegáis a tardar un poco más y no sé lo que hago. —Menos mal que Axel se había esperado, porque con su poder podía incinerar todos los libros en un segundo, aunque a Ingelm realmente no le hacían falta, ya que ahora no podía leerlos.

—¿Es que quieres aprender magia? —cuestionó Kinita apuntando al libro que llevaba Axel.

—Sí, la magia sería un añadido bastante bueno a mi repertorio de combate. —Razón no le faltaba, si ya de por sí era letal, incluyendo magia sería imparable—. Bueno, yo empiezo a tener hambre, ¿a quién le toca hacer la cena hoy?

—A ti, ya que ayer la hizo Mancinella.

—Genial, el día va de mal en peor, pues nada. —A Axel no se le daba mal la cocina, aunque no le gustaba. Él decía que en su mundo era muy distinto y que no se sentía aún cómodo cocinando a nuestra manera—. Antes voy a dejar el libro en mi habitación, nos vemos luego. ¿Tú vas a cenar con nosotros, señorita cuchillos?

—Vamos, Axel, puedes hacerlo mucho mejor. —Parecía que Kinita lo había entendido, yo no, ¿a qué se refería con señorita cuchillos?

—Lo sé, si ya soy malo para los nombres, imagínate para los motes. —Entonces entendí lo que estaba haciendo Axel—. Pero en algún momento encontraré un mote adecuado para ti.

—Eso ya lo veremos, fénix. —Axel soltó un suspiro de desesperación en respuesta a Kinita, alguna vez la había escuchado llamar así a Axel y a él no le gustaba mucho.

—Te la devolveré. En fin, dejemos de perder el tiempo, que al final voy a morir de hambre. —Axel echó un último vistazo al montón de libros y pergaminos que había en el suelo—. Bueno, ya lo recogeré.

—Yo creo que podéis hacerlo sin problemas —dijo Selina dejando su cuenco vacío en la mesa—. Estáis más que preparados para combatir a Grock, lo que más me preocupa no es él, es la fortaleza.

—¿Qué le pasa a la fortaleza? —pregunté.

—Está llena de espectros, si fueran espectros normales no habría problema, pero estos son capaces de atacar. —Bueno, pues tan espectros no serían—. Axel, Victoria y Kinita, os veo capaces de ello. No os envío a vosotras, Mancinella y Belladona, porque tampoco quiero dejar el *nido de halcones* desprotegido, Ingelm y yo somos inútiles en combate ahora mismo.

—Me parece bien —comentó Mancinella.

—Al fin algo de acción, desde que llegué aquí no he podido ir a ninguna misión —se alegró Kinita—. ¡Qué ganas tengo de desempolvar mis dagas!

—Una pena perderme a la bailarina carmesí en acción. Ahora viene el problema, ¿alguien sabe algo de la fortaleza de los espectros más allá de las historias que hay sobre esta?

Todos nos quedamos mirando a Selina y negamos con la cabeza, pero entonces entró Fhilen en la sala, con mi espada y las dagas de Kinita en las manos.

—Yo sí que sé muchas cosas sobre la fortaleza de los espectros. —Fhilen nos sorprendió a todos, ya que siempre se quedaba apartado en las reuniones—. Los espectros solo se pueden dañar con magia o con armas forjadas de una manera especial, os contaría el proceso, pero no lo entenderíais.

Nos entregó las armas a Kinita y a mí, ambas tenían la misma peculiaridad, los filos tenían un brillo rojizo y un cristal rojo en medio de la guarda.

—¿Cómo sabes eso, Fhilen? —preguntó Victoria mientras admiraba el trabajo que había hecho.

—Porque yo era un herrero para las manos invertidas. —Todos, excepto Selina e Ingelm, se sorprendieron—. Vale, dejadme que os explique.

—Al final vas a ser más interesante de lo que pensaba. —Se le escapó una pequeña risa cuando le dije eso.

—Los caballeros de las manos invertidas eran lo que ahora se conoce como los *élite*, pero un día desaparecieron porque Grock los mató a todos. Fue castigado por tener una relación con un compañero. Como escarmiento, mataron a su amante delante de él y eso derivó en una explosión de poder de su colgante. Grock mató a todos sus compañeros con sus manos llevado por la ira.

» Además, el colgante tiene un poder extraño y empezó a levantar a los espíritus de sus compañeros caídos. No sé más porque conseguí escapar, fui el único superviviente de esa masacre. Los herreros que trabajábamos allí, éramos los mejores de los cuatro reinos y conocíamos técnicas que nadie en ningún territorio sabía desempeñar.

» Así es como aprendí a forjar armas capaces de matar espectros y he de decir que las de Kinita y Axel son obras maestras que parecen forjadas por los mismísimos dioses. Con la gema que les he implementado, seréis capaces de matar espectros. Y quién sabe, a lo mejor algún día mi sueño se hace realidad según la leyenda de la espada azulada.

—¿De qué sueño hablas? —Él volvió a sonreír y sus ojos brillaron de ilusión.

—Forjar un arma capaz de matar a un dios, ojalá llegues a la ciudad de los dioses, Axel. Aunque no quiero condicionarte a nada, sé que no te gusta eso. —Parecía que Fhilen estaba muy inspirado, pues hablaba más de lo normal.

—Matar a un dios... —No sabía qué pensar sobre eso, ya que no sería tarea fácil y no tenía ni idea de cómo llegar a la ciudad de los dioses—. Si llego a matar uno, serás el primero en saberlo, Fhilen, pero no tengo ni idea de cómo llegará a pasar algo así.

—Los caminos de la vida son inciertos, amigo mío, a saber lo que ocurrirá. —A Fhilen no le faltaba razón, nunca sabías por donde iba a llevarte vida.

—Bueno, supongo que esto es mejor que nada, os tocará improvisar al llegar allí —continuó Selina—. No me gusta esto, aunque por desgracia nos estamos volviendo profesionales de la improvisación. Ya tenemos en nuestro haber varias cosas, como las dos escapadas del *reino azul*, el ataque al antiguo campamento, la emboscada de Arturo...

—Y tanto, bueno, yo me voy a dormir, que mañana será un día largo —dijo Kinita subiendo a la hamaca—. Ahora todos fuera de mi habitación, tengo que descansar.

NACIDO EN LA GRIETA I

Todos coincidimos en que ya era hora de dormir, el día siguiente sería complicado para nosotros. Antes de salir, pude ver que Mancinella le susurraba algo a Kinita, no obstante, no pude escuchar lo que le decía.

CAPÍTULO 13
UN ARMA NUNCA VISTA

Como de costumbre, nos despedimos de todos y marchamos a la fortaleza de los espectros. La diferencia era que esta vez nos hicieron un pasillo. A Kinita un niño la obsequió con una corona de flores blancas y amarillas. Me di cuenta de que ese niño era Carlo, uno de los amigos de Ángela. Kinita le dio un pañuelo bordado que ella tenía en el bolsillo, estaba como nuevo y le dijo que le daría suerte.

Antes de irnos, Mancinella y Kinita volvieron a susurrarse cosas.

Una vez salimos por las puertas, aceleramos el paso para llegar lo antes posible a la fortaleza.

Llegamos antes de que empezara a atardecer, pero la fortaleza estaba envuelta en una cúpula oscura bastante extraña.

—¿Qué narices es eso? —pregunté bajando del caballo.

—Seguro que es cosa del colgante. —Victoria tocó la cúpula y su mano la atravesó sin problemas, como si fuera una pompa—. Extraño, jamás he visto una magia así, ¿de qué tipo crees que es, Kinita?

—No tengo ni idea, igual de alteración o nigromántica —dijo Kinita examinándola.

—¿Y si es magia experimental? —argumenté, era una posibilidad bastante factible.

—Es posible, sea lo que sea, hay que ir con cuidado. —Victoria atravesó la cúpula, Kinita y yo nos pusimos alerta por si pasaba algo—. Es seguro.

Su voz se escuchaba lejana o más bien como si estuviera debajo del agua.

Kinita y yo atravesamos la pared oscura de la cúpula, el ambiente era extraño y me sentía observado. En el interior era como si entrara la luz justa y necesaria, no quería estar aquí para cuando se hiciera de noche.

Frente a nosotros se alzaba una fortaleza que estaba en apariencia vacía y en el centro de esta, un gran edificio que recordaba a un mausoleo.

—Estoy bastante segura de que Grock está en el edificio grande —comentó Kinita.

Entonces nos percatamos de una persona que se acercaba con lentitud hacia nosotros desde la edificación, desenvainamos nuestras armas y nos pusimos alerta.

—¿Es Grock? —susurré poniéndome al frente junto con Kinita, que se posicionó a mi izquierda, mientras que Victoria estaba a nuestra espalda con el arco preparado.

—No creo, según las historias él jamás sale de la fortaleza —informó Kinita, la figura seguía acercándose. Cuando ya estaba bastante cerca vimos de quién se trataba—. Lo que nos faltaba, ahora Clade se une también a la fiesta

—Esperar, no ataquéis, yo hablaré con él. —Él y yo nos llevábamos extrañamente bien, no sabía por qué, pero algo me hacía confiar en él y pensaba que él tenía la misma sensación conmigo—. ¡Clade, qué narices haces aquí!

—¡Eso te podría preguntar también, yo vengo de saludar a un viejo amigo! —Así que conocía a Grock.

Guardé mi espada en su vaina, pero Kinita y Victoria no lo hicieron y se quedaron en guardia sin fiarse de Clade. Avancé hacia él relajado. Cuando estuve a su altura, él se acercó un poco más y puso una mano en mi hombro para susurrarme.

—Ahora mismo están atacando el *nido de halcones*, pero no podéis salir hasta que no matéis a Grock, él no os permitirá iros porque sois intrusos. —Las palabras de Clade me cortaron la respiración, ¿cómo sabía todo esto? — Grock me acaba de hablar del plan b de Servil y joder, estáis en problemas.

Clade quitó su mano de mi hombro y se marchó, no creí lo que me dijo y mi mirada se perdió en el infinito hasta que reaccioné. No era el momento de bloquearse, había que actuar rápido.

—¡Chicas, rápido, no debemos perder el tiempo! — Desenvainé mi espada y fui corriendo hacia la fortaleza, esperándome un poco para que me alcanzaran ellas.

—¿Qué pasa, Axel? —interrogó Victoria al llegar a mi lado mientras corríamos—. ¿Qué te ha dicho Clade?

—¡No podemos salir hasta que no matemos a Grock y...! —Me lo pensé un poco antes de decirles lo otro, no quería que les nublara la mente, sin embargo, estaban bien entrenadas, por lo que informarles nos sería útil—. ¡Están atacando el *nido de halcones*, por lo visto Servil todavía tenía un plan b!

—¡Mierda! —dijeron las dos a la vez, pero no se detuvieron y siguieron corriendo con la vista al frente.

Al llegar, avistamos los primeros espectros, tres arqueros, que nos estaban apuntando, se alzaban en el muro de la entrada.

Victoria hizo un pequeño *sprint* para ponerse delante de nosotros, tensó su arco para disparar tres flechas de luz, abatiendo a los arqueros como si nada y sin detenerse. Al entrar a la fortaleza nos apuntaban desde la muralla y desde una horca. Apoyándolos, había varios caballeros de las manos invertidas, al verlos entendí por qué los llamaban así.

—¡Kinita, a los arqueros! ¡Axel, entretén a los de las espadas! ¡Si no te ves capaz, avísame y te apoyo! —ordenó Victoria mientras iba a por los arqueros de las estructuras.

Kinita y yo la obedecimos sin rechistar, en combate no se podía romper la iniciativa una vez tomada, algo que aprendí por las malas hacía tiempo.

Cargué contra uno y le clavé la espada en el pecho, pero era una sensación rara, no sentía como si le hubiera dado, era como si hubiera atacado al aire. No obstante, el espectro se desvaneció tras recibir el ataque. Los otros cuatro reaccionaron y vinieron a por mí, esquivé cada una de sus embestidas y no bloqueé ninguno porque me daba miedo que su espada atravesara la mía.

—¡Despejado! —gritó Victoria—. ¡Voy a ayudarte, Axel!

Entonces, dos de mis atacantes fueron atravesados por sus flechas. Aproveché que los otros se distrajeron y con dos simples y rápidos movimientos, los maté.

Kinita también había acabado con sus objetivos, así que era momento de seguir hacia el edificio con forma de mausoleo gigante. Justo antes de llegar un montón de espectros empezaron a alzarse.

—¡Mierda! —bramó Kinita retrocediendo a la vez que nosotros—. ¡Son demasiados como para pelear con ellos!

—Tengo una idea, pero no os va a gustar —dijo Victoria poniéndose delante—. Cuando yo os diga, salid corriendo hacia la puerta del edificio.

—Victoria, ¿qué vas a hacer? —pronuncié mientras ella tensaba su arco y una luz empezó a brotar de allí, haciéndose cada vez más grande e intensa.

—¡Confía en mí! —dijo sin dejar de mirar al objetivo, apuntaba justo a la puerta, entendí lo que quería hacer.

Me puse a un lado y Kinita al otro, luego nos preparamos para salir corriendo tal y como ella nos dijo. Victoria empezó a gruñir del esfuerzo mientras que seguía tensando el arco en extremo y la luz empezaba a tomar forma de una flecha gigante.

—¡Ahora! —Al darnos la señal empezamos a correr y ella disparó hacia la puerta. Una enorme flecha de luz salió disparada y penetró entre las filas de los espectros, haciendo un gran pasillo para Kinita y para mí. La flecha impactó en la puerta rompiéndola en el acto, dejándonos vía libre para entrar.

Al atravesar la puerta miré atrás y la vi caer de rodillas debido al cansancio.

—¡Victoria! —Intenté ir hacia ella, pero Kinita me agarró del hombro.

—No te preocupes, si ha dicho que confíes es porque tiene un plan. —Entendía lo que decía, pero no dejaba de preocuparme.

Ella me soltó y yo me giré para adentrarme en el mausoleo. Eché una última mirada hacia atrás y vi que los espectros no se atrevían a entrar, debía ser porque Grock estaba ahí o más bien por el colgante.

El lugar era enorme, tenía forma octogonal y un gran ataúd de piedra en el centro. Pero algo raro pasaba en esta sala, de repente, el ataúd se hizo más grande.

—Kinita, el ataúd se ha hecho más... —Observé a Kinita y vi que estábamos casi a la misma altura. ¿No era yo más alto? Además, ¿porque parecía una niña? ¿Y desde cuándo mi voz era tan aguda? Mierda—. ¡¿Qué acaba de pasar?!

—¡Acabamos de volver a ser niños! ¿Cómo? —dijo ella entrando en pánico.

Antes de poder responderle, una risa proveniente del ataúd nos interrumpió. Dos niños se asomaron, uno de ellos llevaba un colgante negro que emitía un aura violeta, sin duda ese debía ser el colgante de Grock.

—Así que vosotros sois los intrusos, decidme, ¿por qué habéis irrumpido en mi dominio? —Estaba en *shock*, sin embargo, no había duda de que ese era Grock y no sabía cómo, pero ese colgante estaba haciendo que volviéramos a ser niños.

—Necesitamos tu colgante, lo necesitamos para derrotar al rey Servil, *prometero* que cuando lo derrotemos te lo devolveremos —dijo Kinita haciendo el saludo.

—No, ahora iros, no pienso darle a nadie mi colgante. —Él se giró para marcharse y el otro niño lo siguió.

—Lo siento, pero no podemos irnos sin el colgante —aseguré mientras intentaba desenvainar mi espada, pero me resultaba pesada, normal, volvía a ser un niño.

—Si es lo que deseáis, que así sea. —Su voz envejecía por momentos a la vez que nosotros recuperábamos nuestro aspecto, aunque sentía una mayor carga, también molestias en mi espalda y rodillas, que no tenía antes.

Al mirar a Kinita la vi bastante envejecida, con la espalda encorvada. De atrás del ataúd salió Grock, era bastante alto, calvo y con una frondosa barba canosa.

Su compañero tenía una barba similar a la de Grock y una altura similar, por el contrario, su cabello era rubio con alguna que otra cana.

Ambos desenvainaron las espadas que tenían a su espalda, esas espadas enormes no las tenían cuando eran niños. Agarraron la empuñadura, al igual que los espectros, con las manos invertidas.

—Joder, estamos en desventaja. —Ellos eran muy fuertes y estaban entrenados como la antigua *élite*.

La edad a nosotros nos iba a afectar, sobre todo a Kinita, cuyo combate se basaba en superar a su rival en cuanto a velocidad y agilidad.

Las espadas de nuestros adversarios tenían lo mismo que Fhilen nos había puesto a nosotros, me imaginé que eso era lo que hacía posible que Grock destrozara mi espada con solo tocarla.

NACIDO EN LA GRIETA I

—Estáis en problemas, a ver como peleáis siendo casi unos ancianos, os adelanto que vuestras rodillas van a sufrir. —Grock parecía el maestro de lo obvio.

—Axel, creo que debemos jugárnoslo todo en esta lucha. —Coincidí con Kinita, no podíamos reservarnos nada—. Primero atacaré yo.

—¿De qué hablas, Kinita? —pregunté mirando de manera nerviosa a nuestro adversario, que se nos acercaba poco a poco.

Ella clavó ambas cuchillas en el suelo y empezó a canalizar magia. Una nube apareció detrás de Kinita y un montón de cuchillos salieron disparados hacia Grock y su compañero.

El colgante de Grock empezó a brillar y creó un escudo que protegió a ambos, a la par que el hechizo que nos aumentó la edad desapareció, volviendo a nuestras respectivas edades. Kinita paró de canalizar magia y se puso a mi lado jadeando.

—He gastado mucho poder, está en tus manos... —Sonreí y clavé mis ojos en Grock.

—Ahora me toca a mí. —Inspiré hondo e intenté conectar con el poder del fénix. Poco a poco empecé a sentir la llama, que no me quemaba—. ¡Hora de bailar!

Cargué contra Grock a toda velocidad, lo principal era quitarle el colgante y no matarlo. Sin perder más tiempo, Kinita se lanzó a por el otro. Después de un forcejeo, Grock consiguió apartarme.

—Me recuerdas a Clade. —Parecía que era de los que hablaban mientras peleaban—. Me extraña que no os matara cuando se cruzó con vosotros.

—Eso es porque no ha llegado el momento de pelearnos. —Él me miró con sorpresa.

—Así que eres tú... —Contempló con atención mi arma—. La espada azulada, ahora lo entiendo, pero no te lo puedo permitir. Si me lo quitas, Jarret morirá, compréndelo.

—Lo entiendo, Grock... —Genial, otra persona a la que no quería hacer daño, pero debía hacerlo—. Si pudiera evitarlo, lo haría, aunque no encuentro otra manera.

—Comprendo tu punto de vista. —Grock le hizo una seña a quien me imaginé que era Jarret, el cual reanudó su combate con Kinita—. Nos enseñaron que a veces deben morir inocentes para poder cumplir un bien mayor. ¿Es eso, Axel? ¿Yo debo renunciar a mi felicidad y vida para que vosotros cumpláis vuestro objetivo?

—Ojalá no tuviera que ser así... —Ya me lo dijo una vez Yasuda, a veces hacer el bien y hacer lo que se debe son cosas muy distintas, siempre es cuestión de perspectiva. Por eso odiaba plantearme estas cosas, pues entrabas en una espiral de hipocresía, ¿porque unos debían morir y otros no? ¿Tenía derecho a decidirlo? Un bucle de preguntas sin sentido porque al final dependía de lo que pensara cada persona—. Como odio las paradojas, joder, ¡deja de hablar y lucha de una maldita vez!

Él me sonrió antes de dirigirse hacia mí, cargando con la espada hacia delante de una manera muy extraña, con la empuñadura pegada al pecho.

Lo esquivé dando un gran paso lateral, el respondió girando brusco, alzando la espada en el aire y cambiando las manos, ahora la izquierda la tenía mirando hacia dentro. Qué estilo de combate más extraño.

Sus ataques eran muy obvios, pero veloces. Al tener las manos de esa manera, la flexibilidad de sus movimientos era menor, eso sí, en un choque de espadas él ganaba con creces. De vez en cuando miraba de reojo a Kinita, el ataque de antes le había hecho gastar bastante poder mágico y estaba muy fatigada, aunque aguantaba, más que un combate, parecía que estaban jugando al gato y al ratón.

—¡Vamos! ¿No querías pelear? —gritaba de forma repetida Grock buscando provocarme—. ¿Y tú eres quien le dará muerte a Clade? ¡Eres patético!

—Sabes que no voy a caer en tus provocaciones, ¿verdad? —También sabía jugar a ese juego—. ¿Tan desesperado estás que tienes que recurrir a eso?

Él lanzó una arremetida con más fuerza de lo normal, una oportunidad perfecta. Utilizando mis alas de fuego me alcé por encima de él y apoyé mis pies en su espalda para empujarle. Perdió el equilibrio y cayó al suelo.

Me impulsé hacia él con un aleteo. Se dio la vuelta más rápido de lo esperado, algo que me obligó a detenerme antes de llegar a él. Giré hacia mi izquierda esquivando su bloqueo con la espada y lancé un ataque horizontal directo a su cabeza. A pesar de que se levantó justo a tiempo, conseguí darle en el brazo derecho, el cual casi le amputo.

Gruñó de dolor e intentó retirarse, pero no quise dejarle respirar, por lo que raudo volví a la ofensiva. Él solo podía utilizar un brazo, pese a que se manejaba aún bastante bien a una mano, no podía maniobrar tan fácil como con las dos, por lo que con simpleza pude asestar un par de cortes superficiales. Conseguí desequilibrarle, aproveché para pegarle una patada en la muñeca izquierda, con la que conseguí que soltara la espada, y le di otra en el pecho para alejarlo.

Cayó sobre una rodilla, ya exhausto del combate, y conectó sus ojos con los míos mientras le ponía la punta de la espada en el cuello.

—Acaba con esto, Axel, si no puedo tener mi colgante, no quiero vivir. —A la vez que Grock hablaba le hizo una señal a Jarret para que se detuviera, lo miró con mucho cariño, como despidiéndose de él—. Acepto mi destino, ha sido un gran combate.

—Lo mismo digo, Grock.

Le corté la cabeza limpiamente, esta cayó cerca de los pies de Jarret, que la cogió y la abrazó antes de desvanecerse.

Mientras se desvanecía, lagrimas caían de sus mejillas.

—Al fin podemos coger el colgante —dijo Kinita estirando la mano para agarrarlo, pero la paré antes de poder hacerlo.

—Espera, Kinita, no sabemos qué poder tiene. —Mejor dicho, solo sabíamos historias.

—Pero no podemos perder el tiempo. —Kinita también tenía razón, sin embargo, actuar sin pensar no era sensato.

—Está bien, vayamos con cuidado. Si pasa algo, busca a Victoria y corred hacia la fortaleza. —Esperaba que no pasara nada.

Agarré el colgante con mi mano izquierda y sentí como si una electricidad empezará a recorrer todo mi cuerpo. Cerré los ojos por el dolor, pensé en qué podía ser y me vino a la mente lo que dijo Selina: «un as bajo la manga». ¿Qué podía usar? Un arma, una que ellos nunca hubieran visto, no muy grande para poder esconderla o llevarla de manera discreta.

¡Lo tenía, una pistola! Cuando visualicé una pistola en mi mente sentí como el colgante se transformaba en mi mano. Al abrir los ojos, me fijé en que Kinita estaba asombrada. Cuando miré mi mano izquierda vi que, en efecto, había hecho una pistola. Pero se trataba de una pistola de llave de chispa.

—¿Qué es eso en lo que se ha transformado el colgante? —preguntó Kinita señalando el artilugio.

—Un arma que me ayudará mucho para pelear contra Clade, ya os lo enseñaré. Ahora debemos darnos prisa.

De manera fugaz se me pasó por la cabeza el cómo iba a funcionar sin pólvora, aunque de eso ya me encargaría después.

Salimos de la guarida de Grock y pudimos ver que no había ni rastro de los espectros ni de la cúpula, ambos habían desaparecido. Intenté ponerme la pistola en el cinturón, pero al soltarla se volvió a transformar en el colgante y se me enrolló en la muñeca. Era un objeto extraño que aún debía entender.

Seguimos avanzando, buscando a Victoria hasta que comenzamos a escuchar sus gritos.

—¡Estoy aquí arriba, cegatos! —Miramos en esa dirección y estaba en una torre de vigilancia—. ¡Tengo un pequeño problema para bajar, pero no os preocupéis, id marchando al campamento, ya os alcanzaré!

—¡Entendido, nos vemos en el nido! —Nos despedimos con premura y llamamos a nuestras monturas.

—¿Qué nombre crees que debería ponerle a mi yegua, Kinita? — pregunté de camino.

—¿En serio me preguntas eso ahora? —No me extrañaba que se pusiera así, no era un buen momento—. ¡Llámala Catalina!

—¡Que así sea! ¿Te gusta el nombre, Catalina? —Era evidente que no me entendía, era un animal—. Claro que sí, es un buen nombre. ¿Es de alguien, Kinita?

—Era el nombre de mi madre.

No añadió nada más, no hacía falta. La comprendí a la perfección.

—Lo siento, si no recuerdo mal era una sirvienta, ¿te importa decirme qué pasó? —Tenía mucha curiosidad por saber sobre su pasado, aunque tal vez mi pregunta podía dolerle, pero la hice sin pensar.

—No me importa, no deja de ser parte de mi historia, aunque no me guste. Hay que decir que era una mujer de lo más hermosa, ¿y quién podía resistirse a los encantos de un joven Servil? Mi padre siempre supo cómo manipular a las personas, le llenó la cabeza de sueños con ser princesa y cuando nací por error, él la echó a la calle como a un perro.

—¿Y cómo te enteraste de eso? —Me resultaba extraño que ella lo presenciara, teniendo en cuenta que todo eso sucedió cuando ella era un bebé y aún más raro que se lo contara Servil.

—Me lo contó Komandlach, aunque era un ciego seguidor del rey no era un mal hombre. —Al decir su nombre se me hizo un nudo en el estómago recordando que lo mató Victoria en la mansión de Helia—. Él me dijo que merecía saber la verdad y me contó que justo después de darme a luz, mi padre ordenó que abandonaran a mi madre en un callejón y la amenazó con decapitarla si volvía. También me contó que su nombre era Catalina, eso es todo lo que sé sobre ella y sobre lo que ocurrió con mi padre, el desgraciado de Servil me mintió diciendo que mi madre murió en el parto.

—Pagará por todo lo que ha hecho, te lo aseguro, mucha gente busca venganza contra él.

—Y tanto que pagará.

Esperaba que la venganza no la cegara.

Empecé a realizar mis ejercicios de poder mágico como de costumbre, sentía que estaba avanzando a pasos agigantados. Ya había hecho algunos hechizos de magia de sangre sencillos. Incluso hice uno que creaba un charco de sangre, el cual me servía para escuchar el chapoteo de los pasos. Comenzaba a sentirme más cómodo con esta magia.

Entonces escuché el sonido de un golpe, sonaba como si una persona se hubiera caído, seguido de unos breves susurros. Estaba en una mesa al fondo de la biblioteca. El sonido venía de mi derecha y por lo lejano que se escuchaba, debía ser del ventanal del segundo piso.

Las ventanas estaban abiertas porque hacía calor. Alguien entrenado o con magia podía colarse por una de esas ventanas, ya que la pared que daba al exterior era lisa y no tenía la muralla cerca.

Si era un asesino, estaba muerto, me moviera o no, pero si no me movía era imposible poder escapar. La opción de salir corriendo era inviable, quedaban libros por el suelo de cuando Axel cayó con toda la estantería y cabía la posibilidad de que tropezase y mi huida quedase frustrada.

Solo me quedaba una posibilidad.

Creé un bastón para poder andar y empecé a dirigirme hacia el sonido, despacio.

—¿Selina, eres tú? —A lo mejor con suerte, si veía que no era el objetivo, me ignoraba—. ¡Sabes que no me gustan esta clase de bromas, todavía me da bastante miedo no saber lo que hay a mi alrededor!

El silencio absoluto invadió la biblioteca tras mis palabras, algo no estaba bien, eso estaba claro.

—¡Si no eres Selina entonces debes ser Ángela, vamos, déjate de juegos! —No obtenía respuesta, el miedo estaba empezando a invadir mi mente.

¿No me lo había imaginado, verdad? Joder, lo de estar ciego era cada día peor, sentía que me volvía loco por momentos. Pero esto juraría que no lo había imaginado.

Esperé un rato que se me hizo eterno para recibir una respuesta, entonces decidí darme la vuelta. Al momento escuché una respiración junto a las escaleras. Mi atacante se estaba moviendo. No sabía si venía a por mí o adonde iba, pero no podía quedarme quieto.

Me agaché y puse mis manos en el suelo, creé un charco de sangre que cubriera una gran parte de la biblioteca, escuché el chapoteo de unos pasos en mi dirección y lancé mi bastón hacia el sonido. Los pasos cedieron por un instante y los volví a escuchar más a la derecha. Sin embargo, unos segundos chapoteos aparecieron, luego el aleteo violento de un pájaro y todo finalizó cuando sentí un gran dolor en el pecho. Caí al suelo de rodillas.

—Esto es por Gelmin —dijo la voz de una mujer, no sabía quién era.

Caí de frente, ya sin fuerzas, sintiendo como la vida se me escapaba. ¿Qué tenía que ver Gelmin con todo esto, no estaba alucinando?

—¿Como narices a usado dos hechizos de magia de sangre a la vez? —Escuche la voz de un hombre de fondo justo antes de que todo se volviera negro.

Todo estaba destrozado, las murallas estaban rotas y había sangre por todas partes, demasiada, diría yo. Había mucha gente muerta, algunos heridos y unos pocos vivos ayudando a los que podían.

Kinita y yo nos bajamos de los caballos y nos sumamos a ayudar a los heridos. Empecé a sacar a una persona de debajo de una viga de madera y Kinita se quedó mirando un pañuelo.

—¿Qué pasa, Kinita? —Se quedó pálida al ver el pequeño pedazo de tela, entonces lo entendí, fue el mismo que le regaló a Carlo—. Joder...

—¡Lo pagarán, les haré pagar por todo! —dijo mientras lo apretaba en el puño—. Seguro que ha sido Servil.

Entonces una persona se me cruzó por la cabeza, Ángela. Corrí en su busca y pregunté a todos por ella hasta dar con Mancinella y Belladona. Estaban heridas, Belladona tenía media cara vendada y Mancinella el brazo derecho inmovilizado.

—¿Qué ha pasado, dónde está Ángela? —pregunté alterado, ellas desviaron la mirada incapaces de mirarme a la cara.

—Se la han llevado, a ella y a Selina, nosotras... —No pudo retener las lágrimas y empezó a llorar. A mí se me cayó el alma a los pies—. ¡No hemos podido proteger el campamento, no somos dignas descendientes de Helia!

—Axel, piensa con claridad, no te dejes llevar —dijo la voz de Helia—. Ahora no es momento de desmoronarse.

Tenía razón, pero era un golpe muy duro, ¿por qué Ángela? Selina lo entendía porque era la líder.

—¡Mancinella, menos mal que estás bien! —dijo Kinita corriendo a abrazarla con fuerza—. ¡Por un momento pensé que tú también habías muerto! ¿Quién ha hecho todo esto?

—Fueron dos magos de sangre, un hombre y una mujer, la mujer tenía a su lado a un espectro. No estoy muy segura de lo que vi, pero juraría que el fantasma era la misma persona que ejecutasteis el día de mi llegada. —¿Gelmin?

—Hablando de magos de sangre... ¿Dónde está Ingelm?

—No lo sé —respondió Belladona quedándose pensativa un momento—. Igual estaba en la biblioteca, ellos salieron de allí, lo cual significa que probablemente esté...

No la dejé terminar y salí corriendo en su busca, si Ingelm había muerto, yo no sabía lo que haría.

Al llegar, vi que cerca de la mesa del centro había un gran charco de sangre, demasiada para ser de Ingelm. Él se encontraba en el centro. Titubeante, me acerqué y le di la vuelta, tenía toda la ropa manchada de sangre. Me derrumbé y me puse de rodillas al lado de su cadáver, entrelacé los dedos de mis manos y empecé a presionar con las palmas el centro de su pecho. Después de treinta compresiones le tapé la nariz, le abrí la boca y juntando mis labios, soplé. Miré la punta de sus pies y vi que la barriga se le inflaba, por lo que le entró el aire, pero no lo notaba salir. Repetí tres veces el proceso. Me daba igual el tiempo que llevara así, necesitaba salvarle.

Después de hacerlo múltiples veces sentí sus latidos, confirmando que estaba vivo. Reí de manera nerviosa, ¡Ingelm estaba vivo!

Pero con seguridad necesitaría ayuda médica. Le rasgué la camiseta para saber dónde estaba la herida y la identifiqué con facilidad. Tenía una gran mancha roja en el centro del pecho, pero no había herida, era como si la sangre estuviera dentro de la piel. Como no sabía qué hacer ante esta magia, lo cargué en brazos y fui con cuidado donde estaban Belladona y Mancinella.

Las dos se levantaron del banco para dejar hueco a Ingelm.

—Su corazón está latiendo, aún está vivo, aunque parece que le han lanzado algún hechizo. —Antes de que pudiera terminar, Belladona se acercó a él y puso la oreja cerca de su boca.

—Cierto, todavía respira. —Mancinella se levantó, agarró una mochila, sacó un pergamino y se lo dio a Belladona—. Sujeta.

NACIDO EN LA GRIETA I

Mancinella se puso a realizar el hechizo en la herida y poco a poco la sangre comenzó a desvanecerse hasta desaparecer.

—Ya está —dijo jadeante—, ¿tiene alguna otra herida?

—Creo que no, pero había mucha sangre para la herida que tenía —contesté compartiendo mi observación.

—Son magos de sangre, Axel, siempre va a haber más de la normal. —Belladona tenía razón, no había que alarmarse porque hubiera mucha—. Además, puede que hasta haya sido un hechizo de Ingelm, vete tú a saber, cuando se despierte, le preguntamos.

—Por cierto, ¿dónde está Victoria, Axel? —preguntó Mancinella un poco alterada.

—Llegará pronto, ella nos dijo que nos marcháramos porque iba a tardar en bajar de una torre que se había subido. —Mis palabras tranquilizaron a Mancinella—. Kinita, la maga supongo que es Alva, ¿tú conoces al otro mago?

Ella me negó con la cabeza.

—No sabía que Servil tenía otro mago de sangre en su corte, solo conozco a Alva, aunque jamás hemos mantenido una conversación. —Eso complicaba las cosas para encontrarla—. Y antes de que preguntes, no, no tengo ni idea de donde puede estar.

Ahora que no teníamos a Selina iba a ser muy complicado mantener el sitio en orden, ninguno de nosotros podíamos liderar como ella.

—¿Y vuestra misión ha tenido éxito? —preguntó Mancinella.

—Sí, ha salido bien —dije mientras enseñaba mi nueva arma, ambas se sorprendieron al verla.

Apunté a un cuervo posado en un tocón cerca de donde estábamos, sin saber en realidad si se podía disparar, ya que pensaba que no tenía pólvora ni nada. Aun así una bala y una bola de fuego salieron disparadas del cañón. El cuervo no tuvo tiempo de reaccionar y un montón de plumas negras quedaron flotando en el aire.

El gran retroceso me movió para atrás y no entendí por qué, pero empecé a perder mis energías, me sentía muy cansado.

—¡Qué potencia! —gritaron Belladona y Mancinella a la vez.

Me senté en el suelo, se me estaba nublando la visión, ¿qué me estaba pasando?

—Axel, estás pálido, ¿qué te pasa? —preguntó Kinita.

Intenté responderle, pero no pude. Y caí inconsciente.

—Mira, Axel —dijo Slayer señalando la pistola de chispa—, esto es un clásico, me encanta su forma, la elegancia que rebosa. Si pudiera tener una de estas, que dispare como una moderna, sería la única pistola que usaría.

—¿Entonces no la usas porque no es práctica? —Él asintió con la cabeza—. ¿Y por qué la llevas?

—¡Te lo acabo de decir! —gritó mientras se reía por mi pregunta—. ¡Por la elegancia que rebosa! ¡Si quiero matar a alguien con estilo, utilizaré esta maravilla sin dudar!

—¿Pero de qué sirve matar con estilo? —Hacer algo con estilo era querer alardear y Slayer alardeaba mucho, ¿pero matar? Querer alardear haciendo algo tan horrible, no lo concebía—. Eso es...

—¿Horrible? —dijo terminando mi frase—. Sí, sí lo es y también de gente que está mal de la cabeza, pero es lo que hay, es el único camino que conozco. Además, tengo mis principios para matar.

—Aun así matar está mal, ¿cómo te sientes pensando que le has arrebatado la vida a una persona? —Slayer cambió su sonrisa a una cara mucho más seria.

—Mira, Axel, entiendo lo que quieres decir, ¿pero qué hago si lo que mejor se me da es matar? —Lo comprendía, pero siempre había otro camino—. Sé que piensas que el acto de matar es algo que no debería existir y comparto tu opinión, pero hay veces que la vida no te da otra alternativa y una vez te manchas las manos, ya no hay vuelta atrás. Sé que cuesta de asimilar y es un eterno debate moral. ¿Está bien matar bajo ciertas circunstancias? ¿Matar es siempre malo? ¿No se debería matar nunca a nadie? ¿Nadie merece la muerte? Intenté buscar respuestas a esas preguntas, pero me resultaba imposible encontrar una que no se contradijera.

—¿Lo entiendes, Axel? —Asentí con la cabeza a su pregunta, era algo tan complejo y hasta paradójico, y yo odiaba las paradojas—. Jamás mataría a un civil, pero no me tiembla la mano a la hora de acabar con un soldado que se interpone en mi camino, pese a saber que igual es una buena persona. Sin embargo, él ha seguido esa vida y está dispuesto a matarme y yo siempre digo que si estás dispuesto a quitarle la vida a alguien, debes estar dispuesto a morir. Recibiré a la muerte con los brazos abiertos, pero hasta entonces, daré guerra y viviré mi vida acorde con mis creencias.

—Vivir de una manera que no te arrepientas de cómo has vivido. —Pensé en alto, eso era lo que siempre decía papá.

—Exacto —respondió Slayer—. Desearía haber evitado ciertos errores y haber salvado a tanta gente, pero las desgracias que me han ocurrido me han llevado a ser la persona que soy ahora y no cambiaría nada de lo que ha *pasado. Recuerda esto, Axel, matar no está bien bajo ningún concepto, solo un monstruo se alegra de matar.*

—Y si matas debes estar dispuesto a morir. —Él me sonrió y me acarició la cabeza, cosa que odiaba.

—Ese es mi pequeño asesino. —Le aparté la mano, tampoco era tan pequeño, tenía ya dieciocho años.

—¡No soy un niño, deja de tratarme como tal!

—¡Oh, disculpa, chaval, me había olvidado de que aún estás en la edad del pavo! —dijo Slayer entre risas—. Pero no te comas la cabeza, hay una fina línea entre matar por un fin y matar por matar, cuando la cruzas es cuando aprendes dónde está, y no te preocupes, todos la hemos cruzado, hasta Yasuda.

—Pero ¿y si no estáis conmigo cuando eso pase? — pregunté preocupado.

—Seguro que tendrás a alguien, nunca estarás solo.

Desperté y miré a mi alrededor, era de día, ya que la luz entraba por la ventana de mi habitación.

Me levanté despacio, me dolía la cabeza, ¿qué me había pasado? Había caído inconsciente después de disparar, pero ¿por qué?

Miré mi muñeca izquierda, aún tenía el colgante atado. Observé encima de la mesilla de noche y vi que estaba el libro de magia con un papel en el que tenía algo escrito.

Nacido en la grieta I

Axel, a juzgar por la pieza de metal que había en tu mano, que escupió fuego hacia el cuervo, esta desprende magia apenas perceptible. Tu desmayo se deberá a tu falta de poder mágico, cuando leas el libro entenderás porqué. Si lees esto y no está Victoria en tu habitación, es porque, junto con sus dos hermanas y Kinita, se han ido a buscar donde pueden estar Selina y Ángela.

Yo estaré en la biblioteca, como siempre, ven cuando te hayas leído el libro y, por los dioses creadores, no hagas nada mientras yo no esté presente.

Escrito por Kinita y dicho por Ingelm.

Bueno, ya más o menos tenía lo esencial, ahora iba a repasar el resumen que me había escrito, eso siempre me había funcionado.

Primero, la magia existe en todo el mundo, pero se desconoce el desencadenante de esta.

Todo individuo posee poder mágico, el poder que se usa para utilizar la magia, pero para despertarlo era necesario entrenarlo. Sin embargo, antes de ello había que saber las consecuencias de usarlo.

El poder mágico suponía un esfuerzo mental, por eso al usarlo el usuario acababa con cansancio y, en los casos más extremos, dolor de cabeza y desmayos. En el peor de los casos, la muerte.

Segundo, el poder mágico puro era el estado bruto de la magia, en este estado era impredecible y podía provocar lo conocido como oleada pura. Esta oleada era muy peligrosa, podía provocar tanto cambios mágicos como físicos en la persona, como el drenaje de esta misma, hasta el punto de que desaparecía del cuerpo del implicado. Eso si el usuario salía con vida.

En tercer lugar, y por fin la parte de entrenamiento. Para entrenar la magia, sobre todo por primera vez, era importante un ambiente relajado y sin distracciones. Se recomendaba pintar un punto en el centro de la palma de la mano y concentrarse en este. Sentías la energía moverse por tu cuerpo, el proceso era lento y tedioso, pero al final se podrá canalizar una pequeña esfera de magia. Al principio se tarda en canalizar y se podrá mantener apenas unos segundos. Aunque con el tiempo, el individuo lo irá controlando mejor.

Después, cuando se tenga un poco de poder, suficiente para mantener la esfera un tiempo prolongado, se aconsejaba hablar con un tutor de la academia, Ingelm en mi caso, o leer libros respectivos al tipo de magia que hiciera brillar tu esfera. El rojo era de sangre, el azul, de desplazamiento, el verde, de interpretación, el violeta, de alteración y el amarillo, de combate.

Cuando vi que el libro tenía mil doscientas páginas me asusté, pero en su mayoría eran dibujos y gran parte hablaba de grandes academias de magia y su historia. Como eso no me interesaba mucho, ni lo miré.

Una vez terminada la lectura fui a ver a Ingelm, justo como me había dicho en la nota.

Al entrar, él no estaba entrenando el poder mágico como de costumbre, había un muñeco de paja de los que usaban los soldados para entrenar en medio de la biblioteca e Ingelm estaba en frente, tenía el bastón de metal afilado alzado como si fuera un estoque. Me quedé en la puerta, quería ver lo que hacía.

Ingelm extendió su mano izquierda y su dedo índice sin bajar el bastón con la derecha. De la punta del dedo salieron un montón de cosas que parecían venas disparadas en todas las direcciones, incluso detrás de él, algunas se chocaron con el muñeco y otras pocas me llegaron a alcanzar a mí.

—¿Pero qué coño es esto, Ingelm...? —Alcé la cabeza para ver como la punta afilada de su bastón se quedaba a escasos centímetros de mi cara—. ¿Como...?

—¡Ojalá haberte visto la cara! Esto es un hechizo que he estado preparando, lo llamo detección sanguínea, esas cosas que has visto son venas con terminaciones nerviosas inmunes al dolor. Cuando una impacta, sé a la perfección dónde está mi objetivo. —Él apartó el bastón—. ¿Has terminado de leer?

—Sí, estoy listo para empezar a entrenar. —Él asintió, se dirigió al escritorio y me tendió un trozo de carbón.

—Ya sabes qué hacer, supongo, yo estaré aquí por si pasa cualquier cosa. —Agarré el trozo de carbonita y me puse un punto en la palma de la mano—. Recuerda que este proceso es largo y tedioso, la gente con cierta afinidad mágica puede llegar a tardar un par de días en crear la esfera. Seguro que tú tienes afinidad por el colgante de Grock, si no la tuvieras, no podrías haber hecho lo que sea que hizo ese artilugio.

—Pistola, se llama pistola y lo que hice fue disparar, el trozo de metal se llama bala. —Me senté encima del escritorio, que por primera vez lo veía sin libros y papeles.

—Ya veo, ya lo describirás después, eso tengo que documentarlo. Bueno, suerte en tu entrenamiento.

—Gracias, Ingelm.

Muy bien, empecemos.

Nacido en la grieta I

Nacido en la grieta I

CAPÍTULO 14
LEJOS DEL ACTO FINAL

Tardamos dos semanas en recuperarnos del duro golpe que nos dio Alva y el otro mago de sangre, fueron dos semanas duras de mucho trabajo, además de entrenar magia por mi parte. Pero salimos adelante, Victoria, Mancinella, Belladona y Kinita regresaron con información. Pero decidimos que ya nos organizaríamos después de arreglarlo todo.

Mucha gente había dejado el *nido de halcones*, pero aun así quedábamos bastantes, casi sesenta personas. Ahora teníamos un último problema y era que nos encontrábamos sin líder y sin la guía de Selina, estábamos perdidos.

En esas dos últimas semanas fui capaz de empezar a crear la esfera, una de color amarillo, esta magia era la que más me convenía para poder crear las balas y disparar el arma del amuleto de Grock. La había apodado Ebony, Tina estaría orgullosa.

Decidimos hacer una reunión para ver qué hacíamos ahora, que resultó en una lluvia de ideas de cómo sacar a Selina de allí.

—Yo voto por que unos distraigan con un ataque con barcos por el flanco mientras Kinita se infiltra para sacar a Selina de allí —propuso Victoria.

—Ni de coña, mi padre no se tragará eso —respondió Kinita—. Lo mejor será ir con todo a sacar a Selina, no podrá centrarse solo en un sitio, por lo que entramos rápido y la sacamos antes de que lleguen los refuerzos.

—Buena idea, Kinita, pero tiene un defecto —comentó Mancinella—. Para llegar a Selina debemos entrar al castillo y entrar al castillo no es tarea fácil. Tú a lo mejor puedes infiltrarte porque conoces el lugar, pero el resto no, así que si llega a ocurrir algún contratiempo o nos separamos, se acabó, estaremos muertos.

Seguían debatiendo cuál era el mejor plan y aunque no dejé de escucharles, empecé a recordar la vez que atacamos el interior de la grieta. Un ataque arriesgado, pero efectivo porque nadie se esperaba que hiciéramos una locura así. Eso debería desbarajustar los planes de Servil, nadie se podía esperar un ataque suicida.

—Atacamos de frente —dije a todos, el silencio inundaba la sala y miradas de sorpresa se clavaron en mí—. Servil desviará gran parte de sus tropas a las zonas por las que podemos entrar. Él es plenamente consciente de los fallos que tiene su fortaleza, por eso no se esperará un ataque de frente. Aprovecharemos que aún tenemos gente de nuestro lado y los que quieran luchar, que prendan en llamas la ciudad, llevaremos el infierno al cielo y de esa manera el plan de defensa de Servil colapsará.

Todos se quedaron en silencio pensando en mis palabras, barajando esa posibilidad.

—Pero... —Empezó a hablar Ingelm—. ¿Qué pasará con los civiles y la gente que quieres que luche a nuestro lado?

—Entiendo lo que dices. —A veces no sabía si hacía lo correcto o lo que me resultaba más fácil, pero para ganar necesitábamos sacrificios—. Hay que reducir el número de muertes al mínimo y si no hay, mejor, hay que priorizar barracones de soldados y sitios donde se reúnan estos, nada de sitios públicos ni viviendas.

—Aun así, el fuego se propagará y el caos que provocará esa situación será...

Comprendía la preocupación de Ingelm, si por mí fuera me iría solo a sacar a Selina. Pero eso no funcionaría y aún menos si Clade se metía en medio. Las posibilidades de que eso ocurriera eran altas por el hecho de que Servil tenía a Ángela, aunque no sabíamos dónde.

—Incontrolable, ya lo sé, vosotros tenéis el último voto para decidir qué hacemos. —Se cruzaron miradas pensando en mi estrategia y al final, sin mediar palabra, se llegó a una conclusión.

—Lo haremos —dijo Victoria en un susurro—. Axel, tú liderarás el ataque mientras Selina no está. ¿Cuánta gente nos hará falta?

—Todos los voluntarios posibles, toda la ayuda es poca. —Necesitábamos el máximo número de personas—. Mañana por la mañana haremos un comunicado para los que se quieran unir, Fhilen, prepara la forja.

—¡A sus órdenes! —apoyó Fhilen mientras abandonaba la sala.

Apenas había podido descansar.

Todos salimos a la fortaleza y nos colocamos en lo alto de la muralla de la entrada. Gritamos para que se acercaran todos.

—¡Por favor, venid, tenemos un importante anuncio que dar! —habló Victoria.

Después de que todo el mundo, o al menos la mayoría, se acercara, Victoria me dio paso a mí.

—¡Ya sabéis que recientemente hemos sufrido un ataque muy duro, hemos perdido amigos, familiares y a nuestra líder, la persona que se ha encargado de llevarnos tan lejos! —La gente miró al suelo recordando lo sucedido—. ¡Pero no lo vamos a dejar pasar, no solo recuperaremos a Selina, también atacaremos la fortaleza azul para mandar un mensaje, uno de fuego y sangre!

» ¡Para ello necesitamos voluntarios, no es obligatorio, sé que lo que os estoy pidiendo es marchar a un futuro incierto, Es posible que muchos de nosotros muramos por el camino, pero aun así iré, lo haré el primero de todos. Así que, por favor, los que vayáis a pelear poneros en fila delante de la forja de Fhilen y preparaos para entrenar. Se acabó el defenderse y huir, hoy toca contraatacar.

Todo el mundo hizo el saludo de *prometero* y alzaron el puño de su otro brazo mientras gritaban «*¡Halcones de fuego!*». Miré a mi lado y vi a Victoria con una amplia sonrisa, todo el mundo estaba motivado. Incluso Ingelm estaba sonriendo por primera vez desde que se quedó ciego, rebosaban ilusión. Me recordaba a cuando hice esto mismo el día que fui a la corte. Nos íbamos a vengar por todo lo que había hecho Servil. Selina, Ángela, Ingelm, Gelmin, Lawter, todos lo que sufrieron por su culpa, eso se acabó, era la hora de la contra.

Al final tuvimos muchos voluntarios, los que no se unieron fueron porque eran muy mayores o jóvenes para pelear o porque estaban enfermos o heridos.

Dejamos cuatro días para prepararnos y justo la noche de antes me crucé con un rostro conocido.

—Axel... —Empezó a hablar Nicolás, el amigo de Ángela, mientras tiraba de la manga de mi chaqueta—. ¿Has visto a Carlo?

—¿Has hablado con su madre? —No quería ser yo quien le diera la mala noticia, una parte de mí quería pensar que Carlo estaba vivo, pero era bastante evidente que no.

—No, Carlo y sus padres desaparecieron el día del ataque, mamá me dice que se marcharon con mi padre a un lugar seguro y que nos encontraremos en el cielo. —Mierda.

—Nicolás... —Hinqué una rodilla en tierra para estar a su altura y lo miré a los ojos, era incapaz de decirle lo que había pasado.

—¿Dónde está ese lugar, puedes llevarme allí? —Los ojos de Nicolás se pusieron vidriosos, él sabía lo que había pasado, pero no quería aceptarlo—. ¿Ángela también se ha ido? ¿Se han ido todos y me han dejado aquí solo? ¿Por qué, Axel?

Lo estreché entre mis brazos sin poder contener las lágrimas.

—¡Lo siento, Nicolás, lo siento! —dije mientras intentaba sortear el nudo que tenía en la garganta—. ¡Te *prometero* que traeré de vuelta a Ángela, no estarás solo!

Al cabo del rato llegó la madre del niño, la cual llevaba una armadura.

—Gracias, Axel, pero ahora me gustaría hablar con mi hijo a solas. —Yo asentí y me limpié las lágrimas antes de despedirme.

La emoción del primer día cambió a incertidumbre, se palpaban los nervios del combate y cuando amaneció el día de la batalla, todo estaba en un silencio sepulcral.

Nos escondimos en un bosque cercano, con los estandartes de guerra preparados. Tardaron un tiempo, pero al fin crearon el símbolo de los *halcones de fuego*. Un pájaro azul de lado, con dos plumas enfrente suyo y con fuego a su alrededor.

Fuimos con todo, montábamos los caballos, los carruajes llevaban a la gente y las armas, listos para el combate. Atacaríamos cuando el sol empezara a caer, justo en ese momento llegaría el infierno a la fortaleza del cielo.

Aunque no me quitaba de encima una sensación rara, sentía como si alguien me estuviera llamando.

Podía sentirlo, esos nervios previos al combate, todos mis soldados estaban colocados en puntos estratégicos, no podrían atacar ningún flanco, ningún barco aguantaría lo que tenía preparado. Aun así me daban miedo Axel y compañía, nunca dejaban de sorprenderme y aunque la mente maestra de Selina estaba en las mazmorras de mi castillo, seguían siendo una amenaza.

—He entregado a la niña a mi padre —informó Indo con un puñado de cuervos alrededor que anunciaban su llegada desde lejos.

—Perfecto, ahora Clade estará atado de pies y manos y Axel en parte también, además, aún me queda mi último truco —desvelé a Indo.

—¿Tiene un plan secundario? Ya veo que todo lo que se dice sobre usted es cierto, mi padre ya me advirtió que era alguien con muchas sorpresas, pero parece que tiene incluso más de las que me esperaba, sé que no soy nadie para preguntarle, pero ¿cuál es ese plan del qué está hablando? —Tuve que aguantarme la sonrisa, sabía que Indo era muy curioso y bocazas, lo cual me venía de perlas, iba a ser fácil ganarme su confianza.

—¿Sabes quién es la primera ascendida, Indo?

—Sí, he escuchado muchas historias sobre ella, que fue la responsable de que nacieran falsos dioses, que ella fue quien provocó que los dioses le dieran su poder divino a Karlina y demás leyendas, ¿qué pasó con ella en verdad?

—Mi padre, Firlen, no me tuvo con Radhia, al contrario de lo que muchos creen, yo nací de una relación extramatrimonial de Firlen con la primera ascendida.

—Pero, según lo que me ha contado mi padre, la primera ascendida ascendió antes de que Firlen naciera, ¿es así o mi padre está equivocado?

—No, tu padre no se equivoca, pero lo que no sabe es que ella se marchó de la ciudad de los dioses junto con otros dos ascendidos y después de varios años, regresó solo ella. Al retornar, le cayó el castigo de los dioses y fue obligada a regresar a nuestro mundo. Firlen quedó maravillado por el hecho de que ella había ascendido, por eso realizó miles de experimentos mágicos y físicos y uno de ellos fui yo.

» Un día Firlen se pasó de la raya con sus ensayos y la mató. Como es obvio, no me pudo mantener en secreto mucho tiempo y Radhia se acabó enterando. Yo solo tenía seis años cuando lo vi estrangular a Radhia con sus propias manos, acabó consumido por la locura.

» Pasaron los años y yo me convertí en el líder del ejército de mi padre, todo el territorio, que perdimos por culpa de su obsesión, empecé a recuperarlo. Hasta que un día me cansé de ser solo el líder del ejército, yo quería ser el rey, no soportaba ver como Firlen, con su política débil y su flexibilidad excesiva, llevaba al *reino azul* a volverse un reino flojo. Por eso contacté con Clade y obtuve el apoyo militar para tomar el poder del trono, desde que yo creé el término corte, todos los reyes buscan tener una, tener a su lado gente que les proteja y sean independientes y, a su vez, tener gente que les lama el culo cuando quieran.

—Vaya, eso es, increíble, su apodo le viene de perlas, Servil, el prodigio de la guerra, de verdad lo es.

—Lo sé, dirijo a mi ejército con mano firme y con planes perfectos. Por otro lado, mato a mi propio pueblo de hambre y les recuerdo que mi ejército no dudará en acabar con ellos para tenerles en un estado constante de miedo, así no alzan cabeza, los vuelvo manipulables para, si alguien se opone, impedir que más gente se una por miedo a las represalias.

—Pero tengo una duda, si me permite preguntar.

—Dime, Indo.

—¿Por qué es un as bajo la manga lo de la primera ascendida, señor Servil? —Por un momento se me olvidó la cuestión a la que estaba respondiendo.

—En resumen, Axel es también hijo de la primera ascendida. Antes de que preguntes, tengo bastantes pruebas, ese tal Gelmin era un gran espía, una pena haberlo perdido. Por lo que me contó en una nota, medio año en el mundo de Axel es como uno entero aquí. Desde que su madre desapareció hasta que llegó aquí, pasaron treinta y cuatro años, justo los que tengo yo.

» Y si a eso le sumamos que Axel y yo tenemos el poder del fénix y que nos parecemos en físico, tenemos el resultado, aunque yo soy más guapo que él, todo sea dicho. Somos hermanos, al menos es la conclusión a la que he llegado.

—¿Y por qué se trata de un as bajo la manga? ¿Es porque el poder del fénix también lo tiene usted?

—Ay, Indo, hay que explicártelo todo. —Yo no sabía controlarlo y me dañaba mucho internamente, tan solo lo liberé una vez por instinto y casi muero, era otra clase de as—. Se trata de un truco porque estoy convencido de que podré entrar en su cabeza. He comprobado que él mantiene la cabeza fría en todo momento o al menos los que yo he presenciado o me han contado, por lo que quebrarle y entrar en su cabeza no será fácil. Pero si le hago saber que soy su hermano y que sé cosas sobre su madre, entonces y solo entonces, podré adentrarme en su mente e intentar manipularlo.

—Rezaré a los dioses creadores por su éxito. Si me disculpa, he de regresar con mi padre, no queremos que ningún invitado indeseado se cuele mientras preparamos el ritual —dijo tras hacer una reverencia, pero yo no había acabado con él.

—Espera, Indo. —Él se detuvo en seco y se giró—. Voy a mandaros apoyo, ¿dónde realizaréis el ritual?

—Utilizaremos una torre de la que nos ha hablado Alva, donde ella levantó aquel espectro y empezó a crear el cuerpo del dragón para contactar con mi padre. —Lo suponía, ahora ya contaba con un salvavidas—. Allí tenemos suficientes prisioneros gracias a usted, mi señor, y si no me requiere para nada más, me retiro.

—Por supuesto, Indo. Mandaré un pequeño pelotón de *élites* para protegeros por si algún curioso se acerca. —Me lo agradeció y se marchó. Pobre Indio, no sabía que la información era poder y que me iba a salvar el culo.

Con la escolta de un par de guardias subí a la torre más elevada del castillo. El sol estaba en lo alto, eso significaba que atacarían por la noche. ¿Crearían alguna distracción mientras atacaban el lado más frágil o irían a por todas por ese lado? No lo sabía, pero solo tenían esas dos opciones para entrar. Hicieran lo que hiciesen, estarían muertos.

Escuché a mi espalda como mis dos guardias caían al suelo, había llegado antes de lo previsto.

—¿Era necesario matar a mis dos guardias, Clade? —pregunté sin ni siquiera girarme.

Él me empujó, casi tirándome al vacío, pero me agarró de la parte de atrás del jubón. Mantuve la tranquilidad, sabía que no me iba a matar, si quisiera hacerlo, ya lo habría hecho.

—¿Dónde coño tienen a Ángela, Servil? —Pude sentir el frío acero de su espada en mi nuca y su aliento al lado de mi oreja.

—Sé que la han llevado con Gherman a una torre por este reino, no sé dónde con exactitud. —Me subió de nuevo y se dio la vuelta para marcharse.

—¡Eres una rata!

—Y tanto, pero así es como me he ganado mi puesto y mi respeto, al final, ser una rata no está tan mal.

Me dedicó un gruñido de desprecio antes de marcharse, sabía que no le había contado toda la verdad, pero no quería perder más tiempo en comprobarlo. Esperaba haberles dado el tiempo necesario para completar el ritual.

Clade sabía que conmigo había que jugar sobre seguro, era por eso por lo que no me había matado

Volví a mirar al horizonte, el lago estaba en calma, había un silencio ensordecedor.

«Prepárate, Axel», pensé. Esto no había hecho más que comenzar, el acto final aún estaba lejos de llevarse a cabo.

EPÍLOGO

—Al fin he terminado todo el papeleo —dije mientras me estiraba, Tina y Slayer se pusieron a aplaudirme—. ¡Gracias, gracias, querido público!

Empezamos a reírnos mientras nos servimos una copa de *whisky*.

—¿Qué creéis que estará haciendo Axel ahora mismo? —preguntó Slayer mientras movía la copa—. Aún me cuesta creer lo que dijo Elena sobre que lo mandó a otro mundo, el mundo de donde provenía su madre. ¡Yo voto por que está matando dragones!

—Yo voto a que le está tocando pegarse con otra grieta —apostó Tina, esa idea me había hecho gracia.

—Con la suerte de Axel, seguro que es eso. —Después de exponer mi aportación ambos se me quedaron mirando.

—Vamos, Yasuda, apuesta por algo.

—Yo apuesto por que viene casado y con un hijo. —Si es que volvía, claro—. Pero centrémonos en el presente, ¿qué hacemos ahora que somos una organización oficial y es una ciudad, en vez de una cárcel?

Ambos se encogieron de hombros, sabíamos que el siguiente paso era ser reconocidos como país y no quedarnos en un limbo. De momento, seguíamos dependiendo de los gobiernos del resto del mundo, pero habíamos dado un paso agigantado.

—No lo sé, tú sabes más de ese tema que yo y Tina juntos. Si quieres, nosotros nos encargamos de la organización y el entrenamiento de la nueva C.G mientras tú te encargas del politiqueo. Es todo lo que puedo ofrecer. —La propuesta de

NACIDO EN LA GRIETA I

Slayer me gustaba, cualquier cosa que me quitara trabajo de encima era bienvenida.

—Eso me sirve, aun así yo también aportaré lo que pueda a la organización. Ahora deberíamos movernos, estoy empezando a escuchar a los primeros reclutas de la C.G.

Ambos asintieron, nos terminamos nuestros respectivos vasos y salimos del edificio, ahora con las paredes del patio limpias, limpias de rayas y de insultos. Había bastante gente, sobre todo jóvenes, eso era bueno y malo a la vez. Muchos pensaban que eso sería una aventura y no lo era, iba a ser un infierno. Aun así, esto era el inicio de una nueva era para la ciudad grieta.

Que ganas tenía de que lo viera Axel.

NACIDO EN LA GRIETA I

NACIDO EN LA GRIETA I

NACIDO EN LA GRIETA I

NACIDO EN LA GRIETA I